CAÍDO

LIBRO 1 DE LA TRILOGÍA DESPUÉS

POR TRACI L. SLATTON

TRADUCCIÓN DE ELEONORA ESCUDERO

parvati
press

Caído

Cubra diseñado por Blacksheep Design-UK
http://www.blacksheep-uk.com

Arte de la cubierta:
Copyright © Getty 78319180, edificio abandonado; Superstock - 1570R-133344, Rose; Superstock - 1566-692685, camino con arbustos a la izquierda; SuperStock 1795R-31136 - Butterfly (tapa blanda solamente)
Todas las demás imágenes Copyright © Blacksheep Design-UK

Publicado por Parvati Press
http://www.parvatipress.com

Visita la web del autor:
http://www.tracilslatton.com

ISBN:
978-0-9846726-6-0 (eBook)
978-0-9846726-7-7 (Paperback)

Versión 14/02/2013

Para el círculo íntimo:

Gerda Swearengen

y

Suart F. Gartner

CAÍDO

Capítulo 1

EL MUNDO HABÍA LLEGADO A SU FIN, y mi corazón estaba hecho trizas. No quedaba casi nada ni nadie, y ahora estaba a punto de perder a mi hija de cinco años.

Yo estaba pegada a una pared de ladrillos, observando aterrorizada a mi hija, que trataba de no inhalar la niebla asesina que latía a unos pocos centímetros de su cara. Si la respiraba, moriría. Si daba un paso hacia el interior de la niebla, o si ésta la envolvía, la mataría, disolviéndola desde adentro, invadiendo su mente de demencia antes de hacer estallar sus células por el calor, hasta convertirse en vapor y gotitas de agua. Todo lo que quedaría de ella sería un charco de agua en el suelo, y un polvillo color beige flotando en el aire.

—¡No respires, Mandy! ¡No te muevas! —exclamé. Mandy no se movió, ni siquiera pestañeó para demostrarme que me había escuchado. Debía de resultarle difícil, con esas pesadillas que le invadían el cerebro, engañándola. Pero lo habíamos practicado juntas, Mandy, yo y los otros siete niños que habían terminado a mi cuidado, que eran sobrevivientes que había recogido por el camino y ahora me consideraban su madre. Estaban en fila apretados contra la pared. Desde lo alto, la luz del sol caía sobre nosotros directamente, el cielo se había puesto cerúleo y, de no haber sido por la mortecina niebla nacarada, el día de mayo hubiera sido un exuberante día estival, un poco antes de tiempo.

—¡No respires! ¡Quédate quieta, Mandy! —gritaron los niños. Genevra y Marco lloraban. Yo extendí la mano sin despegarla de la pared de ladrillos para tocarle el hombro a Genevra, para calmarla. Ella me apoyó la mejilla húmeda contra los nudillos.

Estábamos en esto juntos. Solo nos teníamos los unos a los otros.

Las primeras nieblas habían brotado de la tierra hacía diez meses; salieron del interior de cuevas y hendiduras en acantilados. Eran miasmas blancos, que olían a azufre y lilas al mismo tiempo, flotaban y quemaban al azar todo lo que encontraban en su camino: objetos, estructuras, peatones, animales, insectos. Aunque no plantas. Todo lo que contuviera clorofila permanecía intacto. Al principio, las nieblas quemaban pero sin matar. La gente sufría quemaduras de tercer o cuarto grado, y se le llenaba la mente de imágenes acechantes, pero sobrevivía. Los edificios quedaban añejos y blanquecinos de una manera muy extraña. Las ciudades adoptaban raras tonalidades pálidas tras el paso de las nieblas. Nadie sabía qué pensar. Los científicos se esforzaban por explicar lo inexplicable. Fue uno de esos años con importancia numérica especial y, como tal, hizo salir a los fanáticos. Desde Bangkok hasta Boise, predicaron sobre el pecado y el fin del mundo. Nos había llegado la hora. ¿Quién hubiera dicho que tendrían razón?

¿Pero tenía en verdad algo que ver con el pecado, con erradicar la Sodoma y Gomorra en que se había convertido el mundo?

Mandy se quedó inmóvil, congelada, una escultura delgada de una niñita de ojos grandes. La densa niebla blanca se acercó aún más a su cara. Habíamos encontrado un pueblo con varias viviendas todavía en pie en medio de altas arboledas de castaños. Estábamos buscando agua potable, un pozo o un cajón de botellas, cuando aparecieron las nieblas. Mandy perseguía una mariposa que revoloteaba entre las rosas de las rocas, y la sorprendieron en medio del campo. Las nieblas silbaron a su alrededor, como una corona blanca que se iba apretando lentamente, formando un lazo. A veces parecían actuar en forma deliberada, como si fueran seres conscientes.

—¡No respires! —le volví a advertir. Se me atragantó la voz y me recorrió un estremecimiento.

—Solo reza —susurró Newt, que casi nunca hablaba. Marco recitó el catecismo en italiano, Shoshana murmuró en hebreo, hamacándose un poco de un lado al otro. Yo tenía miedo de rezar. Quizás estaba demasiado enfadada para hacerlo. Al principio, cuando las nieblas empezaron a calcinar gente, edificios y vehículos, y todo lo que encontraran a su paso, recé. Elevé plegarias a la Presencia que siempre había percibido en mi corazón. Pero luego, las nieblas se elevaron desde los océanos. Renacieron con extraordinaria potencia. Se habían adaptado hasta convertirse en armas de poder superior. No solo incineraban las cosas; las disolvían por completo; las convertían en un salpicón de agua y un residuo de arena; era la destrucción total. La destrucción se aceleró y fue *in crescendo* hasta alcanzar dimensiones inimaginables. El mundo entero desaparecía dentro de las nieblas.

Por eso ya no podía rezar. Había visto morir a demasiadas personas.

La niebla regresó, más cerca, casi tocando la punta de la nariz de Mandy. Un rizo castaño se chamuscó y estalló en gotas de agua. Yo saqué el arma que llevaba a la cintura y apunté. Los niños y yo habíamos hablado del tema. Estábamos de acuerdo en que una bala era mejor que las nieblas, que mataban de manera lenta, agonizante. A veces llevaba horas. Hubo un día, hace unos cinco meses, en que toda la tierra se estremeció con los gritos. Ese fue el Día que partió todo en el Antes y el Después.

Estabilicé el arma. La había encontrado y había aprendido a usarla yo sola cuando resultó evidente que algunos sobrevivientes habían perdido la cordura. Estaban tan enajenados de dolor y consternación que terminaban cometiendo crímenes brutales. Dos de los niños se unieron al grupo después de que yo les disparara a los hombres que los estaban golpeando. Fue una lástima matarlos; habían sobrevivido cuando millones no habían tenido tanta suerte. Pero renunciaron a la vida al lastimar a los niños, y yo hice lo que había que hacer. No se me escapó ni una lágrima.

Así que ahí estaba yo, a punto de meter una bala en la cabeza de mi bella hijita. La miré a través de la niebla blanca, y los recuerdos parecieron agolparse en mi cabeza: Mandy disfrazada de Cristóbal Colón en la obra del preescolar, donde salió corriendo del escenario para abrazar a su hermana mayor, Beth. Mandy cuando recién empezaba a caminar, dibujando en el espejo con lápiz labial. Mandy cuando yo aún la amamantaba. Habíamos compartido un lazo muy bello. Yo pasaba horas con ella en brazos, olisqueando su cabello dulce como algodón de azúcar. Su vida valía más que la mía para mí.

Empecé a sentir como si las nieblas se me quisieran meter en el cerebro y reorganizar los electrones. Tenía que usar toda mi fuerza de voluntad para mantenerme presente, concentrada, cuerda. Había tantas cosas en las que no me podía permitir pensar. La tierna conexión que nos unía a Mandy y a mí era el pensamiento distractor más reciente. Ya era suficiente saber que podía buscar mi pasado en la mente. Más que eso hubiera sido un exceso. En especial ahora, cuando debía ser fuerte y asegurarme de que mi hija no sufriera. El sufrimiento sería intolerable. No podía permitirlo. Aparté los recuerdos, de ella, de su padre y su hermana, Beth, a quienes amaba y echaba de menos. Había cosas que no podía dejar que persistieran en mi mente. La memoria era una debilidad. Apunté al punto blanco entre los ojos de Mandy: la paz instantánea.

A la distancia, se oyeron cascos de caballo, que se acercaban a toda velocidad. La tierra reverberó. La niebla blanquecina no dejaba ver, pero se acercaban caballos al galope; muchos. A veces ese tamborileo resonante afectaba a las nieblas. La percusión era lo único que parecía alterar su movimiento. Hice una pausa, para poder escuchar. Los recuerdos aflojaron el intenso control que tenían sobre mi mente.

Y así como así, la niebla desapareció. Se elevó como un anillo de humo, una rosquilla suave de venenoso vapor blanquecino, subiendo y chocando contra su propia sustancia hasta convertirse en una nube. Pero no era una inocua nube vaporosa. Era letal. Tenía la capacidad de disolver todo lo que tocaba, cables o aves o aviones o satélites, aunque ya ningún avión surcaba el cielo. La mayoría de los satélites probablemente había desaparecido. Las aves se habían adaptado.

Pero yo no pensaba en nada de eso. Abracé a Mandy, al igual que los demás niños. Los nueve permanecimos abrazados, entre risas y expresiones de alegría y alivio. El poder abrazarla fue tan intenso que me olvidé de los caballos hasta que llegaron y nos rodearon, entre relinchos y resoplidos y golpes de cascos contra el suelo. Eran unos cuarenta caballos con sus jinetes, todos hombres.

—Casi la pierdes —dijo un hombre—. Las nieblas la habrían consumido para quitarle el hierro y el zinc del cuerpo.

Levanté la mirada y me encontré con un par de ojos grises taciturnos, una enorme maraña de barba negra y el hocico amistoso de un enorme ruano. Los ojos del hombre se detuvieron en mis labios, pero no eran amenazantes. Yo había aprendido a confiar en mis instintos para saber detectar una amenaza.

—El sonido del galope la ahuyentó —dije—. Gracias.

—Salió de los acantilados de piedra caliza, a unos kilómetros de aquí, y parecía saber adónde iba, así que la seguimos —explicó. Parecía estadounidense, como yo, pero en algunas palabras se traslucía una leve tonalidad británica, como si hubiera pasado mucho tiempo en Inglaterra.

El hombre desmontó. Sus ojos resplandecieron cuando volvieron a encontrarse con los míos. Su mirada se posó en los niños, y luego en lo que quedaba del pueblo: una docena de casas y varias paredes de ladrillo o de piedra todavía en pie, algunas pilas de residuos, unas pocas bicicletas oxidadas y automóviles atiborrados de pertenencias, cuyos dueños, que habían desaparecido, pensaron llevarse al escapar, antes de comprender que no había escapatoria. Un automóvil estaba cortado a la mitad, y cada mitad se había dado vuelta, como si se la hubiera abierto con un cierre relámpago. Una niebla la había cortado como un láser.

Los demás hombres desmontaron después de él. Nos miraron apenas, pero en general, lo miraban a él. Se volvió e hizo algunos gestos, y los hombres se dispersaron. Comenzaron a buscar alimentos y provisiones. El hombre de la barba era el líder. Observé a los hombres durante un momento. Un hombre pelirrojo, que debía de tener mi edad, menos de treinta y cinco, se llevó la mano a la frente pecosa y nos sonrió a los niños y a mí. Otros asintieron pero no intentaron nada más. Tenían buenos modales. Formaban un grupo muy heterogéneo, en términos de razas y nacionalidades, y todos se ocupaban de sus asuntos con calma disciplina.

—Tienen un campamento —me dijo Newt, aferrándome el brazo.

—¿Cerca?

—Un campamento seguro, con un pozo de agua —respondió la niña, y la comisura de los labios se le dibujó un poco hacia arriba, que era lo más cercano a una sonrisa que le vería jamás.

—¿Seguro? —pregunté, pidiendo aclaración. Ella asintió. Un campamento seguro. *Seguridad.* Y así sin más, en un momento de total determinación, tomé una decisión. No me di cuenta del alcance que tendrían las consecuencias de esa decisión—. Caris, llévate a los niños —instruí. Caris, que tenía catorce años, era la mayor de mi pequeña tribu. Era la que me ayudaba a cuidar de los demás. Era de suma confianza. También estaba armada, por si las nieblas me atrapaban a mí.

—¿Todo está bien, Emma? —me preguntó. Yo asentí y me apresuré a seguir al líder barbudo, que había desaparecido entre las ruinas de una casa, una de esas pintorescas residencias de piedra con tejado de pizarra tan típicos de esa región del sur de Francia. Pensé que estábamos cerca del río Lot. No estaba segura, porque hacía tiempo que veníamos deambulando y habían desaparecido los puntos de referencia conocidos, pero eso me parecía. Yo no era francesa y no conocía el país, o lo que quedaba de él. Mandy y yo estábamos en París por negocios el día en que terminó el mundo.

Entré en la casa detrás del hombre. Sabía adónde iría porque allí me dirigía yo antes que nada cuando encontraba una estructura intacta: a la cocina, para buscar comida. Latas, paquetes, bolsas, envases, cualquier cosa comestible. Cualquier cosa que se pudiera hervir para hacerla comestible. Y luego cuchillos, abrelatas y fósforos: objetos útiles. Después buscaba en los roperos para llevarme ropa y calzado. Y en los baños para buscar ungüentos o frascos de medicamentos.

Él debió haber escuchado que la puerta se abría y se cerraba, porque me estaba esperando apoyado contra el fregadero. Era alto, de hombros anchos, y tenía los rasgos ocultos detrás de la tupida barba oscura. Me miraba con la cabeza inclinada, los ojos grises muy brillantes e intensos. Sin saber por qué, percibí que se alegraba de que lo hubiera seguido.

—Nunca había escuchado eso de que las nieblas consumen a la gente por el hierro y el zinc del cuerpo. No recuerdo que los noticiarios lo dijeran Antes. Solo decían que las atraía el metal.

Él desvió la mirada.

—Hierro, cobalto, níquel, cobre, zinc. Paladio, platino y plata, pero no el oro.

—Y se sienten atraídas por la carne. No se me ocurrió que fuera por los metales del cuerpo. Pero supongo que eso explica el patrón de destrucción. El hecho de que no se coman a las mariposas, por ejemplo.

—Las mariposas tienen la proporción adecuada de azufre, fósforo y potasio para espantar a las nieblas. —Me volvió a mirar. Era directo e intenso—. No estás aquí para hablarme de la composición básica de las cosas.

—Tú tienes un campamento, y nosotros necesitamos protección —le dije, yendo al punto—. Hay pandillas errantes de sobrevivientes, y la mayoría no son amigables.

—Pero ustedes se las están arreglando bastante bien solos —dijo él. Se movió contra el fregadero, como impaciente, y tuve la repentina sensación de que su cuerpo respondía a mi presencia. Me llegó como un estremecimiento sorprendente: me veía como mujer. Desde luego que yo era una mujer, pero hacía mucho tiempo que no pensaba en mí de ese modo, como mujer, como alguien deseable. Desde diciembre era sobreviviente, guerrera, recolectora, enfermera y cuidadora de ocho preciosos niños, de los cuales solo conocía a una desde Antes. En ocasiones, había sido verdugo, cuando alguien trataba de herir a uno de mis niños. Incluso había administrado la eutanasia. Me habían acompañado algunos adultos, alemanes que dijeron ser bávaros. Habían venido por unos pocos días, pero habían quedado atrapados. Contuvieron la respiración todo lo que pudieron, pero cuando vi que inhalaban en medio de la niebla, hice lo que tenía que hacer, por compasión.

—Necesitamos un grupo seguro con quien vivir —dije. Di un paso en dirección al hombre. Mis mejillas estaban acaloradas, pero eso no iba a detenerme.

—Somos una banda nómade de hombres . . .

—Tienen un campamento.

—No tenemos lugar para mujeres y niños —se opuso.

—Hagan lugar —le dije—. Al sujeto se le aceleró la respiración y se le dilataron las pupilas.

—Yo no soy . . . no soy una opción recomendable —dijo con voz ronca. Extendió la mano con reticencia y me apartó un mechón de pelo de la cara, frotándolo con suavidad entre el pulgar y el índice. Los mechones rubios contrastaban con el intenso bronceado de su mano—. He hecho cosas.

—¿Acaso no lo hemos hecho todos? —Me acerqué aún más hasta que la punta de mis zapatos tocaron los suyos. El hombre olía a sal y cedro, sudor, cuero y caballos. No estaba sucio, pero tampoco limpio. Yo tampoco sabía si me lavaría a menudo si no fuera porque estaba intentando civilizar a un grupo de niños. No era el momento de juzgar a nadie. Todos habíamos sido juzgados muy duramente, según un código arbitrario que ninguno comprendía.

El hombre negó con la cabeza, pero no me soltó el pelo.

—Hay un campamento de mujeres en el bosque.

—Eso es un rumor.

—Es cierto. Conozco a la mujer que lo dirige: Tara.

—No sé dónde queda, y nos pillará una de las pandillas. Sabes lo que les hacen a las mujeres y a los niños.

—No puedo garantizar tu seguridad con mis hombres.

—Sí que puedes —le dije. Me puse de puntillas y le rodeé el cuello con los brazos. Tenía el cuerpo cálido, fuerte y vibrante de vida—. Tus hombres tienen devoción por ti. Estaremos seguros en tu campamento. Y estoy aquí ahora, así que, ¿qué tienes para perder? —Lo olisqueé un poco para que no quedaran dudas de lo que estaba ofreciendo. Se le aceleró la respiración, que se escuchó ronca en el pecho. Olía a carne y a algo agridulce, como a cítrico o rábano. Come bastante bien, pensé. Eso me decidió aún más. Si había alguna manera de asegurarme un suministro constante de alimentos para los niños, la tomaría. Seguridad y comida: ese era mi propósito.

—No es una buena idea —afirmó él, con voz ronca.

—Aportaré a tu campamento —le dije.

Se movió con rapidez, y me alegré de tener puesto un solero. Se desabrochó los pantalones, me levantó el vestido a la altura de la cintura. Luego me alzó y me sentó en el borde de la mesa de la cocina, que era de madera con grandes nudos negros y se podría haber fabricado el año anterior o en cualquier momento de los últimos siglos. Sentí una gruesa capa de polvo que me frotaba el trasero. No duró mucho tiempo. Luego, el hombre me entregó un trapo que estaba duro y sucio por falta de uso.

—Tu aporte —comenzó a decir, pero luego se interrumpió. Yo asentí mientras me limpiaba. Él continuó, al tiempo que se encogía de hombros—. Sin expectativas, sin exigencias, ni compromisos.

—Eso funciona para ambos —respondí, lo que pareció sorprenderlo, porque vi una chispa de diversión en sus ojos grises.

—Voy a querer muchos aportes.

—Claro.

—Sin cháchara y sin historias —concluyó. Bajó la cabeza y me miró directamente a los ojos, decidido a que comprendiera. Entendí perfectamente.

—De acuerdo —acepté—. Muchos aportes, no te haré ninguna historia, y nos das comida, refugio y protección. —Extendí la mano para estrechar la de él. Dudó y luego me dio la mano. Los ojos le destellaban. Luego se volvió y abrió las puertas de las alacenas de la cocina. Vasos, platos. Siguió abriendo las alacenas hasta que encontró la despensa. Sacó dos frascos grandes de *marrons glacees*. Abrió una caja de galletas saladas y, al ver las larvas, la cerró y volvió a guardar.

—Mis hombres me querrán matar por traer una mujer y un montón de críos —afirmó en tono de conversación. Quizás ese era su modo de ponerse cálido y cariñoso.

—Es probable.

—¿Cómo sabías que tengo un campamento? —Apartó dos frascos de espárragos y una lata de *choucroute garnie*.

—Adiviné —murmuré. ¿Qué iba a decirle? ¿Que una de las niñas a mi cuidado era clarividente? Una niña a la que había apodado "Newt", porque no recordaba nada de su vida Antes. No tenía recuerdos de su nombre, de sus padres, de su edad o de dónde venía. No era tan inusual; muchos sobrevivientes estaban en la misma situación; despojados de su antigua identidad. Si es que no habían enloquecido. Nuestra niña hablaba en inglés con un fuerte acento británico, su cabello greñudo me recordaba a una niñita que se llamaba Newt en una vieja película de ciencia ficción, y por eso le di ese nombre. Y ahora no hablaba, salvo para expresar profecías.

El hombre me miró por el rabillo del ojo, pero no insistió. Me pregunté si sabría lo que yo había descubierto, que las nieblas no solo habían matado a la mayoría de las personas del planeta, sino que también habían cambiado a los sobrevivientes. Incluso yo había cambiado.

—Alguien pasó por aquí —observó.

—Nosotros comimos aquí anoche. —Toqué la lata de *choucroute*. Esta está abollada, ¿ves? Puede tener botulismo. Quizás sea peligroso comerla.

Se dio vuelta en forma abrupta y salió. Lo seguí con los frascos de *marrons glaccees*. Él hizo una pausa en el umbral, observando a sus hombres y mi banda de niños. Seguí su mirada. Seis hombres seguían montados y estaban apostados como centinelas en seis esquinas distintas. Los niños estaban amontonados alrededor de Caris, aunque Mandy, siempre curiosa, había dado unos pasos para acariciar el pecho moteado de un caballo.

El hombre me quitó un frasco de *marrons*, lo abrió, y se comió un puñado de las nueces dulces. No racionaba las provisiones. Eso era un buen presagio para los niños y para mí.

—Están vigilando por si aparecen nieblas —observé al ver los centinelas—. Tuvimos suerte de que hayan visto la que nos sorprendió.

—Están vigilando por si aparecen pandillas errantes. Los locos son más peligrosos que las nieblas. Las nieblas se disipan con el sonido de los cascos al galope.

—Por lo general —respondí. Recordé el principio, cuando todavía había televisión, radio, Internet y periódicos, cuando los científicos habían descubierto que el "ecodesastre global" con frecuencia respondía a los sonidos rítmicos. No que eso nos hubiera sido de gran ayuda.

—El sonido específico de los cascos de los caballos las ahuyenta. Hemos sido afortunados en ese sentido. La mitad de los hombres se unieron a nosotros de ese modo, cuando los rescatamos con el sonido de los cascos.

—Por eso galopan hacia las nieblas, y no se alejan de ellas.

Sus ojos adoptaron una mirada distante.

—Tiene que haber una forma de espantarlas para siempre, con el sonido de percusión. Son susceptibles a ese sonido.

—¿Todas las nieblas? –pregunté. Tenía mis dudas, pero sentía curiosidad. No sabíamos cómo ni cuándo habían aparecido. No sabíamos de qué estaban hechas, o por qué hacían lo que hacían. ¿Cómo podíamos deshacernos de ellas?

El tono del hombre era decidido:

—Quiero que no quede una niebla en todo este planeta. Es la única forma en que viviremos seguros. La única forma de poder reconstruir.

—Yo solo quiero llegar a Canadá –susurré. El occidente de Canadá era un refugio de civilización. Había algunas pocas áreas donde no habían llegado las nieblas: la Isla Sur de Nueva Zelanda, las islas ubicadas cerca de la costa del estado de Washington, una franja amplia en Uruguay, parte de Irán, una tira del este de India. Eso había escuchado Antes. Los primeros días que siguieron al Después, todavía funcionaban algunos teléfonos celulares, y los sobrevivientes informaron que esos lugares habían quedado intactos. Europa había sido devastada. No quedó nada. No podían haber quedado más que unos cientos de personas, con suerte. Además de las nieblas, se produjeron explosiones de gas, derrumbes, histeria asesina, cayeron aviones y satélites, un invierno gélido con escasez de provisiones de alimentos, y problemas médicos, como las infecciones, que se hubieran resuelto como algo de rutina Antes, pero que ahora llevaban a una muerte segura.

—Todo el mundo quiere ir a Canadá –respondió él–. Todos los que quedaron vivos.

—Todos los que no enloquecieron.

—Hay un océano entre nosotros y Canadá, y las nieblas destruyen a los barcos y aviones.

—Porque tienen la proporción equivocada de azufre, potasio y fósforo con respecto al metal –afirmé.

—El equilibrio lo es todo. –Me miró de soslayo–. Daría lo mismo que Canadá estuviera a millones de kilómetros de distancia.

—Aún quedan aviones, y pilotos lo suficientemente valientes como para intentarlo. Pilotos de aviones privados.

—Eso no es más que un sueño que tienes –observó–. El piloto de avión privado que imaginas debería ser más que valiente. Tendría que ser suicida. Hace meses que no veo un avión en el cielo. Volar es demasiado peligroso.

—No dije que sería sencillo. Pero una mujer debe superar su alcance; sino, ¿para qué esta el Cielo?

Me dirigió una sonrisa ladeada.

—Junta a tus niños. Informaré a mis hombres. Saldremos ni bien terminemos de registrar el pueblo. —Se marchó. Lo observé por un momento, a ese hombre alto con el pelo negro enmarañado y su aire decidido, incluso de espaldas. ¿En qué me había metido? Vi que hablaba con un hombre de cabello blanco crespo, que tendría unos setenta años. El hombre mayor se encogió de hombros, paseó la mirada por el pueblo vacío y sus ojos se cruzaron con los míos por un instante. Quizás se hacía la misma pregunta: "¿De dónde viene y qué ha hecho esta rubia?"

Los niños esperaban en el centro de lo que alguna vez fuera una calle de adoquines, apretados entre sí. El hombre pelirrojo les había dado chocolates *Baci* de una caja medio destruida que llevaba en el cinturón. Mandy lo había hecho agacharse para poder poner una flor de azulejo detrás de la oreja. Él sonreía y se retorcía como un cachorrito, y los niños reían, incluso la silenciosa Newt y la reservada Caris. Mi corazón se iluminó un poco.

Al verme, el hombre se enderezó y extendió la mano:

—Soy Robert.

—Emma —me presenté, al tiempo que le extendía la mano.

—Lindo grupito de críos —afirmó, con acento irlandés.

—Es bueno saberlo, porque vamos con ustedes —afirmé. El sonrió.

—Ya era hora de que tuviéramos una linda moza y unos chavitos —comentó—. Hay varias pandillas que no dudarían en atrapar a estos pajaritos.

—Estoy tratando de evitar eso.

—¿Iremos con ellos? —preguntó Caris, con ansiedad. Caris era una bella adolescente, mitad africana y mitad danesa, que parecía mayor de sus catorce años. La había pasado bastante mal cuando la encontramos, secuestrada por dos hombres. Quemamos los cadáveres de éstos en una hoguera al sur de París, cerca de Orleans. A Caris le llevó dos semanas poder hablarnos. Yo no pensé que entendía inglés o mi español básico de escuela secundaria. Cuando finalmente pudo hablar con coherencia, resultó hablar fluidamente en inglés, francés y alemán, además de su danés y Hausa maternos. Trabajaba duro y en general no perdía la calma. Había sido de gran ayuda.

—No te preocupes; son buena gente —le aseguré, acariciándole el antebrazo con suavidad.

—Nunca se sabe en qué se pueden transformar —afirmó Caris. Pasó el peso de su cuerpo de un pie al otro, con los ojos en blanco, como si estuviera a punto de darle uno de sus ataques de llanto. La abracé, esperando calmarla. Sus ataques duraban bastante, y el hombre barbudo, mi nueva pareja, quería partir de inmediato. Genevra, que tenía siete años, Shoshana, de diez, y Mandy, la rodearon con los brazos. Marco y Felix se acercaron más. Incluso Dragomir, con su escasa edad (decía tener cuatro, pero me parecía que solo tenía tres), se puso a su lado y le acarició la cadera. Newt se quedó parada a un costado, con sus ojos luminosos y observadores, como siempre.

—Sabes que yo te cuido —le dije—. Nunca haría esto si no estuviera segura de que estaremos seguros. Pero no podemos seguir por siempre como estamos. Las pandillas son cada vez más grandes y peligrosas, y se hace más difícil encontrar comida. No sé qué vamos a hacer cuando llegue el invierno. Necesito ayuda.

—No tienes de qué preocuparte, chiquita, entre nosotros no hay ningún pendejo —afirmó Robert—. Estamos demasiado ocupados siendo soldados para el Jefe. —Su tono era alegre, pero tenía una expresión apesadumbrada y envejecida, que se fruncía como una máscara de cera que se derrite bajo el fuego.

—Pero cuando llegan las nieblas, la gente se muere y cambia, se transforma —exclamó Caris, con el rostro retorcido por la angustia.

—Caris, tienen un buen campamento —afirmó Newt. Eso evaporó la tensión de inmediato. Todos habíamos aprendido a escuchar a Newt. Los hombros de Caris se relajaron y dejó de hamacarse. Los niños la volvieron a abrazar porque eso hacíamos en el grupo: contenernos. Yo pensé por un instante en el pasado que me sostenía y respaldaba: mi esposo Haywood, mi hija mayor, Beth, y Mandy, que estaba conmigo. Eran mi círculo íntimo. Con reticencia, relegué a Haywood y Beth a un compartimiento estanco. Ellos no estaban aquí, y yo no podía permitirme pensar demasiado en ellos. Los chicos se pusieron la mochila al hombro y se pusieron en fila. A nuestro alrededor, los hombres terminaron su recorrido y montaron.

El gran Jefe también se subió a su enorme caballo ruano. Llevaba las riendas de un caballo marrón de patas flacas con una montura diminuta y gastada.

—Tu caballo —afirmó. De su voz emanaba una orden, no una pregunta.

El caballo, nervioso y listo para partir, brincó a nuestro lado.

—Ese caballo, no; si es que quieres que esté cerca para hacer un aporte al campamento —le dije—. Sé que te interesa mi aporte. —Yo estaba bromeando, pero el hombre frunció el ceño. ¿Acaso no tenía sentido del humor? Eso no auguraba un buen arreglo entre nosotros. Suspiré.

—Yo sé montar —se ofreció Shoshana, sonriendo un poco. Era una niña israelita de aspecto fuerte que se nos había unido a Mandy y a mí en París ese Día, cuando todos abandonamos la ciudad a pie. Una bola de niebla del tamaño de un rascacielos había descendido sobre el Cours de Vincennes como una planta rodadora gigante, que había diezmado a las hordas que trataban de escapar. Toda la familia de Shoshana, sus padres, abuelos y tres hermanos, se había esfumado con las nubes blancas. Sus gritos se unieron a los de tantos otros que ya habían sido atrapados. Mandy y yo caminábamos a su lado, y yo tomé la mano de la niña y seguimos caminando. No sé por qué nos salvamos nosotras tres. Una coincidencia azarosa.

—¿Sabes montar bien? —le preguntó el Jefe.

—Me gané el listón azul —dijo ella con mirada traviesa. Él le arrojó la rienda y ella inmediatamente ajustó los estribos y comprobó que la cincha estuviera bien ajustada. Él sonrió, o al menos me pareció que sonreía; era difícil de descifrar con esa barba rebelde. Cuando Shoshana estuvo conforme, se subió al caballo de un solo movimiento. Los hombres que la observaban aplaudieron. Shoshana se ruborizó. El diablillo de Marco gritó algo en italiano que generó algunas risotadas de parte de los hombres que lo entendieron. Yo no lo entendí.

El Jefe mandó a los demás niños con otros jinetes, que ataron las mochilas a las alforjas de la montura y luego subieron a los niños para que montaran adelante. Robert invitó a Caris a su caballo y ella retorció los dedos, pero aceptó. Yo era la única que quedaba de pie.

El Jefe entrecerró los ojos. Me miraba entre divertido y con preocupación irónica. Al menos, eso deduje yo, más por la vibra que por la expresión de su rostro. Finalmente, habló:

—Tú vienes conmigo.

—Ya lo sé —dije. Quizás no carecía de sentido del humor después de todo.

Capítulo 2

ESE PRIMER DÍA, CABALGAMOS AL SUR Y AL este durante seis arduas horas, trotando sobre extensiones de colinas verdes que se veían prístinas e inexploradas, como si no hubiera habido habitantes en ellas en forma continua por miles de años. Me parecía asombroso el modo en que la naturaleza había superado la depredación humana. Los espacios vacíos entre los árboles, terrenos planos junto a calles de tierra desnuda, y pilas de restos indicaban los lugares donde había habido construcciones. Las nieblas se habían salido con la suya en estos terrenos; no quedaba ninguna construcción de ningún tipo. Supuse que mi compañero barbudo tenía razón, que las nieblas se sentían atraídas por el acero, aunque nunca lo había escuchado expresado de esa manera, y los refuerzos de hierro seguramente habrían sido una entrada para después pasar al plato principal: la carne humana. Hasta la acera había desaparecido. En una parte de la pradera espolvoreada de enebro y pino, nuestra llegada perturbó a un enjambre exaltado de mariposas, miles y miles, que se elevaron batiendo las alas en el aire cálido y suave, como confeti. Quizás estos insectos eran los herederos involuntarios y quedarían cuando nosotros ya no estuviéramos.

Mis ojos aún no lograban descifrar la interminable extensión de terreno inhabitado. Yo estaba acostumbrada al ajetreo bullicioso de la civilización moderna. Los niños crecerían de otra manera, bajo la impronta del espacio sin cultivar. Desde luego que, por donde pasáramos, seguramente se escondían grupitos de intrusos con la esperanza de que no los viéramos, por temor a que fuéramos una de las crueles pandillas que capturaban esclavos.

Descansamos una sola vez, y aproveché para llevar a mi grupo a hacer pis detrás de unos arbustos, y luego les di agua. Ninguno de los niños se quejó. Dragomir había vomitado un par de veces, pero el jinete que lo llevaba no le dio importancia y aprovechó la interrupción para verter agua sobre la cruz de su caballo. ¿Quién iba a preocuparse por un poco de vómito cuando todo el mundo había sido borrado del mapa? Cuando salí de los arbustos, el Jefe miraba el horizonte.

—¿Hay algo? —pregunté, lo que en realidad quería decir: "¿Hay nieblas?"

—Sólo pesar —afirmó, pero no fue más que un murmullo para sí mismo que no me incluía a mí. Quise recuperarlo de esa reminiscencia solitaria, pero el hombre de cabello cano se acercó.

—Soy Vasily —se presentó. Me miró con sus penetrantes ojos azules, que enmarcaban una nariz afilada y prominente, y me examinó con atención. Le di la mano—. ¿Estás segura de que esto es lo que quieres? —Su tono era culto y neutro, con acento británico de alta alcurnia, pero con cierto sonido sibilante latente que denotaba otros orígenes. Yo asentí. Él se encogió de hombros. Sus ojos brillantes se posaron en los niños, que intentaban sacarle más golosinas a Robert.

—¿Alguno de los críos está loco? —quiso saber.

—Caris, la mayor, sufre unos episodios. Newt y Felix no recuerdan nada. Genevra tiene siete años pero ha vuelto a una edad mental de casi cuatro.

—Brillante —respondió. Regresó a su caballo, cojeando un poco, con la mano izquierda sobre la cadera, como si le doliera. Lo alcancé antes de que volviera a montar.

—Quédese quieto —le dije. Apoyé las manos sobre la cadera del hombre, sentí el calor que llegaba a ellas, que se sentían pesadas y con un hormigueo. Los ojos de Vasily se abrieron de par en par. Newt se había vuelto psíquica, Marco podía interpretar los sueños, y yo había descubierto que tenía un poder sanador en las manos. Todavía no comprendía de qué se trataban estos dones paranormales que nos habían llegado con el advenimiento de las nieblas. ¿Acaso se trataba de una broma cósmica? ¿Acaso eran una compensación por todo lo que habíamos perdido: personas, cultura y civilización?

Pero no había respuestas, y el ardor de mis manos no necesitaba respuestas. El calor pasó desde mis manos a la cadera de Vasily como una corriente de agua burbujeante. Cuando fluyó por la pelvis del hombre, éste suspiró, y luego se relajó. Después de un momento, el hormigueo cesó, y aparté las manos. El hombre se estiró un poco y luego sonrió, ahora sin dolor. Inclinó la cabeza y se acomodó en la montura, con más facilidad.

Esa noche dormimos envueltos en mantas bajo las estrellas. Fue la noche que mejor dormí desde Antes. Otros adultos vigilaban durante la noche. Ni siquiera tuve que recurrir a la fuerza interior de la certeza de mis seres queridos en mi corazón; incluso aunque no me permitiera detenerme demasiado en ellos; simplemente, me quedé dormida. Al día siguiente cabalgamos con solo unos breves descansos para comer y aliviar nuestras necesidades. Me dolía el cuerpo como nunca antes, pero ¿qué importaba? No era más que dolor.

Llegamos al campamento al atardecer. El campamento consistía en un rectángulo desordenado con gruesos muros y esquinas redondeadas, que se extendía sobre una franja de terreno exuberante. Los muros llegaban a la altura del pecho, y estaban hechos de rocas, ramas, barro y los restos de derrumbes varios. Dentro de los muros había un rectángulo plano de tierra cubierto por hileras prolijas de tiendas. Los dos muros largos y uno de los cortos tenían una pasarela con anchos senderos de tierra que llevaban al lado opuesto y compuertas perpendiculares, de modo que, juntos, los senderos formaban una T. Desde el caballo, en la meseta ubicada al norte del campamento, pude vislumbrar una gran mesa en el centro, en la unión de la T. El campamento había sido organizado cuidadosamente.

Fuera de los muros, la lavanda verde crecía sin límites. De uno de los lados, todo el terreno estaba bordeado por una alta colina. Del otro lado del campamento, la parte exterior era un pedregal con matorrales de tojo y restos de alguna construcción que había estado allí. El lado más distante de la cuenca descendía hasta una pradera verde serpenteada por arroyos y cubierta de lavanda; allí se erguía un corral para caballos, con grandes tiendas abiertas y establos de construcción rústica. Cerca del establo había un pozo con una plataforma de madera. Era un excelente lugar para un campamento, fácil de defender y vigilar. No había ningún lugar obvio desde el cual pudieran emanar las nieblas, aunque eso no significaba nada, desde luego. Las nieblas más fuertes eran las que salían del océano, y las que brotaban de las grietas entre las rocas eran menos poderosas pero igual de letales. Pero también podían salir de minas y pozos subterráneos casi con la misma letalidad. En lo que concernía a las nieblas, había probabilidades, pero no certezas, y uno podía adivinar, pero no tener respuestas concretas. De todos modos, nos podíamos morir todos, ya sea por inhalar las nieblas cuando éstas se acercaran o por quedar subsumidos en un banco que avanzara sobre nosotros.

Pero no aquí, porque Newt había dicho que este campamento era seguro. Él había dicho: "Quiero que no quede una niebla en todo este planeta. Es la única forma en que viviremos seguros". De solo pensarlo me recorrió un escalofrío. La esperanza era una broma cruel.

—¿Quién diría que el sur de Francia sería tan bello sin gente? —dije, mientras el Jefe controlaba al caballo. Me moví hacia delante. Había estado presionada contra él, con sus brazos rodeándome para sostener las riendas. Andar a caballo de a dos de ese modo me había obligado a moldearme contra su cuerpo, y hacía media hora que la mente de mi acompañante estaba fija en mi aporte al campamento, a juzgar por el bulto que sentía contra el trasero.

—Estamos cerca de lo que solía ser Valensole —respondió—. Era bello incluso poblado. Lo volveremos a hacer bello y poblado.

Los demás jinetes llegaron hasta el borde del campamento, donde nos encontrábamos. Otros hombres salieron de las tiendas para ayudar a los hombres a desmontar, sosteniendo las bridas y ofreciendo una mano u hombro para que no perdieran el equilibrio. El silencio se cernió sobre nosotros como una cortina cuando los demás hombres se percataron de mi presencia y la de los niños. Estos, tiesos tras tantas horas de cabalgata, me rodearon formando un grupito apretado. Yo los abracé y nos quedamos de pie, mirando a los hombres, que nos contemplaban con cautela.

—Hablaremos con ellos —observó el Jefe. Señaló una tienda blanca bastante grande contigua a la pared trasera más corta, la pared que no tenía portón. La tienda era de las que se usaban en las bodas y en las fiestas de graduación—. Allí hay provisiones. Vacíenla. Allí se pueden quedar los niños. Mi tienda es aquella. —Señaló con el dedo hacia la unión en T para indicar una tienda de campamento de nylon color verde pino con un poste y un banderín afuera—. Tú te quedarás conmigo. —Se marchó, blandiendo los brazos para reunir a sus hombres, antes de que yo pudiera argumentar que los niños me necesitaban por la noche. Pero se adaptarían. Todos habíamos aprendido a hacerlo.

Cuando empujaba a los niños hacia la tienda de lona, pasó a mi lado un hombre rubio alto con barba al ras. Era esbelto y delgado, y se movía con porte militar. Me observó con mirada calculadora, como para evaluarme. Me dirigió una sonrisa zalamera, no sin antes mirarme el pecho y la rasgadura que tenía en la falda. Miré por sobre el hombro y vi que el Jefe esperaba que sus hombres se formaran en fila. Me pregunté si confiaría en el hombre rubio.

Rodeamos algunas hileras de tiendas hasta llegar a la tienda de lona blanca ubicada al final del campamento. Levanté la entrada y miré en el interior. Estaba llena de provisiones apiladas en forma ordenada: cajas de productos en latas y frascos, que incluían botellas de agua, jugo y refrescos; paquetes de alimentos, como pastas y galletas de agua de Antes, cuando se fabricaban cosas. Matafuegos, garrafas de gas natural y cajas de balas, pilas de ropa y zapatos, cajones con insumos médicos, vajilla, y cinturones y resmas de papel. Había cajones de papel llenos de restos de metal. Esta gente había juntado todo tipo de piezas sueltas que podrían ser de utilidad. Era casi como si se hubieran preparado para las nieblas. Até la solapa de la tienda.

—El Jefe no dijo dónde debíamos poner todo esto, así que lo apilaremos afuera.

Les di jugo a los niños, y luego comenzamos a vaciar la tienda. Un hombre delgado con entradas y cabello prematuramente canoso se me acercó y me tocó el brazo con suavidad, tomando una caja de herramientas de mis brazos.

—Soy James, el médico del campamento. Me enteré de que se quedarán con nosotros. ¿Alguno de los chicos necesita atención médica?

—Están bastante saludables, dadas las circunstancias —dije.

—Está bien. ¿Qué te parece si esperamos hasta mañana y luego les hacemos un chequeo minucioso a cada uno? —Sonrió un poco al posar su mirada sobre los niños.

La caja tintineó e hizo ruido cuando la apoyó junto con las otras cajas que habíamos apilado contra el muro trasero.

"¿Y tú? —Me observó atentamente, de la cabeza a los pies. Su mirada era cálida como un láser y penetrante del mismo modo impersonal.

—Estoy bien.

—Te veré mañana también —respondió con el tono autoritario de un médico, que no aceptaba cuestionamientos. Luego sonrió, y su expresión se suavizó—. Me alegra ver una mujer y niños aquí. Este campamento ha sido demasiado frío hasta ahora.

—A algunos de los chicos no les gusta que los toquen —le advertí.

—Los otros niños pueden pasar antes. Te puedes quedar con ellos. —Por un momento, su rostro se transfiguró, con pesar y desagrado. Entendía lo que quise decir. Luego recuperó la sonrisa—. Haré que algunos de los muchachos terminen esta tarea. Deben de estar hambrientos. ¿Conocieron al Cocinero? —Señaló a los niños. Ellos me miraron y asentí, por lo que salieron tras el hombre. Mandy lo tomó de la mano. Inclinando la cabeza como un pájaro curioso, Newt lo tomó de la otra. Eso tranquilizó a los demás niños y, cuando les dijo que el Cocinero había preparado venado, Marco gritó de alegría.

Yo volví a entrar en la tienda de provisiones y tomé un par de pantalones que parecían de mi talle. Eran de hombre, pero pequeños. Además, había una pila de cinturones. Me puse el pantalón debajo del vestido, encontré una camiseta, doblé el vestido y lo metí en la mochila para unirme a los niños.

La tienda comedor era una tienda con dosel a rayas rojas y blancas de las que se usaban para eventos especiales, como las que se alquilaban para fiestas importantes. No pude evitar preguntarme qué estaríamos celebrando: ¿estar vivos? La sensación era agridulce, y mucho más agria que dulce, pero hacía tiempo que había llegado a la conclusión de que la vida siempre sabe lo que hace. Incluso después de ver morir a millones de personas. A mi alrededor había mesas de naipes, mesas de picnic y de comedor y, en la parte de atrás, habían desplegado mesas de buffet con un autoservicio al estilo cafetería.

—Vaya, qué elegante —dije. Aunque pareció irónico, era genuino. No había esperado volver a comer así nunca más. Me acerqué a Mandy desde atrás y le besé la coronilla de pelo castaño rojizo. Shoshana se veía un poco solitaria, así que también le di un beso. Luego todos los demás niños quisieron un beso, con excepción de Caris, que me estrujó el brazo.

James me miró por sobre el hombro con una sonrisa. Su rostro era mucho más joven de lo que sugería su cabello cano.

—El Cocinero trabajó como chef en un restaurante de tres estrellas en La Provenza. Las comidas son ricas, aunque probablemente alimentar a las tropas no fuera su gran ambición en la vida. —Una sombra le oscureció la expresión y compartimos una mirada cargada de significado.

El Cocinero era un hombre de aspecto descuidado, de contextura pequeña, que tendría unos cuarenta años. Tenía una enorme panza y un cigarrillo sin encender pegado a la comisura de la boca. James nos presentó, y el hombre asintió en forma brusca. Estaba sirviendo comida en platos todos distintos; algunos eran delicadas piezas de Limoges; otros, piezas cascadas de loza. No había dos iguales. Lo mismo pasaba con los cubiertos; algunos eran de plata de verdad, mientras que otros estaban hechos de plástico medio derretido.

Después de que los niños recibieron su comida, sentados a una mesa con James, volví a acercarme al Cocinero, que pensó que quería un plato para mí y me sirvió el condimentado guiso de venado en un plato de Portmeirion con flores amarillas.

—Oh, no. Necesito un plato para el Jefe —dije. Me pareció un poco extraño no tener otra forma de referirme a él. Me imaginé que el Cocinero sabía de quién hablaba.

—*Oui*, está bien para él —dijo el Cocinero, encogiéndose de hombros. Yo dejé el plato sobre la mesa, estiré el cuerpo sobre ésta y lo tomé del cuello sucio. Puse la cara tan cerca de la del hombre que pude ver la grasa que emanaba de sus poros.

—Escúchame, pedazo de sapo maloliente, ve a la cocina y dame comida de la buena, la que guardas para ti y tus compinches —espeté—. ¡No sé qué comes tú para tener esa panzota, pero quiero lo mismo para el Jefe!

—Yo cocino lo que hay, *c'est vrai* —dijo el hombre.

—No digas sandeces —respondí—. Dame la otra. —Lo sacudí un poco para mostrarle que hablaba en serio. La carne blanda del cuello se estremeció debajo de mis dedos, así que agregué un pellizco.

—¡Puta madre, qué hace, perra! —exclamó. Se logró soltar y fue a la parte de atrás de la tienda, a un compartimiento separado donde se preparaba la comida. Pude ver un par de parrillas, como las que se usaban al aire libre, a gas natural. El hombre volvió unos minutos después con un plato repleto de comida, que se veía mucho mejor.

—Pero qué buen chef. —Le regalé una sonrisa. El tipo pronunció cosas desagradables en francés, que no necesitaban traducción—. Desde ahora, esto es lo que espero que me des. Yo me ocuparé de llevarle la comida, y espero que sea de la mejor. —El Cocinero me dirigió unos cuantos improperios más (nadie puede maldecir tan bien como los franceses), pero yo ya me había marchado. Pasé por la mesa donde estaban los niños. No estaban comiendo; me estaban esperando, en silencio y ordenados. No hay nada como un apocalipsis para enseñarles buenos modales a los niños.

"Coman; enseguida vuelvo —les dije. Seguí caminando, entrando y saliendo de tiendas, hasta llegar al claro por donde habíamos llegado al campamento. Los caballos ya no estaban allí, pero el Jefe estaba de pie con un grupo de hombres, entre los que se encontraban Vasily y el tipo rubio. Estaban en medio de una conversación, que parecía bastante seria. Yo me acerqué rápidamente desde atrás. Él Jefe decía algo acerca de una pandilla de saqueadores que venía a caballo desde el norte, y de los hombres que había enviado a vigilarlos, pero hizo una pausa para darse vuelta y me miró.

"La cena –le dije. Le entregué el plato y me volví sobre los talones para marcharme. Él me siguió.

—¡Vaya! ¿Qué es esto? –preguntó, con la boca llena de algo que parecía salchicha.

—¿Comida? Así se solía llamar –respondí. El levantó la comisura de los labios.

—Qué actitud.

—No te molesta. No nos echarás ahora que estamos aquí. –Lo estudié con atención para asegurarme de que así fuera. Este campamento era lo más cerca que estaríamos de la seguridad y la protección para mi pequeña tribu. Estaba decidida a que funcionara.

—Irreverente e inteligente también. –Sus ojos destellaron mientras me devolvía una mirada escudriñadora.

—Diviértete. –Me dispuse a irme, pero el me tomó de la cintura de los pantalones.

—¿Y esto?

—¿Nunca viste pantalones? Estoy casi segura de que tienes unos puestos.

—No seas impertinente.

—Eso no es ser impertinente –le informé, en tono algo juguetón–. Te darás cuenta cuando sea impertinente.

—¿Cómo se supone que . . . ? –Estaba masticando mientras lo decía, pero el aspecto hambriento con que me miraba abarcaba más que el plato de comida.

—¿Solo debo usar vestidos?

—Por mí, está bien –respondió. Me guiñó el ojo y volvió al círculo de hombres. Yo me marché a la tienda de provisiones, que ahora sería el hogar de mis niños, y me volví a poner el solero. Un trato era un trato.

Después de la cena más civilizada que habíamos compartido en meses, mientras la luz se esfumaba en destellos púrpura y el cielo se iluminaba con más estrellas color platino de las que yo hubiera sabido que existían Antes, llevé a los chicos al pozo para que se lavaran los dientes. Puede parecer tonto, pero cuando todo el mundo se desmorona, son las pequeñas cosas las que nos permiten mantener la cordura. Todas las mañanas y todas las noches, uno se lava los dientes, se lava la cara, y se peina. Todos los días, se buscan alimentos y se mejora un poco en lo personal. Los niños y yo llevábamos libros en la mochila, cada uno tenía una obra literaria y un texto sobre algún tema educativo, hasta el pequeño Dragomir, que hablaba un dialecto que era una mezcla de lenguas. Su lengua materna debía de ser de origen eslavo. Yo les hablaba en inglés a todos los niños, porque no hablaba bien español, y Dragomir hablaba un francés muy básico. Debió de haberlo aprendido de la bonita francesa que se había pegado un tiro luego de encontrarse conmigo y los demás niños en la enorme catedral de Saint-Étienne de Bourges, que había quedado intacta y completamente desierta. La mujer sonrió, empujó a Dragomir hacia mí, y luego se metió la pistola en la boca. Muchos sobrevivientes se suicidaban. Shoshana elevó unas plegarias por la mujer, y luego yo arrastré el cuerpo hacia el exterior y lo prendí fuego. Me quedé con la pistola y las balas que encontré en su bolso. Y Dragomir se convirtió en uno de nosotros.

Al lado del corral, los hombres del Jefe habían construido una plataforma y colocado antorchas alrededor del pozo y el sistema básico de caños que salían de éste. Algunos de los caños tenían orificios para que salieran chorros de agua para el aseo. Se habían cavado canaletas para el desagüe. Nos paramos al lado de uno de esos chorros y nos lavamos la cara, la cabeza y el cuello, y luego nos cepillamos los dientes. Yo juntaba los tubos de pasta de dientes donde los encontrara, y ahora le puse un poquito de pasta a cada uno en el cepillo. Algunos de los hombres nos miraban desde la oscuridad, solo visibles como sombras que respiraban en la intersección de la luz amarilla serpenteante con la oscuridad rica y violácea. Del otro lado del pozo, estaban llevando a los caballos a los bebederos. Los animales pateaban, relinchaban y hacían ruido al sorber el agua, todos sonidos reconfortantes y claros. Sentí la llegada del Jefe antes de verlo, porque los hombres se agitaron y dieron un paso atrás, respetuosos. Me pregunté quién habría sido él Antes, que lo hacía liderar con tanta naturalidad ahora.

—¿Qué haces? —me preguntó.

—Este cepillito tiene una pasta limpiadora que se pone en los dientes a los fines de la higiene bucal . . . —dije, mientras me volvía.

—Qué graciosa —gruñó. Me tocó la cintura—. Lindo vestido. ¿Cuándo terminas?

—Pronto —le aseguré. Él se marchó. Yo tomé mi mochila y lo seguí—. Aquí tienes.

Le di un cepillo de sobra. También los recogía donde fuera.

—¿Un cepillo de dientes? —me preguntó, incrédulo.

—Ponle pasta a las cerdas y pásatelo por los dientes con firmeza. —Saqué uno de mis preciados tubos de pasta Crest y se lo di también—. Hace mucho que no lo haces; quizás te olvidaste.

Se sonrojó, o eso me pareció, porque cambió la atmósfera. Era difícil de descifrar su expresión, con esa barba negra enorme y la oscuridad que nos envolvía.

—Señora, hubo un apocalipsis. He tenido cosas más importantes en mente que la perfección dental.

—Señor, no lo estoy juzgando. Pero como tenemos un trato y demás, puede tratar de hacerlo placentero para mí también. Yo: Emma. —Lo estaba poniendo a prueba, y me había pedido que no fuera impertinente, pero cuánta reverencia pensaba que se merecía cuando el aliento le olía como las alcantarillas de una casa funeraria.

—Arthur —murmuró, mientras miraba el cepillo de dientes con el ceño fruncido—. Así me llamo.

—¿No tengo que llamarte Gran Jefe, debido a nuestro trato? Me encanta el beneficio adicional. —Lo dejé allí con mis obsequios y no pude evitar sonreír mientras regresaba al pozo. Sentía que me había ganado un punto, y no me molestaba en lo más mínimo.

Cuando los niños finalmente estuvieron arropados en su nuevo hogar, me dirigí a la tienda del Jefe. Y entonces Arthur fue quien se ganó unos cuantos puntos.

Capítulo 3

DESDE EL MOMENTO EN QUE ABRÍ LOS ojos esa primera mañana, decidí que los niños y yo debíamos ser útiles en el campamento. No sería difícil, porque a pesar del aspecto cuidado de los muros rectangulares del campamento y las hileras uniformes de tiendas, la vida de los hombres era dura. Dormían sobre el piso de la tienda, tapados con una frazada, y salían en "misiones" con Arthur. Comían en la tienda comedor. Al parecer, no limpiaban nada salvo por lavar los platos, bajo la supervisión del Cocinero. Incluso la tienda de Arthur olía mal, llena de suciedad y retazos de ropa.

Me desperté al alba mientras él todavía dormía, así que me puse la ropa sigilosamente y salí a buscarle el desayuno. Cuando volví, se estaba despertando, entre parpadeos.

—Buenos días, Su Señoría —le dije—. ¿Tienes hambre?

Le pasé el plato, sin ponerme a su alcance, por las dudas de que tuviera intenciones de recibir un aporte matinal de mi parte. El hombre tenía gran resistencia. Eso no me perturbaba en lo más mínimo, como tampoco me perturbaba nuestro acuerdo. Ambos obteníamos algo que queríamos, y habíamos definido las condiciones: "sin expectativas, sin exigencias, sin compromisos". Estaba bien para mí. Por ahora, pareció alcanzarle con el desayuno.

—Pensé que te había soñado —me dijo.

—Las nieblas no traen lindos sueños.

—¿Acaso dije que fuera un sueño lindo?

—No con palabras, anoche —respondí, un poco seca—. Más bien con gemidos.

—Yo no era el único —bromeó, mientras se rascaba la cabeza. Probablemente tendría piojos. Había observado que muchos de sus hombres se rascaban. Yo había estado usando aceite de oliva para ahogar los bichos de la cabeza de los niños, y de la mía.

—¿Tienes una escoba por aquí?

—En alguna parte —dijo. Atacó la comida con gusto, pero sin apartar los ojos de mí—. Esto está bueno.

—Voy a ver a los niños. —Me escabullí de la tienda, y él se levantó para seguirme. Debió demorarse porque no estaba vestido, lo que me dio tiempo de escapar.

Todos estaban despiertos, y más confiados de lo esperable. Shoshana le cepillaba el pelo a Genevra, que cantaba una tonta canción de cuna francesa en rima, que hacía reír a Dragomir. Mandy corrió a mis brazos, y Caris levantó la vista con una sonrisa desde donde estaba, quitando una astilla del dedo de Newt. Marco y Felix leían un viejo libro de historietas de *Asterix*. Uno de los hombres se los debió haber dado. Tendría que encontrarlo y agradecerle.

Después de desayunar, encontré una escoba y organicé a los niños en dos grupos. James los quería examinar, así que envié a Shoshana, Newt, Marco y Felix a la tienda verde camuflada que James llamaba su "hospital", dividida en compartimientos. Me llevé a los demás, junto con la escoba, una botella de detergente para vajilla que logré robarle al Cocinero, y un cubo de agua con trapos. Fuimos a la tienda de Vasily, que no estaba lejos de la de Arthur. Vasily estaba de pie frente a la puerta, de brazos cruzados. Pensé que podíamos empezar con él, dado que era algo así como el segundo en autoridad. Tenía la esperanza de que eso convenciera a los demás hombres de que colaboraran.

—Servicio de limpieza de tienda —anuncié de buen humor. Vasily levantó las cejas tupidas, pero dio un paso al costado. Yo levanté la tela que servía de puerta y di un respingo por el olor, pero logré atar la solapa. Comenzamos a trabajar. Dragomir solo paseó la suciedad en círculos a su alrededor, pero todos los demás logramos avanzar.

No había terminado la mañana cuando se escucharon gritos en algún lugar del campamento. Los gritos tenían una cualidad penetrante que hizo que se me erizara el pelo en la nuca. Les dije a los niños que continuaran trabajando y fui a ver de qué se trataba.

Había llegado un grupo de hombres a caballo. Se habían detenido afuera de los muros del campamento, al lado del corral. Un hombre estaba boca abajo sobre el caballo de otro hombre, y la sangre se deslizaba sobre la cruz del animal. Otros dos hombres se encorvaban sobre la montura, sangrando. James llegó corriendo mientras bajaban a los hombres de los caballos.

—¡Pyotr, Pyotr! —gritó un hombre bajo y de aspecto corpulento, con semblante rosado. Era el que había llevado al hombre sobre el lomo de su caballo, y se desmoronó, llorando. Pyotr fue colocado en un banco que habían traído apresuradamente dos hombres. La sangre le fluía del pecho. James se inclinó sobre él, luego se enderezó, con aspecto triste, y se puso a revisar al otro hombre.

—No, no, ¡tienes que salvarlo! —gritó el hombre fornido—. Por favor, ¡salva a mi hermano! Se arrodilló al lado de Pyotr, aferrándole la mano fláccida.

—No puedo; no puedo suturarlo con tanta sangre —afirmó James. Su voz se notaba angustiaba, pero estaba concentrado totalmente en su próximo paciente, que no estaba tan malherido.

Di un paso hacia Pyotr. No sabía si podía ayudarlo, pero sentía las manos grandes y livianas, como las alas de un águila. Sentía un hormigueo como si estuvieran hechas de docenas de luciérnagas encendidas. Todo lo demás se esfumó, todos los sonidos se redujeron a un zumbido lejano y casi imperceptible, y todo el bullicio desapareció, para ser reemplazado por una quietud clara y dulce. En todo el mundo, solo existíamos Pyotr y yo.

Sostuve las manos unos centímetros sobre la piel desgarrada del pecho del hombre. El flujo de sangre se detuvo; el pecho se quedó quieto. ¿Lo habría matado? Y luego Pyotr suspiró profundamente, como su estuviera dormido. El pecho subió y bajó, una y otra vez. Su rostro pálido se relajó.

—Doc, la mujer paró la sangre. ¡Está vivo! —exclamó el hombre fornido, lo que me sonó como un alarido distante. Pude sentir que James venía a ver, pero no me atreví a perturbar mi concentración. Un momento después, James se arrodilló a nuestro lado. Se unió a nuestra díada, fue parte del silencio.

—El corazón todavía late. ¿Puedes seguir haciendo esto? —me preguntó James, con firmeza, Yo asentí—. Qué diablos, el mundo ha cambiado —murmuró. Se puso a trabajar, le dio una inyección a Pyotr, y luego se dedicó a coserle el pecho.

Pasó algo de tiempo antes de que James volviera a sentarse sobre los talones y se secara el sudor de la frente.

—Hice lo mejor que pude —masculló—. ¡Alcohol! —Alguien le vertió alcohol para frotar en las manos para enjuagarlas. Se levantó y regresó al otro hombre herido.

Yo sentía las manos cargadas de poder sanador todavía, así que las apoyé directamente sobre el brazo de Pyotr y dejé que el hormigueo llegara hasta el hombre. Su respiración seguía un ritmo regular. Algo de color le volvió al rostro. Después de un rato, por fin sentí las manos vacías. Comencé a percibir los sonidos, gente que hablaba, caballos que agitaban los cascos, Mandy que se reía en algún lugar cercano. El movimiento se aceleró a mi alrededor. Los colores y las formas se volvieron un torbellino, con intensidad embriagadora. Di un paso atrás, consternada al ver que estaba cubierta de sangre. Me di de espaldas contra Arthur, que me sostuvo con los brazos.

—¿Estás bien? —me preguntó, mirándome fijamente.

—No es mi sangre —dije. Me solté y busqué a Mandy. Estaba sentada en un claro, a unos metros, junto con los otros niños. Me dirigí hacia ellos.

El hombre petiso y fornido, el hermano de Pyotr, me tomó el brazo y me abrazó.

—Soy Theo. Ahora soy tu hermano, salvar a Pyotr. —Balbuceaba las gracias y me lloriqueaba contra el cuello. Le di una palmadita, y me alegré cuando alguien me lo sacó de encima. Arthur una vez más.

—Envié a los niños a almorzar. Puedes lavarte mientras comen.

Tenía razón. Tenía el vestido hecho un desastre, empapado de la sangre de Pyotr. Y estaba temblando, más asustada de lo que hubiera esperado. No estaba cansada, pero sí sudada y con calor, exaltada. Nunca antes había usado el don sanador de ese modo. Me había dado cuenta de que lo tenía hacía muy poco; cuando consolaba a los niños, como hacen las madres, se sentían mejor y se les pasaban las nanas más rápido de lo esperable. Pero detener el flujo de sangre, eso era algo nuevo. Sonreí a Arthur a modo de agradecimiento, me di vuelta y me fui a cambiar. Él me observó con la cabeza inclinada.

Solo tenía otro vestido. Hice una nota mental de verificar las provisiones del campamento, por si había llegado algún vestido por casualidad. Había tiendas de provisiones esparcidas por todo el lugar; Arthur y sus hombres acumulaban de todo. Le podía pedir a Arthur que hiciera que sus hombres también buscaran ropa de niños.

Cuando llegué a la tienda de Arthur, el hombre rubio que me daba mala espina me estaba esperando.

—Buen trabajo, salvar a Pyotr —me dijo—. Arthur lo aprobará. Eso asegurará tu lugar en el campamento.

—James lo salvó —respondí y me marché en dirección a los niños.

—Theo dice que tú lo salvaste. Theo es un buen hombre para tenerlo como aliado.

—Solo trato de ayudar.

—Todos necesitamos aliados, en especial ahora. El mundo está en guerra.

Me detuve para mirarlo.

—El mundo está bajo ataque, no en guerra.

Sonrió con satisfacción, como si supiera algo que yo no.

—Soy Xavier.

—Emma.

—Todos te conocen —afirmó, con tono excesivamente íntimo. No lo miré. Me tomó del brazo, así que tiré para liberarme.

Un poco después, esa misma tarde, James se me acercó. Los niños y yo estábamos sentados fuera del campamento, junto a un arroyo, mojándonos los pies. Era un día soleado, con una suave brisa, ideal para pasarlo al aire libre. Hace un año, esta zona había estado poblada por los ricos y famosos de todas partes del mundo, que disfrutaban de sus vacaciones, festivales y del descanso de sus ajetreadas urbes de cemento. Ahora las ciudades, las muchedumbres y el cemento habían desaparecido, y este lugar era una zona rural vacía atravesada por pandillas salvajes y refugiados que buscaban guarecerse de ellas. Y también estaba este campamento tan bien aprovisionado. Me detuve a pensar en otro contraste. Todos nosotros, tanto las pandillas como los refugiados, evitábamos las nieblas de forma desesperada. Solo Arthur y sus hombres parecían tenerles menos miedo.

—"Este conejo conduce el camión" —dijo Mandy en voz alta, lentamente. Los niños estaban leyendo. Era hora de clases. Yo cosía un botón en unos pantalones de Arthur que había encontrado apilados en su tienda. En realidad fingía coser; en verdad soñaba despierta, por primera vez en meses relajándome un poco. James se sentó a mi lado.

—Lo que hiciste antes, detener el sangrado de Pyotr . . .

—No puedo explicarlo.

—¿Te vino con el Después?

Yo asentí. Marco y Felix se tiraban bolitas de papel como proyectiles.

—Chicos, si le vuelven a arrancar las páginas a los libros, estarán en graves problemas —Ellos volvieron a leer, entre risitas. Pensé en recordarles que podía pasar mucho tiempo antes de que se volvieran a hacer libros nuevos, pero ¿para qué preocupar a los niños? Quedaba poco por qué reír.

—Mami, ¿puedo terminar? —me llamó Mandy—. Quiero caminar y sentir el lugar donde antes vivía la gente.

—Es hora de lectura —le dije, con firmeza. Me quedé mirándola, mientras me preguntaba qué había querido decir con sentir el lugar donde antes vivía la gente. Pero James me tocó el codo.

—Hay otros hombres a los que no puedo ayudar —me dijo James—. ¿Quieres verlos? —De modo que dejé la costura, y lo seguí hacia el interior del campamento, en dirección a la tienda hospital.

Una vez adentro, vi que el hospital consistía en una serie de tiendas unidas unas a otras a modo de módulos. En una de las "habitaciones" de lona estaba Pyotr y tres hombres heridos, acostados sobre camastros. En otra sala había otros dos hombres, pero no parecían heridos sino enfermos. Uno de ellos era un hombre de cabello oscuro con cara de galleta. Se lo veía terriblemente demacrado. Parecía dormido, pero se quejaba cada tanto, como si tuviera dolor.

—Parásitos —dije. Me puse de pie al lado del hombre y lo tomé de la mano, que estaba pegajosa y fría.

—¿Estás segura? —preguntó James, en tono preocupado.

—No, pero me vino eso a la mente, así que lo tendría en cuenta. —Me incliné sobre el hombre, que batió los párpados. Intentó sonreírme.

—Escuché que había una mujer —susurró—. No lo podía creer. Arthur temía traer mujeres aquí. También es muy bonita.

—No me parece que Arthur sea del tipo que le temen a nada —observé.

—Teme lo que las nieblas pueden hacerle a la mente de los hombres —respondió el hombre, y luego gruñó. Su dolor era tangible. Mis manos se llenaron de esa sensación de hormigueo, así que las apoyé sobre el abdomen del hombre, y dejé que la corriente cálida fluyera en su dirección. Después de unos minutos, el hombre suspiró. Su rostro se relajó y apoyó la cabeza hacia un lado. Un segundo después, estaba roncando.

—La primera vez que duerme tranquilo en semanas —murmuró James. Me había olvidado de su presencia, y me sobresalté. Mi movimiento no perturbó al hombre enfermo, que dormía plácidamente. Después de un rato, mis manos se vaciaron y di un paso atrás.

—¿Cómo se llama?

—William. Es muy amigo de Arthur; trabajaban juntos, creo —observó James. Se pasó la mano por la cabeza—. No tengo con qué tratarlo.

—Una buena herbolaria podría hacer maravillas —dije.

—Buscaré una en Internet —me respondió, lo que me hizo sonreír.

El otro hombre estaba en posición fetal. Era un africano de piel muy oscura con anteojos con marco de alambre. Abrí la boca.

—Cáncer —fue lo que me salió. James se estremeció. Se sentó en un taburete bajo de tres patas, apoyó los codos en las rodillas y apoyó la cara en las manos.

—Eso me temía.

Me senté en el piso, a su lado, abrazándome las rodillas contra el pecho.

—¿Qué tipo de médico eres?

—¿Ahora? Todo tipo. Cirujano, clínico, podólogo y, desde que llegaron ustedes, pediatra. —Levantó la cabeza, y sonrió apenas—. Antes, era dermatólogo.

—Creo que me está saliendo una arruga en la frente. ¿Puedes quitármela, antes de que me atrapen las nieblas?

Sonrió con una mueca.

—Cuando hice la rotación de cirugía, la consideraba una especialización. Pero luego quise poner mi propio consultorio, hacer liftings y cobrarle mucho a la gente, corregir paladares hendidos en India dos semanas al año para calmar la conciencia. Después de todos esos años de estudiar medicina, de pasantías y la residencia y la especialización, mi vida estaba a punto de comenzar. Me haría socio de un club de golf, me compraría una casa con seis dormitorios y un Jaguar, con una esposa rubia que fuera muy linda y muy, pero muy, inútil.

—Todas loables ambiciones. Todavía puedes tener un Jaguar. Quedan varios coches por ahí.

—Les diré a los muchachos que me traigan uno la próxima vez que salgan a explorar. Pueden pagar el combustible con mi American Express platino. —Hizo una pausa, y se golpeó la frente, simulando consternación—. Diablos, no he visto una gasolinera en pie en meses.

—Arthur les dirá a los muchachos que instalen una cancha de golf. Está esa pradera grande . . .

—Seguro hay palos de golf por algún lado. Si las nieblas comieron todos los de metal, podemos tallarlos en madera. —James sacudió la cabeza—. ¿Qué tipo de cáncer?

No lo sabía, y de todos modos no tuve tiempo de responder, porque en ese momento entró Arthur. Era tan alto que solo quedaban unos centímetros por sobre su cabeza dentro de la tienda. Entrecerró levemente los ojos al vernos.

—¿Qué está pasando aquí?

Me levanté.

—Veré si puedo ayudar también a este hombre. Mal no puede hacerle.

—Charles Nwokocha —observó Arthur—. Uno de los mejores lingüistas del mundo. Escribió un estudio brillante sobre lingüística y haplogrupos. Quiero que viva para que pueda documentar los idiomas que se han perdido. Debemos tener un registro para cuando se reconstruya el mundo. No regresaremos a la era neolítica.

—¿Piensas que reconstruiremos el mundo? —pregunté.

—Claro que sí.

—Eres más optimista que yo —le dije. Arthur frunció la nariz y entrecerró los ojos, pero yo no le seguí la corriente. Sentí que un tintineo me recorría las manos, y la apoyé sobre Nwokocha. Éste gimió, pero presentí que se sentía agradecido.

Unos días después, Arthur salió con unos veinte hombres. Yo estaba supervisando la aventura de cepillado de dientes nocturna de los niños. Teníamos nuestros observadores de siempre, que cada vez se sentían más cómodos frente a nosotros, y nos hacían chistes en varios idiomas. Afortunadamente, yo no entendía nada de lo que decían. Algunos de los hombres me habían pedido cepillos de dientes.

Arthur llegó desde atrás y me apoyó las manos en la cadera. Se me acercó más a la nuca.

—Te despertaré cuando regrese —me dijo al oído, en voz baja.

Me di vuelta, y solo pude ver esa barba negra gigante.

—Bueno, Fidel.

—¿Fidel?

—Fidel Castro era el . . .

—¡Entendí! —Me soltó y se marchó deprisa. Yo lo seguí.

—Quise decir que . . .

—Sé lo que quisiste decir. —Me tomó de la mano y me llevó para que camináramos juntos—. Salimos en una misión para buscar antiparasitarios.

—¿Una misión o una incursión? —quise saber.

—No vamos a quitarle nada a nadie, así que es una misión. James me dio una lista de lo que podría ayudar a Will. Hay un grupo de edificios a unos treinta kilómetros al sur, y uno de los hombres piensa que uno puede ser una clínica. Quizás haya medicamentos.

—Si es que alguna de las otras pandillas no llegó allí antes.

Arthur levantó el arma que no sabía que llevaba. La amartilló con un gesto sencillo y ensayado.

—Puedo ser muy persuasivo cuando se trata de obtener lo necesario.

—Ya lo sé —dije—. ¿Por qué van tan tarde?

—La oscuridad nos oculta; evitamos las pandillas. —Se encogió de hombros—. La persuasión es buena; la discreción aún mejor. —Nos habíamos aproximado al corral y al área donde se encontraban hombres y caballos. Robert le extendió las riendas del gran ruano que montaba Arthur, que las tomó y se volvió hacia mí—. Sobre la barba . . .

—Puede tener piojos. Me parece que el campamento está infestado —dije. Me miró, con franca incredulidad. Me encogí de hombros.

—Piojos, cepillos de dientes. Eres un dolor en el trasero, mujer. —Se inclinó hacia mí y me besó en la boca por primera vez. Luego montó su caballo.

—Buen viaje —le grité. Hizo de cuenta que no escuchó mientras se marchaba al trote. Probablemente demasiado sentimental para su gusto.

No regresaron por varios días. En ese tiempo, James revisó a todos los niños, y a mí. Todos gozábamos de buena salud, un poco delgados, pero con una fortaleza notable después de todo lo que habíamos sufrido. Caris padecía de trastorno de estrés postraumático, según la opinión de James.

—Todos lo padecemos —repliqué, en un tono neutro que lo incluía al médico. Él se encogió de hombros.

Una tarde, James se acercó a saludarme. Yo estaba con los niños junto al arroyo, fingiendo lavar las mantas. En realidad estábamos más concentrados en cantar una redondilla francesa que nos había enseñado Caris. James trató de unirse, le salió terriblemente mal, y se reía con las burlas de los niños. De repente me tomó de la mano.

—¿Volvieron? —quise saber.

Negó con la cabeza.

—No vine a verte por eso. —Me alejó del arroyo para conducirme a un grupito de cipreses, donde podíamos hablar a solas. Esperé, expectante. Lentamente, con gesto solemne, sacó un libro de una bolsa que llevaba al costado del cuerpo. Yo no pude evitar sonreír. Me apoyé contra el tronco de un árbol y me tapé la cara con las manos.

—Oh, no.

—Oh, sí —me dijo—. *Las aventuras de Alicia en el país de las maravillas.* — Abrió el libro en la página de la primera ilustración. Allí estaba, el dibujo ingenioso de una niñita rubia que miraba por un agujero. Pero esta niña no tenía aspecto insípido, como tantas Alicias. Parecía curiosa y lista para explorar, rebosante de inteligencia y energía vibrante. Yo había tomado esa expresión directamente del dulce rostro de Mandy. Mandy había nacido con sed de aventuras, diseñando cómo encontrarlas. Era mi responsabilidad asegurarme de que esa cualidad permaneciera intacta, incluso cuando el mundo desapareciera. La mayoría de los días no sabía cómo lo lograría.

James señaló mi nombre en el extremo de la página: esas letras de imprenta diminutas que me encantaba usar, que decían Emma Stella, mi primer y segundo nombre. Así firmaba todos mis trabajos.

—Esa eres tú —dijo.

—¿Cómo lo sabías? —dije, con un suspiro. Tomé el libro de la mano de James y lo acuné contra el pecho. Era casi como un bebé, este volumen lujoso forrado en cuero con sus páginas de vitela, tan precioso, el recuerdo de una época en la que no me acompañaba el miedo constante, la desesperación constante. La época del Antes. Esa época en la que fui una artista e ilustradora renombrada que vivía en un apartamento del West Village, en Manhattan, con mi amada familia. Una época en la que me habían elegido para hacer una serie de pinturas para una edición de lujo de *Las aventuras de Alicia en el país de las maravillas.* Echaba tanto de menos esa época que no toleraba pensar en ella.

—Estábamos de vacaciones en París y te vi en la librería, dando una charla sobre el libro –dijo–. No dejaba de preguntarme de dónde te conocía. Hace unos minutos lo recordé. Conservé el libro conmigo en todo momento. Me gustó lo que dijiste, acerca de buscar la inspiración en el mundo que te rodea, en mirar la cara de aquellos que amas para encontrar la inspiración.

—¿Estaban de vacaciones? ¿Quiénes? —pregunté con suavidad.

—Mi hermano y yo. —Su rostro adoptó esa expresión vacía y distante que había llegado a reconocer: su hermano no lo había logrado–. No te imaginas lo que hemos atravesado juntos, este libro y yo —murmuró–. O quizás sí puedas. —Apoyó sus manos sobre las mías y me quitó el libro, y luego se inclinó para hojearlo–. Esta es mi favorita.

Era Alicia hablando con el ratón, que se veía horrorizado y listo para saltar del libro, con caftán y todo. Había tomado la expresión del ratón de mi vecina, cuando vio a un roedor en la cocina, y siempre me había divertido esa ironía. Me había resultado tan gracioso el miedo de mi vecina, en esa época en la que el miedo era divertido.

Pero no tuve tiempo de contarle la historia a James. A escasa distancia, se oyó el martilleo de una pistola. Los dos conocíamos ese sonido. Nos volvimos despacio al mismo tiempo.

—¿Qué están haciendo ustedes dos? —preguntó Arthur, apuntando la pistola a la cabeza de James, que se puso tan pálido que las patas de gallo alrededor de los ojos parecían bandas oscuras en un lienzo preparado.

—¿Arthur, qué diablos . . . ? —Me interpuse entre Arthur y James y la pistola me apuntó a mí. Los ojos de Arthur se entrecerraron. La barba le tapaba la mayor parte de la cara, pero la furia helada de sus ojos era evidente. Le llevó unos instantes, pero bajó el arma. Le devolví el libro a James–. Gracias por enseñármelo. Lamento lo de tu hermano. —Me alejé, sin mirar en dirección a Arthur, que me tomó del brazo cuando pasé a su lado.

—No te pienso compartir.

—Nadie te pidió que lo hicieras —le dije. Me solté y volví al arroyo y a los niños. ¿Qué problema tenía ese sujeto?

Más tarde, una vez solos en su tienda, con el destello de una vela entre ambos, Arthur se acostó de costado y me quitó el pelo de la cara. Me pasó el pulgar por la nariz y el pómulo.

—Me encanta tu cara. Es delicada, pero fuerte. Como tú.

—Estoy segura de que tienes una linda cara debajo de esa piel de oso.

—Qué graciosa. —Sus labios se curvaron en una sonrisa.

—¿No impertinente?

—Eso también. Te debería mandar a que te las arregles sola, pero tienes razón; no lo haré.

—¿Por qué me echarías? —pregunté en tono juguetón. Pero en verdad quería saber. Le acaricié el abdomen, que era firme y con los abdominales marcados.

—Sería más probable que te marcharas por un impulso, y no quiero eso.

—Quizás te alegrarías de deshacerte de mí, que soy tan impertinente —sonreí.

—No —respondió Arthur enfáticamente. Se llevó mi mano a los labios y me besó la palma.

Tanta intensidad me hizo sentir incómoda.

—De cualquier modo, no soy el tipo de persona que actúa por impulso. Ya no. No puedo darme ese lujo.

—Eres alguien que actúa según su propio criterio. —Sus ojos grises se entrecerraron—. ¿Por qué no me dijiste que eras una artista famosa?

—Nunca me preguntaste. —Tiré de la manta y me la puse debajo de los brazos—. Ya no tiene importancia.

—Todo lo tuyo me parece importante.

—Tenemos un trato, ¿recuerdas? Sin expectativas, sin exigencias, sin compromisos.

—Mm . . . —masculló. Rodó hasta ponerse encima de mí. Las palabras ya no fueron necesarias.

Capítulo 4

ARTHUR Y SUS HOMBRES NO ENCONTRARON ANTI-
parasitarios. No dijeron demasiado acerca de la misión, y tenían expresión
tensa y sombría, por lo que me imaginé que no les había ido bien. Me sorprendí cuando Arthur me llamó al día siguiente mientras me acercaba a ver
a Will y Nwokocha en la tienda hospital. Pensé que habría salido a buscar
medicamentos.

En cambio, se lo veía decidido. Caminaba con paso enérgico.

—Ven conmigo —dijo. Me llevó hasta el corral, donde su ruano estaba
ensillado y listo. Robert, que parecía ser el mozo de cuadra a cargo, me
ayudó a montar.

—¿Adónde vamos? —quise saber.

—Es una sorpresa —respondió Arthur. Metió dos botellas de agua en una
alforja, junto con una soga enrollada, y se subió detrás de mí.

—No me gustan las sorpresas.

—Esta te gustará. Vamos a hacer el bien.

—¿Cómo sabes que me gusta hacer el bien? —le pregunté—. Yo solo estoy
tratando de sobrevivir, y mantener a mis críos con vida.

Me miró inquisitivamente.

—Claro que te gusta. Eres como yo en ese sentido. Vamos.

—¿Y qué hay de los chicos? —objeté.

—Yo los cuidaré —se ofreció Robert—. Tengo una guitarra. Aprenderemos
algunas canciones. No te asustes; no les voy a enseñar ninguna demasiado
subida de tono. —Saludó con la mano con una sonrisa, y partimos al trote.

Cabalgamos durante más de una hora, sin que ninguno dijera palabra. El terreno era irregular, verde, rocoso, con colinas, y hacía calor. El aire estaba cargado del aroma del tomillo y la lavanda. Pasamos por viñedos abandonados y olivares desolados y un lago azul resplandeciente. La belleza de la tierra aquí era salvaje y conmovedora y ancestral, y parecía sentarle bien que la humanidad hubiera sido eliminada. Podríamos haber sido Adán y Eva paseando por el Edén. Nos acercábamos a unas colinas distantes y, de repente, la ilusión del paraíso se hizo añicos: una niebla blanca perlada avanzaba sobre las colinas. A la distancia parecía diminuta, pero debía de ser enorme para que siquiera pudiéramos verla.

—¡Alto!, ¡Alto! —grité. Lo tomé a Arthur de los brazos y tiré de las muñecas para detener al caballo. Este se detuvo—. ¿No ves la niebla? —Me apreté contra el pecho de Arthur lo más que pude—. Arthur, ¡debemos regresar!

—Las estamos siguiendo —dijo—. ¡Arre! Espoleó al caballo, y éste rompió en un galope. Un sudor frío me recorrió todo el cuerpo. ¿Qué estaba haciendo Arthur? Solo teníamos un caballo y eso no era suficiente para alejar a las nieblas.

Una hora después, las colinas se habían convertido en profundos acantilados serpenteados por un río burbujeante color turquesa. Hubiera sido un festín para los sentidos, con el alboroto de fragancias de la Provenza y la belleza imponente de las paredes de caliza, pero estábamos persiguiendo un banco de niebla blanca enorme y amenazador, el más grande que yo había visto hasta ahora. Era incluso más grande que cualquiera de las esferas que habían descendido como plantas rodadoras sobre las calles de París, matando a todo el que se interpusiera en su camino, destruyendo edificios enormes. El terror me paralizó. Arthur continuó.

Seguimos el banco de niebla hacia el corazón de los acantilados y a través de un hueco entre una contracción del banco de niebla, vi que había un grupo de personas acurrucadas contra la pared de piedra caliza.

—¡Arthur! —señalé. Las nieblas volvieron a expandirse, y flotaron entre las personas y nosotros dos.

Continuamos cabalgando, hasta detenernos a unos pocos metros de las nieblas. El olor dulce nauseabundo de lilas y azufre me invadió las fosas nasales, y jadeé y tosí.

—Eso es lo que estaba buscando —dijo.

—¿Así podemos morir con ellos? —pregunté con amargura. Se me revol-

vió el estómago. ¿Acaso Arthur había enloquecido? Además del olor pesti-
lente, las nieblas traían aparejados sentimientos, sentimientos tumultuosos
imposibles de describir con palabras, que despertaban el terror y eclipsa-
ban la razón. ¿Acaso Arthur había sucumbido ante ellos? De la piedra, por
encima de las nieblas, flotaron unas mariposas, sátiros comunes y níspolas,
que aleteaban lentamente.

—No vamos a morir.

—¡Tengo una hija y otros siete niños que dependen de mí! —Sentía la garganta seca, por lo que mi voz sonó ronca.

Arthur bajó del caballo y me extendió la mano.

—Volveremos con ellos —me prometió. Me tomó con firmeza de la mano
y tiró para que bajara del caballo.

Me quedé de pie, temblando, mientras contemplaba la aparición blanca
algodonada que flotaba entre nosotros y las personas que estaban del otro
lado. Las nieblas eran lo suficientemente densas como para ocultar a las
personas, y solo podía discernir sombras: una, dos, quizás cinco personas,
acurrucadas entre sí. Estaban extrañamente calladas. ¿Estarían rezando?
¿Estarían muertas ya? ¿Se habrían suicidado para eludir las nieblas?

—El cañón del Verdon —dijo Arthur, con voz musical—. Yo solía escalarlo.

—Preferiría escalarlo y caerme de lo alto antes de que me coman las
nieblas —dije, con tono amargo—. La caída será rápida. ¡Plaf! Las nieblas, ya
lo has visto. Horas de agonía. Yo voy armada para que los niños no tengan
que tolerar ese tipo de sufrimiento si los atrapan. Caris tiene una bala para
mí. Tú tienes una pistola, ¿no? Mátame si nos atrapan las nieblas. Una bala
en el corazón.

—Esta zona se formó en el período triásico, cuando el mar retrocedió y
dejó depósitos de piedra caliza en varias capas. Luego, en el jurásico, un mar
cálido hizo que crecieran distintos tipos de corales.

En verdad estaba demente.

—¡Este no es el mejor momento para una lección de Historia! —le dije.
Negó con la cabeza.

—Eres tan impaciente. Ten un poco de fe.

—¿Queda algo en qué tener fe? —exclamé—. ¿Dios? ¿Los finales felices?
No existen. ¡No podemos ayudar a esta gente! ¡Están muertos, y nosotros
también lo estaremos!

—Tenme un poco de fe —murmuró Arthur. Entrecerró los ojos y levantó una mano en el aire. Yo esperé. Luego de unos minutos, comencé a impacientarme. Estaba asustada, tenía hambre, tenía ganas de hacer pis. Quería volver a subirme al caballo y salir al galope hacia el campamento lo más rápido que me permitiera el caballo. Arthur se había equivocado sobre mí: yo no quería hacer el bien; solo quería mantenerme viva. Su respiración se hizo más pareja, más lenta, como si estuviera meditando.

Y luego la vi. Otra niebla salió de una grieta elevada a nuestra izquierda. Se dirigió como una flecha hacia el enorme banco de niebla, como si la atrajera un imán. Yo proferí un grito.

—Espera —dijo él. La niebla llegó más rápidamente, desprendiéndose de la grieta en la roca, y desplazándose hacia el enorme banco de niebla, que pareció abrirse para abrazar la nueva niebla. Desde todo el barranco, hasta donde llegaba la vista, salían nieblas de las hendiduras de la roca y se arqueaban hacia la masa blanca pulsante. Sobre nuestras cabezas, el cielo parecía una telaraña centelleante que se tejía a sí misma en una bola gigantesca, más alta que un rascacielos. El olor a muerte agonizante nos envolvió. Se me aflojaron las rodillas hasta tener la consistencia de un budín de pan.

Las nieblas se apartaron del acantilado y de las personas que estaban del otro lado. Quizás tendrían una oportunidad, pero ¡ahora venían hacia nosotros! El gran banco se detuvo a un metro de nuestros rostros. Me invadió la imagen de la carita dulce y afectuosa de Mandy. No estaba lista para abandonarla.

—¡Mira! —me ordenó Arthur. Hizo un círculo con las dos manos, presionando los pulgares e índices. Las nieblas se convirtieron en una rosquilla gigante, con un diámetro de cientos de metros, allí flotando en el aire. Dejé escapar un jadeo. Arthur juntó las muñecas y desplegó los dedos como un abanico. Las nieblas imitaron esa forma. Cerró los puños y los sostuvo uno al lado del otro. Las nieblas se partieron al medio, y quedaron dos bolas blancas gigantescas flotando una al lado de la otra, en el aire.

Abruptamente, Arthur abrió los puños. Las nieblas se dispersaron y desaparecieron.

—¡Carajo! ¿Qué fue eso? —exclamé. Su sonrisa dibujó un arco en su barba negra—. Puedes controlar las nieblas. —Antes de que pudiera responder, las personas que estaban contra el acantilado corrieron hacia nosotros. Eran siete, y corrían con la cara lívida. No aminoraron la marcha al acercarse. No tenían intención de detenerse. Arthur intentó alcanzar a uno. Yo tomé la manga de la camisa de nylon de una mujer.

—¡Espere! —le dije—. ¡Podemos ayudarlos! ¡Tenemos un campamento seguro! —Escuché que Arthur pronunciaba las mismas palabras.

—¡No hay seguridad! Vamos de una muerte a otra —afirmó. Tenía los ojos grandes inyectados en sangre y su mirada perdida no hizo contacto con la mía. Se soltó y corrió detrás de los demás. Yo me volví hacia Arthur, que se acariciaba la barba y observaba a la gente que huía.

—Los podríamos haber llevado al campamento —dije. Le tomé la mano—. ¡Tú puedes controlar las nieblas!

—No están listos para nuestro campamento. Deben estar preparados para aceptar la seguridad. —Se mordió el labio—. No se trata de controlarlas, exactamente. Es una percepción. Puedo percibirlas. Puedo . . . no sé cómo explicarlo . . . puedo establecer una conexión con ellas.

—¡Las hiciste desaparecer!

Él suspiró.

—A veces puedo hacerlo. Otras, solo puedo espantarlas. Tampoco sé cómo explicarlo.

—¡Tienes que intentar entenderlo! —exclamé, con entusiasmo. Por primera vez desde la última Navidad, sentí un destello de algo maravilloso: esperanza—. ¿Es por eso que el campamento es seguro, porque tú sabes cómo espantarlas, disolverlas?

—Las nieblas no se acercarán al campamento —afirmó, con gran certeza.

—Se acercaron antes. Había un pueblo allí.

—No volverán. Yo puedo sentir si una zona es segura. —Me pasó un brazo por el hombro y me abrazó, mientras me besaba la frente—. Controlar las nieblas no funciona siempre. Tengo que estar en un estado determinado, en calma.

—¿Arriesgaste mi vida con un don que tienes al azar? —le pregunté. Sentí cómo el enojo me invadía como una sensación de calor intenso, ahora que sabía que no iba a morir.

—Sabía que podría hacerlo. —Me apartó el cabello de la cara, y me observó intensamente—. Tienes los ojos veteados, como los de un gato. Ámbar, marrón y verde y dorado. Cambian tan rápido y son tan expresivos. Volátiles. Nunca vi algo así.

Retrocedí un paso.

—¿Cuándo te diste cuenta de que podías hacer eso, controlar las nieblas?

No respondió, sino que alzó la vista al cielo. Sus ojos grises se ensancharon, como soñando despierto.

—Todos cambiamos con lo que pasó. Las nieblas tienen efectos parapsicológicos. Algunas personas no saben quiénes son. Otras se esfuerzan demasiado por olvidarlo. Otros tienen un don. ¿Sabías que James ve el interior del cuerpo de las personas?

Nunca me lo había dicho. Negué con la cabeza, un poco dolida. Había pensado que James y yo éramos amigos. Desde luego, yo nunca le había mencionado los poderes clarividentes de Newt.

—Me preguntó por Will y Nwokocha. ¿Por qué lo haría si puede ver el interior de los cuerpos? —murmuré.

—Su clarividencia es intermitente, y probablemente buscara una confirmación. —Arthur me tomó de la mano y se la llevó al pecho—. Tus manos tienen el poder de sanar. Las mías pueden invocar y espantar a las nieblas.

—Por eso crees que es posible deshacerse de ellas por completo —le dije. Él se encogió de hombros—. ¿Por qué no me dijiste que podías hacer esto? ¡No era necesario traerme a la fuerza y aterrorizarme!

—Esto causa más impresión. Lamento que te asustaras tanto. Quería compartirlo contigo. —Su mirada estaba absorta en mí. Sus ojos se pusieron serios y penetrantes, como si me quisiera leer la mente. Me pregunté qué estaría pensando, pero no quise preguntarle. Él estaba sintiendo cosas con las que yo no quería tener nada que ver. Disfrutaba de lo que compartíamos en su tienda, y valoraba la seguridad del campamento, pero hasta allí llegaba. Para mí, era un intercambio justo y limitado. La parte de mí capaz de sentir que quedaba estaba absorbida por Mandy y los otros siete chicos que se habían convertido en mi razón de ser. Quería llegar a Canadá con ellos, de alguna manera. Quería brindarles seguridad y lo que quedaba de la civilización. Quería que crecieran felices, con todos los beneficios de la humanidad a lo largo del tiempo, y sin tener que enfrentar ninguno de los peligros que ahora nos acosaban.

—Volvamos —sugerí, antes de que Arthur pudiera besarme. Lo hizo de todos modos.

—¿Alguna vez escalaste una pared de roca?

—No, y no quiero hacerlo.

—Vamos, te enseñaré. Es divertido.

—¿¡Divertido!?

—Sí, divertido. Significa una experiencia agradable para la que los seres humanos estamos hechos. Y no solo en la cama.

—Eso no es divertido; es un deber. Hice un trato y mantengo mi parte del acuerdo —mascullé. Arthur se rió con ganas.

—¿Eso es lo que te dices a ti misma, Emma?

—Es la verdad.

—Mentirosa. Vamos. Aquí estamos seguros. Esas nieblas han desaparecido. Estamos en una zona segura. Disfrutémosla. Solo por un rato. Quiero que estés aquí, ahora, conmigo.

—¿Escalando en roca? ¿Mientras esperamos el fin del mundo?

—El fin ya pasó. Ahora estamos en el comienzo. Y tenemos este momento, tú y yo, sin pasado ni futuro, sin remordimientos ni preocupaciones, solo para estar juntos, solos en este bello lugar, disfrutando del día.

—Yo siempre tengo un pasado y preocupaciones.

—Yo no. —Se dirigió al caballo y hurgó en la alforja, de donde sacó una especie de arnés—. Ponte esto.

—Qué bien por ti, no tener pasado y preocupaciones. En lo que a mí respecta, debo regresar con los niños.

—Eres alguien sin ellos, ¿no? ¿Quién eres cuando no están ellos? —quiso saber, un poco ácido—. ¿No puedes ser ella, la mujer que llevas adentro, por un rato, mientras estás conmigo aquí? —Me puso el arnés en la mano—. Me he sentido tan solo.

—Bueno, querido, ya sabes, ha sido un apocalipsis muy solitario —respondí con sarcasmo.

—Ponte esto.

—¡Tienes que estar bromeando! Tengo que volver con los niños.

—¿Por qué? ¿Tienes que cumplir un horario? ¿Tienes que volver para cepillarles los dientes a todos? Tus ocho angelitos están felices en la zona segura, bien alimentados y, si conozco a Robert, se están riendo de alguna canción algo obscena.

Me quedé sin palabras ante ese argumento. Quizás no quería refutarlo tampoco. Dejé que mi mano se relajara y desplegué el arnés.

—¿Y luego iremos a casa?

—Sí. Y haré que valga la pena el esfuerzo cuando lleguemos allá arriba. —Su tono era juguetón.

—Esto parece complicado. —Abrió el cinturón con los lazos para las piernas hacia abajo. Yo metí una pierna en cada uno.

—¿Sabes cómo amarrar la soga a una roca? —Negué con la cabeza y él continuó—. Yo escalaré sin cuerda y luego amarraré tu soga desde el borde. Es una escalada sencilla; no es muy alto, unos cincuenta y cinco, cincuenta y seis o siete metros en la cima.

—¿Esperas que suba este acantilado y me pare en una saliente sin caerme?

—Te pondré un gancho. —Se sacó la camisa y pateó los zapatos, indicó que me saque los míos también. Se puso el arnés y pasó la cuerda enroscada por las manos, enroscándola y comprobando su seguridad con manos expertas. Se la enrolló en el brazo desnudo.

—Arthur, ya no tengo identidad propia, sin los niños.

Me miró inquisitivamente.

—Sí que la tienes. No puedes definirte por las nieblas, por lo que han hecho. Ninguno de nosotros podemos hacer eso. Es ser indulgentes con nosotros mismos. Si me permitiera hacerlo, no tendría más opción que el suicidio.

Sus palabras eran tranquilas, pero inesperadamente conmovedoras. Me sorprendieron.

—¿El suicidio? ¿Arthur? ¿Tan drástico?

—No respondió. Ató un extremo de la soga a mi arnés y luego subió por la superficie de la roca, a la que se aferraba con la elegancia de una araña.

—¡Sube! Mantén el peso centrado en los pies. La fuerza va en los agarres del pie, no de las manos. La cadera cerca de la roca.

Se movía con gracia y fluidez, mucho más de lo que uno podría suponer con su cuerpo alto y musculoso. Por encima de él, el cielo se extendía hacia el infinito, interminable, inconmensurable. Me mareé al mirar hacia arriba y me tambaleé un poco. Extendí las manos para evitar caer y me estremecí al tocar la piedra caliza con las palmas. Los acantilados aquí eran seguros. No lo habían sido antes. ¿Cuántas nieblas blancas destellantes habían brotado de las fisuras de la superficie de rocas como ésta, para matar a miles de millones de hombres, mujeres y niños? ¿Cómo esperaba Arthur que olvidara todo eso incluso por unos instantes?

—¡Emma, sube! ¡Estás amarrada! —gritó Arthur. Di un salto y me aferré a la roca. La piedra se sentía fría y rugosa contra los dedos de las manos y de los pies—. ¡Párate derecha, mantén el equilibrio, mantén el peso sobre los pies! —gritó desde arriba.

No había nada más que hacer mientras subía. Me llevó mucho más que a él, y me ayudaba la tensión de la soga, que pasaba por ganchos atornillados en la roca. De pequeñas grietas crecían diminutos retoños verdes de esperanza. La piedra caliza conservaba el sudor que dejaban mis palmas y se ponía resbaladiza, por lo que no podía volver a apoyar la mano donde ya había estado. Cuando cambiaba de posición, no había retorno. Tenía que resolver el dilema de dónde poner las manos.

Arthur tenía razón, era bastante divertido, una vez que le agarré el ritmo. Tenía que hacer movimientos delicados y sutiles por un lado, y empujar en forma extenuante por otro, cuando tenía que elevar los pies casi a la atura de la cintura para encontrar dónde poner el pie. Era consciente de que el suelo de desvanecía bajo mis pies. Luego solo fui consciente de mi propio cuerpo y de cómo se deslizaba por la superficie rocosa; nada más importaba. El tiempo se detuvo y se esfumó. Solo estaba yo y la roca gris y el cielo azul. Mi aliento y mi corazón por primera vez en meses fluyeron al unísono. Estaba viva otra vez.

Finalmente, Arthur tiró de mí hasta que estuve de pie a su lado.

—¡Lo logré! —exclamé. Choqué su mano, exultante.

—No estuviste tan mal —se rió—. Eres mejor escaladora que jineta, eso es seguro. —Me enganchó a otro perno con varias vueltas de cuerda. Luego se paró a mi lado—. ¿Entonces lo disfrutaste? ¿Te gustó tomarte un pequeño recreo de la rutina habitual de evitar la muerte, la inanición y los ataques de las pandillas?

—Disfruté no romperme la crisma.

—¡Mentirosa! Te gustó escalar. Te conecta contigo misma. La pregunta es: ¿qué encontraste? —Lo estaba haciendo otra vez, mirándome con esos ojos abrasadores y decididos, tratando de ver en mi interior.

—Encontré a mis niños en mi interior.

—Otra vez mientes. —Me tomó en brazos y me empujó con suavidad hacia el borde del acantilado—. ¿Estás preparada para cumplir con tu deber?

—No, vamos a casa —dije, pero se me había acelerado la respiración.

—Hoy no paras de mentir. Siempre quise hacer el amor al borde del precipicio —murmuró, y luego hizo precisamente eso. No fue fácil con los arneses puestos, pero era un hombre creativo, y estaba decidido. Valió la pena.

Regresamos al campamento al atardecer. Yo cené con los niños, traté de seducir al Cocinero, pero terminé acosándolo para que me diera la mejor comida para Arthur, y luego dejé a los niños con la lectura mientras atendía a Will y Nwokocha. Cuando la energía sanadora dejó de fluir por mis manos, levanté la mirada. James me observaba desde un rincón de la tienda hospital.

—No te escuché entrar —dije.

Él asintió.

—No quería molestarte. —Levantó la solapa de la tienda para dejarme pasar y vino tras de mí—. Estabas pálida cuando regresaste. ¿Estás bien?

—Arthur puede invocar las nieblas y luego echarlas —dije.

—A veces, creo que Antes, Arthur tuvo mucho que ver con . . . —comenzó a decir James, y luego se interrumpió. Se estremeció y alzó la vista al cielo. La noche se aproximaba, y el cielo se había teñido de violeta, oro y una suavidad que se asemejaba a una manta de seda. Los niños reían y cantaban con Robert. Se les habían unido algunos hombres, y entonaban una canción que despertaba sus risitas. Era agradable escucharlos tan despreocupados. Hacía un mes, no hubiera creído que podíamos encontrar algo tan parecido a la paz y la normalidad.

—Tú puedes ver el interior de los cuerpos. ¿Estabas viendo en mi interior recién?

—Te lo dijo —dijo James, apretando los labios y apartando la mirada—. Todos hemos cambiado. Nunca sé si eso quiere decir que estamos locos. Si yo estoy loco.

—No estás loco.

—Sucede, sabes. Lo he visto. Uno empieza a tener habilidades extrasensoriales y luego . . . —Su voz se entrecortó.

—No te volverás loco.

—No puedes prometer eso —dijo, e inhaló varias veces—. ¿Arthur te arrastró hasta los acantilados para mostrarte lo que puede hacer? Te lo podría haber dicho y ya. —Su voz estaba cargada de rencor.

—No fue exactamente así. De algún modo supo que las nieblas estaban persiguiendo a un grupo de personas. Él logró dispersarlas y liberar a la gente.

—Te podría haber explicado en lugar de asustarte así —repitió James, con tono tozudo.

Pero me di cuenta de que la paz interior que ahora tenía provenía en gran medida de la certeza visceral del poder que tenía Arthur, y de los breves momentos de diversión en el acantilado.

—Me alegra saberlo. Me siento más segura aquí.

—Debería haber evitado asustarte. Has atravesado bastante. Todos lo hemos hecho. —James sacudió la cabeza—. Will se siente mejor, pero necesita medicina. Van a volver a salir en unos días, a buscar en otra aparte.

—No se veían muy contentos la última vez —observé. Caminamos juntos hacia los niños.

—Es que fue un desmadre —afirmó—. Llegaron a caballo hasta un grupo pequeño, de tres mujeres y seis niños. Las mujeres los vieron, les pegaron un tiro a los niños y se suicidaron.

Cerré los ojos y dejé que la ola de tristeza me inundara y luego fuera fluyendo hacia el mar de sufrimiento que todos habíamos padecido desde que las nieblas arrasaron la tierra por primera vez. Nueve inocentes más muertos. ¿Qué eran nueve, después de tantos millones? Pero la vida no podía cuantificarse de ese modo, y no había a quién hacerle esa pregunta. Ni siquiera una Deidad cruel que pudiera condonar la destrucción deliberada que había sufrido nuestro planeta. Me podría haber enterrado en lo profundo de la madriguera de la desesperación, pero la cara de mis hijas y mi esposo se elevaban en mi interior, para evitar que cayera.

—Deben de haber pensado que los hombres de Arthur eran de una de las pandillas errantes. Algunas son brutales.

James asintió.

—Antes de morir, la última mujer dijo que se habían escapado y habían jurado no regresar. —Al mirar alrededor del campamento, vi a Arthur parado en un semicírculo de hombres que lo rodeaban. ¿Les estaría contando sobre las nieblas en los acantilados? ¿O estaba planificando y tejiendo estrategias según sus propias metas? Me pregunté, de repente, hasta dónde llegaría su ambición: "Quiero que no quede una niebla en todo este planeta. Es la única forma en que viviremos seguros".

Es posible que fuera capaz de lograrlo. ¿Pero acaso comprendía que yo tenía mis propias ambiciones? ¿Que no compartía las de él?

Capítulo 5

ARTHUR LLEVÓ A UN GRUPO DE MISIÓN. Volvieron una mañana unos días después con provisiones y ropa para niños, y hasta vestidos para mí, pero no con los medicamentos que necesitaba Will. Llevé dos bolsas plásticas llenas de ropa a la tienda de los niños y salí a buscarlos para contarles. Estaban jugando al fútbol en la zona de pastura. Robert se había ido a cuidar a los caballos, que estaban exhaustos y sucios después de la misión. También estaban así Arthur y los hombres que habían regresado. Me había dirigido una mirada sardónica, pero asintió sin comentarios cuando sugerí que se asearan.

Newt no jugaba con los demás, sino que los miraba de pie a un lado, retorciéndose los dedos con el gesto ansioso de Caris. Xavier, empapado porque se había mojado la cabeza, la miraba. Puse las bolsas en el piso y me acerqué.

—¿Qué haces, Xavier?

—Algo le pasa a la niña —me dijo.

—Ahora me ocupo.

—Te ocupas de muchas cosas en el campamento ahora.

—Trato de tener un lugar, de ayudar. Y ella es mi responsabilidad.

—Arthur cree que eres de gran ayuda. —Su tono estaba cargado de implicancias obscenas.

Lo fulminé con la mirada. Se acercó a mí—. Ustedes dos están pegados como carne y uña, ¿pero cuán íntimos son en verdad? Quiero decir, ¿qué sabes sobre él?

—Todo lo que necesito saber —dije firmemente—. Puedes irte a ocuparte de tus cosas. Yo me ocuparé de Newt.

Xavier fingió esquivarme pero rozó su cuerpo contra el mío. Se acercó más de lo aceptable y me puso prácticamente los labios en la oreja.

—Pregúntale qué hacía Antes —susurró—. Pídele detalles. —Se alejó y me guiñó un ojo, luego se marchó al trote. Quise ir tras él, pero Newt estaba haciendo unos ruiditos suaves, como maullidos. Me arrodillé frente a ella y la tomé de los hombros.

—Newt, ¿qué sucede?

—Tienen miedo —dijo—. Miedo, se están muriendo. ¡Tienes que ayudarlos! —Su rostro se mostraba tenso y desencajado, y me imploró con los ojos cargados de lágrimas.

—¿Quiénes? —quise saber. Busqué en su mirada. ¿Se estaría volviendo loca?

Se acercó y me susurró al oído:

—La familia escondida. Tienen hambre y sed. Están heridos. Se ocultan en los árboles. ¡Se están muriendo, Emma!

—Todo está bien, está bien. Los ayudaré —le reaseguré—. Voy a buscar a James.

—¡No! ¡Se asustarán de él! Huirán si ven a un hombre. Se harán daño. ¡Tienes que hacerlo tú, Emma! ¡Tú, Emma! —Me tomó de los hombros. Tantas palabras y tanta intensidad no eran habituales en ella—. ¡Ve ahora! ¡No esperes! ¡Ahora!

Me puse de pie y consideré la situación.

—¿Dónde están? —Ella señaló el pedregal—. Hay que atravesar un buen tramo del pedregal hasta llegar a los árboles —dije, dubitativa—. ¿Cuán lejos están?

—Están allí —insistió—. Los encontrarás.

—De acuerdo, iré. Si no vuelvo para esta noche, envía alguien a buscarme. —Le di un apretoncito suave en el brazo.

—¡Regresarás ilesa si sales ahora!

Suspiré.

—Voy a buscar una bolsa con provisiones.

Newt me extendió una mochila de lona.

—Aquí tienes, Emma. —Sus lágrimas se habían secado por arte de magia, y ahora esbozaba una enorme sonrisa.

—Newt, ¿me estás manipulando? —le pregunté, con los brazos en jarras.

—Mandy dice que las lágrimas te pueden. —Inclinó la cabeza hacia delante para ocultar los ojos detrás del flequillo. Vi que sus pómulos se marcaban. Estaba sonriendo, complacida de sí misma.

—Tú, Mandy y yo vamos a tener una seria charla cuando regrese. No debes manipularme —la reté—. Ahora, Newt, por favor dile a Robert que me he ido. Por si me sucede algo.

Ella asintió, luego me tomó por los hombros y me dio un beso en la mejilla. Yo le revolví el pelo y chasqué la lengua algunas veces, lo que la hizo romper en risitas. Salió corriendo. Yo miré qué había en la mochila y vi agua, barras de chocolate, vendas y un valioso tubo de ungüento con antibiótico. Incluso había un frasco de aspirinas.

Salí hacia el pedregal, que serían unos doce o trece kilómetros. El terreno iba cambiando, ascendía de a poco y se iba poblando de árboles, la mayoría, arbustos bajos. Había lavanda por todas partes. Era otro hermoso día de verano, y la caminata era placentera. Recordé la predicción de Newt de que volvería sana y salva, y me relajé. En realidad era un placer estar sola. ¿Qué me había preguntado Arthur? Quién era yo en mi interior, sin los niños. Casi nunca me hacía esa pregunta ahora, porque era muy raro que tuviera algo de tiempo en soledad.

Antes me gustaba estar sola. Esas horas eran el momento creativo que aprovechaba para pintar y dibujar. En ese entonces, tenía un espacio para mis pensamientos y mi esencia, que nunca tenía ahora. No me había dado cuenta de que aún era posible disfrutar del tiempo en soledad. Temía lo que mi mente podía sacar para que yo viera: como imágenes de Haywood y Beth. Yo quería que se mantuvieran en secreto, como una defensa interior no analizada, que me daría fuerzas. Reflexioné que Arthur quería otra cosa, y que no estaría complacido de enterarse de dónde provenía mi fortaleza. Quería que yo dependiera de él.

Después de un rato, ya no estaba sola: alguien me seguía desde el interior de los arbustos. Me senté en el suelo y destapé una botella de agua. Tomé un sorbo.

—Tengo suficiente para compartir —dije en voz alta. Extendí la mano con la botella. Una niñita la tomó de mi mano.

Era japonesa, de la altura de Mandy, y estaba cubierta con una costra de tierra y sangre. Llevaba un jumper de denim rasgado y el pelo peinado en trenzas desparejas. Tomó un gran sorbo, y se estremeció al hacerlo. No se terminó la botella, pero la aferró al pecho.

—Tengo más —le dije. Ella se quedó mirándome. Saqué un chocolate de la mochila y se lo di. Ella lo tomó y abrió la envoltura con gesto desesperado, tragando casi la mitad para después sostenerlo contra el pecho como la botella de agua—. Linda, llévame con tu familia. —Ella parpadeó, miró la botella de agua y el chocolate, y comenzó a andar delante de mí, en línea recta.

Caminábamos una al lado de la otra, y ella me tomó de la mano y tiró, con fuerza.

—¿Qué? ¿Qué haces? —dije. Me golpeó el abdomen con la cabeza. Pensé que había enloquecido, y la tomé de los hombros para calmarla. Luego oí voces. Los ojos de la niña se abrieron de par en par y me arrastró hacia unos arbustos. Nos arrodillamos, para escondernos en la profundidad del arbusto a pesar de las espinas filosas que se nos clavaban en la piel.

Se acercaron dos hombres que siguieron de largo. No eran de los nuestros. Tenían capas de ropa sucia y rasgada debajo de vívidas capas rojas. Se detuvieron frente a los arbustos donde estábamos escondidas. Yo no podía ver nada sobre la cintura de los hombres, pero sí la culata de los rifles que llevaban. En el cinturón tenían pistolas, cuchillos y binoculares. Hablaban en voz baja en un idioma que no reconocí. Inhalé profundamente, y la niña japonesa me cubrió la boca con la mano. Quería que me quedara callada.

Un hombre le hizo una pregunta a otro. Éste no respondió y caminaron en círculo alrededor del área donde estábamos nosotras. La niña se apretujó contra mí. Ninguna respiraba. Uno de los hombres se acercó aún más, a menos de un metro. Desenvainó el cuchillo y lo sostuvo en el puño, como si sintiera nuestra presencia. Se volvió y vi que tenía un paquete que le colgaba del costado. Era un trozo de carne ahumada envuelta en papel de cera. Me pregunté qué animal habrían matado con un hueso tan parecido a un fémur, porque el trozo de carne con capas se parecía a una maqueta que yo había hecho en una clase de escultura, específicamente, un muslo humano, desde la cabeza del fémur hasta arriba de la rótula.

Los hombres caminaron en círculo unas veces más. Había preguntas en su voz, y finalmente, se dieron por vencidos. Sus pasos se alejaron en una dirección diferente de la línea que seguíamos la niña y yo. La niña se desplomó contra mí, inhalando de golpe. Esperamos un largo, largo rato para salir de los arbustos. Salimos a caminar nuevamente con las manos entrelazadas.

Su familia estaba oculta en una arboleda: dos mujeres, otros dos niños, dos hombres y un anciano. El hedor a vómito y desechos humanos me invadió, solo dispersado apenas por la brisa. Estaban muy deshidratados; los hombres estaban cubiertos en sangre, y casi no podían moverse. Una de las mujeres estaba recostada de lado, sobre una pila de hojas. Se irguió un poco y, con un movimiento del pelo, vi que tenía un niño pequeño a su lado.

—*Aidez nous, s'il vous plait* —susurró.

—Hablo inglés —respondí, y me arrodillé a su lado. Le di agua, que ella tomó. Sentí el hormigueo en las manos así que las apoyé en la mujer. La corriente sanadora fluyó hacia ella y su rostro perdió un poco de palidez.

Respiró profundamente.

—Comimos unos frutos rojos en mal estado —dijo con acento fuerte—. Me duele la garganta. No comí muchos.

La niñita llevó la botella que tenía directamente a su abuelo; al menos, pensé que sería su abuelo, porque Newt había dicho que se trataba de una familia. El hombre estaba apoyado contra un árbol y no podía sentarse, así que quité las manos de la mujer y me acerqué a él para acomodarlo mientras la niña le vertía agua en la boca abierta. El hombre parpadeó después de unos sorbos, que yo interpreté como "suficiente". La niña y yo nos acercamos a los niños, un niño de unos doce años y una niñita pequeña. El niño tenía el brazo roto, y el hueso sobresalía de la piel. Tenía los ojos abiertos, pero vacíos, y no podía hablar. Probablemente estaba en shock.

—Se cayó —dijo la mujer. Trató de sonreír—. Tiene buenas manos. ¿Puede ayudarlo?

—Haré lo que pueda —dije.

Pero eran demasiados, y estaban demasiado débiles y heridos, para que mis habilidades pudieran sanarlos a todos. Tenía que buscar ayuda, de inmediato. Era la única forma. La niña le llevó una botella de agua a la otra mujer y yo a los hombres, que trataban de incorporarse.

Los hombres estaban muy ensangrentados, y uno estaba seriamente acuchillado, con enormes parches de piel abierta que dejaban ver el color rosado y blanquecino de la fascia. El otro hombre pudo hacerse de un poco de energía. Se comió un chocolate compulsivamente.

—Soy Shinji. Ella es mi esposa, Hikaru, mi padre, Masashi, mi hermano, Michio y su esposa Kimiko. Este es mi sobrino, Kei —presentó, en excelente inglés.

—Me llamo Hoshi —dijo la niña. Esbozó una sonrisa tentativa. Tenía la paleta frontal rota, pero eso no afectaba la dulzura de su sonrisa.

—Yo me llamo Emma —dije—. Vengo del campamento que está a unos kilómetros de aquí.

—Hemos visto tu campamento —dijo Shinji—. Es un campamento muy inteligente, como los que hacían los legionarios romanos. —Hizo un esfuerzo por sonreír, pero una oleada de dolor le invadió el cuerpo e hizo una mueca—. No sabíamos si sería seguro para nosotros. Tuvimos que luchar con una pandilla muy mala. —Eso explicaba las heridas de arma blanca que tenían los tres hombres.

—Tuvieron suerte de poder escapar. —Me pregunté si los hombres de los arbustos los estarían buscando. Le di a Shinji todos los alimentos y agua que llevaba en la mochila, además de los vendajes y el ungüento—. Volveré a buscar ayuda. Me llevará algunas horas.

—Quizás no tengamos algunas horas —dijo Shinji, con una mirada a su esposa y luego a Kei. Hoshi lo rodeó con los brazos y el la abrazó a su vez—. Michio ha perdido mucha sangre, al igual que mi padre. Se están muriendo.

—No tengo opción. Yo vine a pie. Volveremos a caballo. —Me puse de pie.

—Llévese a Hoshi y al bebé. Y a Kimi. —Shinji señaló a la niñita más chica, que se puso de pie y tambaleó.

—No sé si puedo llevar dos niños —dije. De nada serviría que se me cayera uno, o que quedara exhausta a mitad de camino y no pudiera llegar al campamento. Eso no ayudaría a nadie. Me aferré a mi decisión y miré de uno a otro niño. ¿Cuál tenía más probabilidades de sobrevivir? No quería llevarme al más débil y arriesgar que ambos murieran antes de llegar con ayuda.

—Tengo un portabebés —dijo Hikaru. Señaló. Cerca de ella, en una pila de chaquetas y botellas vacías de Fanta, había un soporte de bebé con tiras entrecruzadas. Pensé por un momento, me puse a Kimi en el portabebés, sobre la cadera, y tomé al otro pequeño en los brazos, del otro lado. Ambos eran livianos. Empecé a caminar sin decir palabra, con la esperanza de que los adultos y Kei sobrevivieran hasta que regresáramos. Hoshi empezó a caminar a mi lado.

Pero no habíamos avanzado más de un kilómetro cuando un ruano de patas largas llegó a toda prisa. Arthur se bajó de un salto. Detrás, llegaron otros tres caballos.

—¿Por qué dejaste el campamento? —bramó. Por encima de la barba, las mejillas se les tiñeron de rojo escarlata—. ¿No te das cuenta de lo peligroso que es? Matamos a dos vigilantes de la pandilla errante dos kilómetros más atrás. ¡Te podrían haber capturado!

—No lo hicieron —dije, con tono suave. No parecía cauteloso contarle a Arthur lo cerca que habíamos estado de eso.

—¡Tan lejos del campamento, te podría haber pasado cualquier cosa! Las nieblas, un accidente.

—Hay una familia allá, y están heridos —señalé.

—No importa. No quiero que te arriesgues —rugió—. ¡Te dije que no quería que te marcharas por impulso!

Pero me habían pasado demasiadas cosas para aceptar semejante tontería. Me acerqué más y le hablé en voz baja.

—Arthur, no soy una niña para que me hables así. Basta.

—Actuaste como una niña al salir del campamento sin avisar a nadie adónde ibas o por qué.

—No sabía que debía hacerlo. ¿Soy una prisionera?

—No, pero eres mía, y me debes una explicación cuando te vas.

—Soy una persona libre —le espeté.

—No seas una maldita tonta —dijo—. Esa página ya la hemos pasado.

Nos quedamos los dos de pie así, furiosos, sin que ninguno quisiera ceder, mientras Robert, Vasily y Theo desmontaban cerca. Las armas que llevaban los vigilantes errantes estaban atadas a sus caballos. Las capas rojas estaban enrolladas alrededor de las armas.

—Sabía que la íbamos a encontrar —exclamó Theo.

—Con que la doña se encontró unos retoños más —dijo Robert, con tono alegre, como si estuviéramos bailando en lugar de discutiendo—. Brotan como maleza a tu alrededor, ¿no es verdad? —Se acercó y tomó a la niña pequeña que llevaba en brazos, la sostuvo y la acunó, arrullándola como si hubiera nacido para ello. Alzó la mirada—. Este pajarito necesita un nuevo pañal.

Eso quebró la tensión. Arthur y yo desviamos la mirada. Yo di un paso hacia atrás y desaté a Kimi.

—¿Debemos suponer que estos niños tienen familia? —quiso saber Vasily—. ¿Es eso lo que te inspiró a deambular arriesgando tu vida?

—Por allá atrás —dije yo. Si uno de ustedes lleva a los bebés, les enseñaré dónde están los padres. —Me saqué el arnés que llevaba en el pecho, y liberé a la niña diminuta. Theo se acercó para tomar el portabebés.

—Tú vuelve al campamento —dijo Arthur.

—No, los niños vuelven al campamento. Yo te llevaré hasta la familia —respondí, con los dientes apretados. Arthur se volvió sobre mí tan rápido que di un respingo. Kimi chilló. Yo le acaricié la espalda hasta que se calmó. Theo se apresuró a ajustar el soporte de bebé en su enorme pecho. Se veía ridículo, pero finalmente estaba listo, así que senté a la nena, le mostré cómo aflojar y ajustar las tiras. Luego me volví hacia Arthur. Tenía los ojos raros, duros y tiernos al mismo tiempo. La barba tenía el aspecto de siempre, tupida, negra y rebelde.

—¿Y qué hacemos con la pequeña? —preguntó Arthur.

—El *pequeño*. Yo puedo atarlo —dijo Robert—. No será la primera vez. Sostenlo un momento, ¿quieres, Em?

—¿Es un varón? —pregunté, mientras tomaba al niño de manos de Robert.

—¿No miraste bajo la falda? Es lo primero que hago con un bebé. —Robert me guiñó el ojo. Tomó una manta de las alforjas y un cuchillo del cinturón y cortó la manta en tiras—. Hace mucho tiempo tuve ocho hermanos y dos hermanas. Yo era el tercero y tenía que ayudar con los más pequeños, y con todos los sobrinos.

Arthur se paró a mi lado, en ebullición, pero sin decir palabra. Robert sujetó al pequeño a su pecho con las tiras de manta, sentó a Hoshi en su caballo y montó detrás de ella. Luego, él y Theo se marcharon.

Vasily montó. Arthur hizo un gesto con la cabeza, y yo monté al caballo, y luego él subió detrás de mí, sin pronunciar palabra.

Milagrosamente, logramos llevar a toda la familia al campamento, con vida.

Vasily y Arthur tuvieron que volver caminando, ya que sus caballos estaban totalmente ocupados. Una vez de regreso al campamento, dejé que Mandy me abrazara y se aferrara a mí para recibir unas pocas palabras privadas de afecto y contención. Luego corrí a ayudar a James, que tenía que atender a Kei. Un joven francés llamado Claude había llegado con los hombres en una de sus últimas misiones; era un bombero parisino con entrenamiento como paramédico, de modo que se ocupó de que las mujeres recibieran hidratación y limpió las heridas de arma blanca de los hombres. Después de atender a Kei, James se dedicó a suturar a Michio, lo que duró varias horas. Yo impuse mis manos primero sobre Kei, luego sobre Michio; ambos parecieron más tranquilos después de recibir el calor que fluía de ellas. Ya había oscurecido totalmente cuando sentí que ya no tenía esencia sanadora en mí. Abandoné la tienda hospital para buscarle la cena a Arthur.

—*Ma petite choucroute*, otra vez por aquí —dijo el Cocinero, con una risotada. El hombre tenía un mondadientes, que pasaba de un lado al otro de la boca—. Hoy no quiero amenazas. Es usted la que está bien jodida.

Me quedé de pie frente a él, como hacía todos los días.

—¿Él ya comió?

—*Oui*, y no está feliz con usted.

—Ya lo estará —respondí, secamente. Al Cocinero le pareció divertido y me entregó un plato del menjunje habitual. Me lo comí allí parada, mientras el hombre resoplaba. Luego apoyé el plato en la mesa de la vajilla sucia y me apresuré a ver cómo estaban los chicos.

Era una noche nublada con pocas estrellas y sin luna y, al principio, no pude identificar la sombra que se interpuso en mi camino.

—Los niños están bien. Robert les dio de comer y los acostó. A la nueva niña, también —dijo Arthur—. Ven conmigo, tenemos que hablar.

—Voy a dormir con los niños. —Di un paso al costado para poder sortearlo.

—Inténtalo, te alzaré y te llevaré de vuelta a *nuestra* tienda —respondió. Se movió para bloquearme el paso.

—No es *nuestra* tienda; es tu tienda y yo tengo derecho a dormir donde quiera —afirmé—. ¡Sal de mi camino! —Le di un empujón en el hombro—. ¡Vamos!

No dijo nada. Me levantó como si fuera una bolsa de papas y me puso sobre el hombro. Traté de patearlo y darle un puñetazo. Con el brazo, me inmovilizó las rodillas contra su pecho.

"Bájame, Arthur, ¡maldito seas! —Le asesté un puñetazo en los riñones.

—Deja de gritar. ¡Estás haciendo un escándalo! Despertarás a los chicos —dijo Arthur. Así que lo mordí, con fuerza, justo debajo del omóplato. Cerré los dientes con toda mi fuerza, y pude sentir que la piel se desgarraba y la humedad de la sangre en la boca. Él gruñó, pero no se detuvo hasta que entramos a la tienda. Me arrojó sobre el suelo y se arrodilló a mi lado.

"¿Cómo quieres que hagamos este jueguito?

Yo proferí un insulto. Me puse de pie y me rodeó con los brazos, y me hizo volver al piso hasta quedar de espaldas. Lo golpeé y arañé, pero era mucho más corpulento y más fuerte que yo. Me sostuvo mientras yo me debatía. Con las uñas, le arranqué piel del cuello, los hombros y la cara, al lado de los ojos. Cuando finalmente me cansé, me levantó el vestido a la altura de la cintura. Me arrancó las pantaletas y me besó el ombligo. Luego comenzó a seguir una línea hacia abajo. Tenía la boca cálida e insistente, y la barba me hacía cosquillas en los muslos. Cerré con fuerza las piernas, pero logró llegar con la lengua a donde importaba. Y luego estuvo dentro de mí, y yo comencé a gemir y a alzar mi cuerpo contra el suyo.

"Me alegra saber que hay algo de fuego debajo de tanto hielo —dijo finalmente, mientras se levantaba de mi cuerpo y se apoyaba en los codos. El aroma de las agujas de pino y el cuerpo, cedro y caballos, nos consumió a ambos. Se me ocurrieron cien respuestas ácidas, pero opté por permanecer callada. Mejor no seguirla. Además, cada uno de mis huesos, tendones y ligamentos se sentía sudoroso y relajado. Tenía la mente embriagada de agotamiento y placer. Cada centímetro de mi cuerpo parecía haberse liberado. No recordaba haberme sentido así nunca; era como si hubiera muerto y vuelto a la vida. Aparté la mirada—. No abandones el campamento sin avisarme —continuó él—. Es demasiado riesgoso.

Pensé lo cerca que había estado de caer en manos de los malvivientes, pero no lo mencioné. No serviría de nada contarle a Arthur ahora.

—¿Y qué pasó con eso de sin compromisos, ni exigencias, ni expectativas?

—Eso ya lo superamos.

—Yo soy dueña de mí misma. —Quise que sonara seco, pero me salió con dulzura, como el ronroneo de un gatito. Me odié un poco por eso.

Arthur me tomó la barbilla y me hizo girar la cara para mirarlo.

—Mandy se asustó mucho cuando no te pudo encontrar. Caris se dio cuenta de que Newt algo sabía, pero nos costó mucho lograr que hablara. Sobre todo, porque hablaba en círculos y me decía una y otra vez que no me diera por vencido contigo, después de la batalla. ¿Qué batalla? ¿Por qué habría de darme por vencido contigo alguna vez? Ahora estamos juntos. Lo que dijo no tiene sentido.

Tenía sentido en un futuro que solo Newt podía vislumbrar, pero no se lo dije a Arthur. Sentí una punzada de remordimiento al pensar que mi hija se había preocupado por mí. Apenas la había visto desde mi regreso. Mandy, quien lo era todo para mí, quien ya había vivido y visto más de lo que ningún niño debería. Mandy, quien era parte de todo lo que quedaba de bueno y honesto en mí.

—La próxima vez avisaré.

—Con eso no alcanza —respondió Arthur—. Me lo dirás a mí. Y no abandones el campamento. Si te hubieran encontrado esos tipos . . . Ni siquiera quiero pensarlo. Eres la única persona que hace que este campamento valga la pena. Si tú no estás aquí, ¿qué importa todo lo demás? —Por un segundo, pareció cansado, y terriblemente triste—. No puedo perderte —continuó. Luego me besó y me acunó. Lo que fuera que había sentido antes, no era nada al lado de la dicha abrasadora que sentía ahora.

Capítulo 6

Ninguno de los hombres del campamento me miró a los ojos al día siguiente. Arthur, que tenía el cuello y la sien con arañazos, se paseaba silbando, la mismísima imagen de un hombre muy complacido de sí mismo. En efecto, lo hubiera usado de modelo si ese fuera el tema de mi ilustración, ya que su expresión era exquisita. Logró que los hombres dieran un respingo al mirarme, con excepción de Xavier, que me sonreía con expresión desagradable. Para la hora del almuerzo, la vergüenza de los hombres me resultaba insoportable. Era hora de abordarla sin reparos. Dejé a los niños al cuidado de Caris, y me dirigí a la tienda comedor a comer con varios hombres, entre los que estaban Vasily, Robert, Shinji y Theo.

Theo se hizo a un lado para dejarme sentar en el banco.

—Pyotr está mucho mejor —me dijo, en voz baja. Me dirigió una mirada tímida, pero no me miró a los ojos—. Ya se puede sentar.

—Sé que todos nos oyeron anoche —dije, en voz alta. Todos los comensales se quedaron tiesos. Luego comenzaron a hablar al mismo tiempo. Y volvieron a hacer silencio.

—Shinji es físico —afirmó Vasily, intentando reiniciar una conversación neutra.

—¿Ah sí? Yo soy ingeniero mecánico —respondió Theo—. Mi hermano Pyotr es ingeniero.

—Will hace algo parecido, física o ingeniería, Antes trabajaba en un grupo del ejército —comentó Claude, el bombero. Era simpático en un grupo, pero cuando estaba solo y nadie lo miraba, se tomaba el rostro con las manos y se estremecía del llanto.

—¿En verdad, muchachos? ¿Física e ingeniería? ¿Es lo que mejor les sale para cambiar de tema? —pregunté.

—La intimidad entre un hombre y una mujer es algo hermoso —dijo Robert. Me dirigió una mirada especuladora—. La pregunta es: ¿sabe que estás casada?

—No —dije.

—¡Carajo! —exclamó Vasily, que dejó caer el tenedor, un utensilio de plata con la cabeza de un jabalí—. ¿Estás casada? ¿Cómo puedes saber siquiera si tu esposo está vivo?

—Estaba en Canadá cuando sucedió todo —afirmó Robert—. Mandy dijo que estaba visitando a su abuela. Él y la niña mayor.

—Carajo . . . —repitió Vasily. Apartó el plato—. Esto no va a salir bien. ¡Casada! A Arthur no le va a gustar ni medio.

Mejor no hablar de ciertas cosas. ¿Qué sentido tenía? "Ahora estamos juntos", había dicho Arthur. Me esperaba una confrontación, pero no tenía ninguna prisa por que se produjera. Me invadió un sudor frío de solo pensarlo.

—Temas interesantes la física y la ingeniería —afirmé en tono alegre—. No sé nada del tema, nada de nada.

—¿La fuerza es igual a la masa multiplicada por la aceleración? —preguntó Theo—. ¿Newton? ¿Faraday? ¿Ley de Einstein?

—No, lo siento. Detestaba todo eso; las ecuaciones, los teoremas, qué asco . . . —Me estremecí.

—Tú no ser tonta —dijo Theo, pero era una especie de pregunta, y enarcó la ceja en dirección a mí.

—No, soy artista. Pienso en términos de forma, luz y color, no en números. Pero una vez ilustré una biografía de Nikola Tesla cuando era un joven adulto. Fue un inventor serbio brillante pero loco.

—Yo estudié a Tesla —respondió Shinji—. El gobierno de Estados Unidos escondió su trabajo cuando murió.

Vasily interrumpió la conversación:

—Conozco a Arthur hace veinte años. Nunca lo vi así por una mujer. No pensé que era capaz. Siempre estaba tan ocupado con su trabajo, obsesionado. Con su investigación, por hacer del mundo un mejor lugar para vivir. Por terminar con las guerras de una vez por todas. Y ahora se ha vuelto loco por una mujer casada.

—¿No estuvo en el ejército? ¿Y trataba de poner fin a la guerra? ¿A qué se dedicaba Arthur, de todos modos? —pregunté, recordando la pregunta de Xavier. Vasily desvió la mirada.

—Tesla es un gran héroe en mi país —afirmó Theo—. Un gran inventor. Un genio. Pyotr leyó sus patentes. Construimos la bobina de Tesla en el garaje.

—Yo construí la bobina de Tesla en la universidad —afirmó Shinji, al que se le iluminó la cara.

—Yo dibuje una bobina de Tesla una vez —ofrecí.

—A Arthur le va a dar un ataque —dijo Vasily, que aún no me dirigía la mirada—. Tiene un millón de mujeres atrás, y la que elige, no puede ser suya.

¿Acaso fui yo la que tuvo la estúpida idea de aclarar las cosas sobre lo de anoche? Qué gran error. No quería hablar acerca de sentimientos. No quería escuchar sobre sentimientos tampoco. Yo había encerrado los propios en un cajón, bajo el título "Supervivencia para mis niños". Ese candado me había mantenido viva todo ese tiempo, sin perder la cordura. Le debía todo. ¿De qué estábamos hablando? ¿De Tesla? Traté de recordar lo que había leído. Casi sentí cómo querían despertarse las sinapsis inactivas por tanto tiempo mientras el motor oxidado de mi cerebro trataba de recordar.

—¿Tesla no fue el que descubrió cómo usar la energía de la tierra como energía? Qué mal que no lo podemos hacer. Nos vendría bien tener una fuente de energía.

—Las nieblas devoran los generadores, molinos de viento, paneles solares y baterías de carros, primero. Luego, edificios y personas —dijo Theo—. Así que: no tenemos energía.

—¿Qué significa que las nieblas atacan el metal, las personas y las construcciones? Parece casi que actuaran estratégicamente —aportó Claude.

—Tácticamente —afirmó Vasily en un susurro.

—Dios actúa tácticamente —afirmó Robert, con gran certeza—. Tiene un plan mayor.

—Dios no existe —masculló—. Ningún Dios permitiría que esto suceda. Toda esta destrucción, toda esta muerte.

—Dios nos envió una inundación la vez anterior; esta vez, envió las nieblas —argumentó Robert—. Tiene un plan para nosotros. Solo debemos seguirlo, y buscar el arcoíris.

—Tesla es arcoíris —afirmó Theo.

—Tesla, interesante . . . —dijo Shinji—. Tesla usaba la energía ambiente. Decía que se podía transmitir energía eléctrica a través de los estratos superiores del aire a casi cualquier distancia.

—Era un soñador —dije, recordando el libro. Me había gustado ese proyecto. Beth era pequeña, yo estaba embarazada de Mandy. El mundo parecía un lugar seguro y lleno de promesa sin límites. Qué inocente había sido.

—Sí, soñador —afirmó Theo—. Control del clima. Energía y luz gratis. Comunicación con Marte.

—Deben estar hablando de Nikola Tesla, el inventor croata que vivió entre 1856 y 1943, que rechazó el Premio Nobel porque no quiso compartirlo con Edison —dijo una voz justo a mis espaldas. Me di vuelta para mirar a Arthur. ¿Acaso había algo que el hombre no supiera? Me apoyó una mano en el hombro.

—¿Nos quiere acompañar, profesor Sabelotodo? —le dije en tono de broma.

Arthur sonrió un poco.

—Will está obsesionado con Tesla. Cuando esté mejor, puede intentar recrear los experimentos de Tesla. Sería una gran mejora si pudiéramos tener luz por la noche, aunque sea.

—Yo conozco el trabajo de Tesla —afirmó Shinji—. Hablaré con Will. La bola relámpago, quizás la podemos hacer.

—Hablaremos con Pyotr, él tiene buena memoria —dijo Theo. Él y Theo se miraron entre sí, intensamente. Me imaginé que ellos tampoco querían hablar sobre sentimientos.

—Yo tengo la esperanza de que podamos usar la energía solar y algún día reconstruir los molinos de viento. Tenemos varias mantas solares portátiles que íbamos a adaptar. Pero Tesla es una mejor opción, si podemos recrear sus inventos —reflexionó Arthur.

—Will, Shinji, Pyotr y yo lo haremos —afirmó Theo, golpeándose el pecho con el puño. Shinji rió ante su entusiasmo.

—Diablos —gruñó Vasily—. Diablos. —Me fulminó con la mirada. ¿Era culpa mía el haberme casado hacía nueve años, y tener dos pequeñas hijas?

¿Acaso siquiera importaba, con un océano y peligros invencibles entre nosotras y mi esposo e hija mayor?

Había logrado hacerles una llamada telefónica Después, justo antes de que cesara toda comunicación masiva. Mi esposo y mi hija estaban a salvo. Era un milagro, más de lo que tenía derecho a esperar. Era "el" milagro, y se había convertido en mi pilar. Los echaba de menos todos los días, pero vivía el aquí y ahora. Vivir el aquí y ahora significaba estar con Arthur. Yo no le pertenecía. En algún momento tendríamos que aclararlo, pero no ahora.

Me levanté de la mesa y fui a buscar a los niños. Vasily se marchó en dirección opuesta.

Arthur nos observó.

El estado precario de Will se agravó. El dolor se hizo más intenso. Sudaba y se retorcía continuamente. El poder sanador de mis manos lo aliviaba un poco, pero no lo suficiente. Se quedó dormido, pero seguía pálido y demacrado, y sus quejidos eran constantes.

—Debemos hacer algo —le dije a James, unos días más tarde.

—Estoy abierto a sugerencias —retrucó. Se secó el sudor de la cara con la mano. Hacía más calor, probablemente estuviéramos en julio, y ambos estábamos transpirados—. Lo siento —se disculpó—. Estás tratando de ayudar. Veo que los órganos de Will están fallando, y me mata verlo así. —Sus hombros colapsaron.

—¡El campamento de las mujeres! —dije, presa de una inspiración como la que nos había traído a mí y a los niños al campamento de Arthur. No exactamente una inspiración, sino una certeza, la certeza que provenía de mi interior y no podía negarse. ¿Sería una chispa de demencia fruto de las nieblas? Esperaba que no, porque me sentía compelida a obedecerla—. Deben de tener una especialista en hierbas.

—Una gran suposición. —El tono de James expresaba amargura—. Casi todo mundo está muerto. Tendríamos que tener mucha suerte para que sobreviviera una herbolaria, se uniera al campamento de las mujeres, supiera algo que pueda ayudar a curar a Will, lo tenga encima y además esté dispuesta a venir a ayudarlo.

—Donde hay mujeres, siempre hay alguien que sabe sobre plantas —dije—.

Es algo femenino. —Todos habíamos regresado a lo esencial, y ese era el tipo de conocimiento que algunas mujeres parecían llevar en su ADN. Mi madre era una de esas personas. Cuando yo estaba embarazada, me había dado una lista de hierbas que podía tomar y otras que mejor evitar. Té de hoja de frambuesa para tonificar los músculos pélvicos, té de raíz de jengibre para las náuseas, infusión de ortiga para aliviar los dolores de piernas. Mis dos embarazos habían sido placenteros y el parto, sencillo, probablemente porque yo era joven, pero las hierbas de mamá seguramente ayudaron también. Valía la pena preguntar en el campamento de las mujeres si tenían una especialista en hierbas.

Salí en busca de Newt. Quizás ella tendría alguna de sus intuiciones acerca del campamento, una herbolaria, y si yo sobreviviría el viaje.

Los chicos estaban fuera de los muros del campamento, jugando al fútbol con algunos de los hombres. Hoshi y Kei, que tenía el brazo inmovilizado entre dos gruesos palos, también jugaban. Un menjunje de idiomas flotaba en el aire de la cancha, pero no parecía importarles. El partido avanzaba como si todos supieran qué hacer y pudieran comunicarse a la perfección. Me detuve al lado de Hikaru, que estaba sentada en un banquito, amamantando a su bebé. Me dirigió una sonrisa tímida.

Marco hizo un gol y bailoteó de felicidad. Su equipo vitoreó. Mandy jugaba en el equipo contrario, que chocaban los puños para alentarse. Cuando Mandy me vio, salió corriendo y me arrojó los brazos al cuello.

—¡Mami, estamos ganando, cuatro a tres!

—Mejor vuelve a la cancha, cariño, tu equipo te necesita —le dije, mientras le despeinaba el pelo.

Mandy asintió.

—Es tan divertido, mami. Me encanta jugar al fútbol aquí. Antes también jugaban al fútbol acá, en este mismo lugar. Los puedo ver, son como sombras que corren cerca de mí.

—¿A quiénes puedes ver? —me pregunté en voz alta—. ¿Qué es lo que ves?

—A la gente de Antes —explicó Mandy—. Los hombres y chicos del pueblo. Los veo, como sombras chinescas en una pared, pero no son títeres, y no hay pared. —Me volvió a abrazar y luego salió corriendo. Sus compañeros de equipo la reclamaban a los gritos. Yo me quedé sorprendida, confundida y preocupada. ¿Qué era lo que veía Mandy? ¿Estaba experimentando uno de los efectos parapsicológicos de las nieblas, como los había llamado Arthur? ¿O estaba cayendo en una locura sin retorno?

—No es loca —dijo Hikaru, como si me leyera la mente—. Mandy, buena niña. Dulce. Todos ven cosas ahora.

Me mordí el labio.

—No veo a Newt.

—Niña fue allá. —Hikaru levantó la cabeza del bebé para poder señalar hacia el campamento.

Newt estaba sentada sola en la tienda de los niños, dibujando y pintando en un pedazo de papel de envolver marrón con una caja prístina de 108 crayones. Siempre era sorprendente lo que llegábamos a encontrar en el mar de restos esparcidos por la tierra, los artefactos de Antes. Había frágiles objetos de gran valor intactos junto a objetos duraderos que estaban hechos añicos, y todo estaba amontonado junto, objetos valiosos con objetos ordinarios, productos hecho a mano con productos de fabricación masiva, antigüedades con objetos acuñados el último día del Antes. En una pila de basura yo había encontrado un collar de esmeraldas y diamantes enmarañado con un collar de fideos hecho por algún niñito. Lo que ahora era verdaderamente valioso no eran las piedras preciosas, sino el metal de las cadenitas. El metal era útil para fines prácticos, pero al mismo tiempo invocaba peligrosamente a las nieblas.

Todo eso, metal, piedras preciosas y collares de fideos, ahora eran los desechos de una época que nunca más volvería, a pesar de la intención de reconstruir que tenía Arthur. Sus metas me parecían idealistas, pero poco prácticas. Erradicar las nieblas, reconstruir, usar la tecnología de Tesla. ¿En realidad se podía erradicar a las nieblas? Incluso de ser así, lo que viniera después, después de esta transición, sería diferente.

Newt estaba concentrada en su tarea, absorta en lo que estaba haciendo.

—Newt, ¿qué es eso? ¿Qué estás dibujando? —le pregunté.

—Una tarjeta para la mamá de Dragomir —me respondió. Ni siquiera levantó la cabeza para mirarme, y siguió pintando.

—¿La mamá de Dragomir?

¿No estaba muerta? Yo había supuesto eso. ¿Ahora Newt hacía cosas para los muertos? ¿Se estaba volviendo loca? Allí estaba siempre, esperándonos: la locura.

—Ella volverá contigo —masculló Newt. Siguió coloreando y coloreando.

Di un paso hacia ella. No era una gran dibujante, pero las ilustraciones eran evidentes: Dragomir y los demás niños juntos, incluidos Hoshi y Kei. Yo estaba de pie al lado del grupo de niños, una mujer delgada con cabello rubio largo y desaliñado, y un arma en la mano. El dibujo de Newt estaba bien organizado espacialmente, y los personajes tenían cabeza grande, lo que indica la autoestima en un niño. No estaba loca, entonces, incluso aunque hubiera perdido la memoria. Quizás no estuviera loca precisamente por haber perdido la memoria, junto con todas las personas, animales, construcciones y cosas de metal que se habían esfumado de su vida, consumidas por nubes de lila y azufre.

Esperé que Newt me dijera algo más, pero no lo hizo. Había dicho que yo volvería, lo que para mí era suficiente.

Arthur estaba de pie frente a una gran mesa, con Vasily, Xavier y algunos otros. Estaban examinando un mapa desplegado sobre la mesa. Arthur me pasó el brazo por el hombro para incorporarme al grupo, me hizo pasar hasta que estuve delante de él, con la espalda contra su pecho, y su barbilla apoyada sobre mi coronilla. Podía sentir el fuerte latido de su corazón y su vida, como un río vasto y pulsante que me atrapaba y me arrastraba consigo.

—Esos vigilantes que matamos pertenecen a la pandilla errante del oeste. Vienen del norte. Creo que están planificando un ataque. —Deslizó el dedo por el mapa para indicar las ubicaciones relevantes—. Vamos a reforzar las fortificaciones, vamos a sacar una página del cuaderno de jugadas del ejército romano.

—Eso es lo que han hecho con el campamento —dije, recordando las palabras de Shinji—. ¡Lo han construido como los legionarios romanos construían sus asentamientos!

—Tenían el ejército más avanzado de la época, en términos de armas, equipos, movilidad, entrenamiento y estrategia. Lo mejor que podemos hacer es imitarlos —explicó Arthur—. Quizás deberíamos hacer un ataque preventivo. Liberar a la gente que está en esa pandilla en contra de su voluntad. Nuestros hombres dicen que los soldados de esa pandilla son unos malditos, y que están chiflados.

—Liberar, es decir, agregar personas al campamento —dijo Vasily—. Supongo que tenemos algo de lugar en la Via Decumanus, cerca de la tienda de los niños. Tenemos que construir unas chozas; nos estamos quedando sin tiendas, incluso con las provisiones adicionales.

—Esa pandilla resistirá —afirmó Xavier—. Están asentados allí por lo mismo que nosotros aquí: agua potable, abundancia de fruta, vida silvestre. Además, hay menos nieblas aquí. ¿Qué nos importa quién está con ellos?

—Solo nos importa si nos importa la miseria humana —afirmó Vasily. Su tono era una seda, pero lo suficientemente seco par indicar que pensaba lo mismo de Xavier que yo. Se pasó la mano por el cabello cano.

Xavier hizo una mueca de disgusto.

—Eso es un lujo en estos tiempos, preocuparse por la miseria humana cuando está en juego la supervivencia de la raza, ¿no crees? —preguntó, en tono algo agresivo—. ¿Deberíamos arriesgarnos por gente que puede estar loca?

—Vamos a hacer más que sobrevivir —objetó Arthur, con total seguridad—. Vamos a prosperar. Vamos a reconquistar la Tierra. Construir una civilización mejor. Nos han dado la oportunidad de crecer y cambiar, y la aprovecharemos.

—En el largo plazo, seguro —afirmó Xavier—. En el corto plazo, ¡salvemos nuestro pellejo!

—Ya lo hemos hecho. Ahora tenemos que salvar a los demás —afirmó Vasily.

—¿Dónde queda el campamento de las mujeres? —pregunté, un poco para cambiar de tema y otro porque me interesaba saberlo.

—Según lo último que supimos, por esta zona —respondió Arthur, señalando al sur y un poco al este de nuestra ubicación—. Usan los bosques en las afueras de Cotignac como refugio. Hay mucho verde, y han desaparecido todas las construcciones que había. No hay nada que atraiga a las nieblas.

—Nada excepto personas —dijo Vasily.

—¿Cuánto me llevará ir allí a caballo? —pregunté.

Arthur se puso tenso. Sentí cómo se endurecían sus pectorales contra mis omóplatos, y su respiración pareció dar un salto. Cuando habló, su voz era ronca:

—Tú no te irás de este campamento. Los niños están seguros aquí. No debes arriesgarte a llevarlos esa distancia, y no tendrán más seguridad ni provisiones en ese campamento que aquí.

—Solo yo iré, y luego regresaré —expliqué—. Es posible que haya una herbolaria que pueda ayudar a Will. Hace tiempo que tengo esa sensación. Tengo que ir a buscarla.

—No —respondió Arthur, sin más. Vasily me dirigió una mirada feroz. Pensé que estaría enfadado, pero su tono era optimista.

—Tiene que ser ella —afirmó—. No dejarán que un hombre se acerque. Nos matarán sin que podamos bajar del caballo. —Su tono se endureció—. Will no está nada bien.

—Encontraremos los medicamentos que necesita. No hay necesidad de enviar a Emma en una cacería peligrosa que no servirá de nada —declaró Arthur. Sus manos aferraron con fuerza mis hombros. Se inclinaba sobre mí y su barba gruesa me hacía cosquillas en el brazo.

—Buscamos por todas partes —afirmó Claude, el bombero de París. La noche anterior me había comentado por más de una hora acerca de una receta de *pain d'epices* que había pasado de generación en generación en la familia de su madre, que era de Dijon. Estaba angustiado por no poder recordarla. Hablaba excelente inglés, porque había pasado un año en la adolescencia como estudiante de intercambio en Cleveland y, milagrosamente, conservaba su fluidez. Claude elevó las manos en una expresión de frustración muy gala—. Ya no queda dónde. Buscamos en todos los edificios que quedan en pie.

—No van a encontrarlo a tiempo —dije—. Los órganos de Will están fallando. Se va a morir.

—Tara no permitirá que nadie salga de su campamento —afirmó Arthur.

—Lo permitirá si la mujer quiere hacerlo —respondí—. El campamento de las mujeres no tendrá cuestiones de jerarquía y disciplina, como el de los hombres. Un campamento femenino se basa en vínculos y relaciones. ¿No es por eso que se separaron?

—Mi hipótesis es que las mujeres armaron su propia banda porque tantos hombres enloquecieron con las nieblas, y maltratan a las mujeres y a los niños —intervino Vasily—. Están más seguras como grupo si no hay hombres.

—Pero no la pasan tan bien —afirmó Xavier, mientras me guiñaba un ojo. Aparté la mirada.

—El viaje no es seguro —dijo Arthur.

—No irá sola —dijo Theo.

—Yo tengo que ocuparme de la pandilla que se está juntando en nuestro flanco occidental —objetó Arthur—. Están presionando, si no, no hubiéramos encontrado a esos dos tipos. Nuestros vigías han visto a otros. No soy tan optimista como Xavier. Están buscando problemas.

—Nos dejarán en paz —afirmó Xavier—. ¿Por qué habrían de usar sus recursos atacándonos?

—Por nuestros recursos —dijo Arthur—. Armas, comida, caballos, provisiones, mujeres, tiendas, ropa.

—Un grupo pequeño es rápido y maniobrable. Me llevaré a Robert y a Theo. Los cuatro cabalgaremos deprisa —dijo Vasily, como si Xavier no hubiera hablado. ¿Cuánto será, unos ochenta y pico de kilómetros? En cinco días estamos de vuelta, y Will va a estar bien.

—Si no los mata o captura una pandilla de bandidos, no les disparan las defensoras de Tara o se los tragan las nieblas —dijo Arthur—. Yo no voy a estar para espantarlas.

—Volveremos —respondí. Newt estaba haciendo una tarjeta para una mujer que yo debía traer de vuelta. Confiaba en ello. No se lo podía explicar a Arthur—. Vamos a volver. Vamos a traer una herbolaria, y yo voy a estar bien. Lo sé.

—¿Lo sabes? —retrucó Arthur—. ¿En serio?

—Sí, lo sé en mi fuero íntimo, por la mujer en mi interior —respondí, secamente.

De repente, Arthur me soltó los hombros. Se apartó de la mesa y pateó una piedra que rodó por el aire.

—Tara va a querer algo a cambio. Esa mujer no tiene piedad para negociar.

—Tenemos cosas que le van a venir bien —dijo Vasily.

Arthur negó con la cabeza.

—Emma no sabe montar. Le tendría que haber dado clases. Se va a caer del maldito caballo cuando agarre velocidad.

Allí supe que iría, y tomé la manga de Vasily del júbilo. Éste sonrió, se inclinó y me susurró al oído:

—Theo es el peor hijo de puta que hayas visto con un cuchillo y la pistola, y dice que tú eres su hermana porque salvaste al hermano. No podríamos tener un acompañante mejor. —Luego se apartó con una ancha sonrisa.

—¿Dónde está Robert? —preguntó Theo, con una sonrisa dibujada en el ancho rostro—. Le digo que ensille los caballos.

—Jugando al fútbol con los chicos, ¿dónde si no? —repuse.

Una hora más tarde, me había cambiado y tenía unos pantalones de franela de hombre y una camiseta de U2. Estaba sobre el lomo de una yegua alazana bastante pequeña que Arthur había elegido con cuidado. Mientras él sostenía la brida, yo trataba de no perder el equilibrio sobre la pequeña montura.

—¡El talón hacia abajo! —gritó—. No muevas las manos, los talones hacia el abajo, y no es una mecedora. La espalda, derecha.

—Tranquilo, voy a estar bien —dije—. Tenme un poco de fe. —Di un toquecito a los flancos de la yegua con los talones y la hice caminar a su alrededor, formando un círculo. Los ocho niños, además de Hochi y Kei, estaban de pie junto a la cerca, y me alentaron. Mandy se reía de mi indiferente ineptitud. Era agradable verla así de relajada. Se sentía casi normal, casi como algo de todos los días, o lo que eso podía significar en estos tiempos finales.

—No vas a caminar en círculo durante dos días —afirmó Arthur—. Vas a cabalgar rápido. Va a ser duro. Tienes que mantener las piernas debajo del cuerpo. Siéntate bien.

—Estás relajada y eres quien manda, así que la yegua está tranquila —intervino Shoshana—. Mírale las orejas. Ahora están perfectas, erguidas y alertas. Si las pone para atrás, es mala señal; quiere decir que está asustada y agresiva —explicó, mientras se trepaba hasta sentarse en la baranda superior de la cerca—. Recuerda: el jinete siempre se comunica con su caballo.

—Los caballos son bichos complicados —comenté—. Tienen todo tipo de sentimientos. ¿Quién lo hubiera dicho?

Arthur sacudió la cabeza, sin apartar la mirada de mí.

—Te gusta todo esto.

—¿Qué cosa? —dije. Giré la rienda para que el caballo caminara en círculos en direcciones opuestas.

—Prepararte para irte. Salir de aventura.

—¿Tener un recreíto de la rutina de siempre de tratar de evitar la muerte, la inanición y el los ataques? —le susurré, para que no oyeran los niños—. Pensé que querías que me divirtiera. ¿No es eso lo que me dijiste en el cañón?

—Quiero que te diviertas conmigo. Allá afuera, sola, estás en riesgo —respondió Arthur en tono sombrío—. No es como en el cañón, donde estaba yo para protegerte. Lleva tu arma y úsala de ser necesario.

—Llevo mi arma, y siempre estoy dispuesta a usarla —respondí—. Tengo buena puntería. Una vez le disparé a un tipo belga entre los ojos desde . . .

bueno, como si fuera desde la tienda amarilla de provisiones. Lo habían cercado las nieblas, y lloraba del miedo. Gritaba y le salía sangre de la boca y la nariz.

Arthur me miró intensamente a los ojos.

—Deja ir ese recuerdo. No lo lleves contigo.

Me encogí de hombros.

—Necesitamos una especialista en hierbas. No solo para Will. El campamento está infestado de piojos sin control. Genevra tiene una infección por hongos. —Hice una pausa, apartando una preocupación egoísta repentina: anticonceptivos. Arthur y yo no nos estábamos cuidando de ninguna manera. Yo no quería más hijos. Este no era un mundo para traer más niños y, desde luego, no era un buen momento para embarazarse. Tenía la esperanza de que una herbolaria también me pudiera ayudar a mí—. También hay otras cosas. Nos estamos quedando sin medicamentos industriales. Tenemos que aprender cómo usar lo que tenemos para tratar las enfermedades y lesiones.

—¿Sabes cómo hacerla trotar? —me preguntó Arthur. Recordaba vagamente cómo hacerlo, de cuando tomé clases de equitación en el campamento de verano, cuando tenía diez años. Levanté el trasero apenas, me senté, y me volví a levantar. La yegua apuró el paso. Un segundo más tarde, estaba en el suelo, mirando hacia el infinito cielo azul. Me dolía el trasero, pero podía recordar solo medio segundo de levedad mientras volaba por el aire.

—Puede ir una de las japonesas —afirmó Arthur, ayudándome a levantar.

—Yo puedo hacerlo —respondí. Caminé cojeando hasta la yegua, me dirigí al costado izquierdo del animal y volví a montar.

—Carajo, va a aprender en el camino —exclamó Robert, que estaba sentado en su caballo con Vasily y Theo, afuera del corral—. Vamos, Emmy, avanzamos de noche y descansamos durante el día, para mantenernos fuera de la mira de cualquier bandido al acecho.

—Dios, no estás lista para esto —masculló Arthur. Se cruzó de brazos—. Cuando regreses, te voy a enseñar en serio.

—¿No es eso lo que haces todas las noches? —pregunté con ironía.

Eso lo hizo reír.

—Algunas enseñanzas hay, pero no voy a dejar que me lo endilgues todo a mí, Emma. Tú no solo recibes sino que das también. —Su mirada era cálida.

—No lo olvides. —Saludé a los chicos con la mano y les soplé varios besos.

Ya los había abrazado y besado, les había prometido que regresaría y les hice prometer que se cuidarían entre sí y harían lo que les dijera Caris. Las mujeres japonesas, que parecían estar mejor, también habían prometido cuidarlos.

—Solo por si me sucede algo, los vas a cuidar, ¿no? —le dije a Arthur, en voz baja.

—No te va a pasar nada. Vas a volver, traerás a la herbolaria y todo estará bien. Confío en tu fuero íntimo —agregó, más para sí mismo que para que lo escuchara yo. Luego me dirigió su media sonrisa sardónica—. Buen viaje. —Guié a la yegua para sortearlo y me fui hacia mis compañeros.

—Vasily, ¿tienes la bolsa de armas para Tara? —gritó Arthur a mis espaldas.

Vasily extendió un abultado saco de nylon, que parecía una vieja bolsa de lavandería.

—Dos pistolas Glock y cuatro cajas de balas.

—Nos debería alcanzar para rentar una experta en yuyos por unas semanas —dijo Robert.

—Debería —respondió Vasily, y su mirada se posó en mí—. Emma, trata de que no te maten. Eso sería de gran ayuda para todos nosotros. —Su tono era, como siempre, tranquilo y cargado de ironía y precisión.

—Si algo le pasa, los haré responsables a ustedes tres y yo mismo los voy a fusilar —gritó Arthur, como si hubiera escuchado el intercambio. Pero la voz baja de Vasily no podía haber llegado hasta sus oídos. Arthur estaba sentado lejos, en la cerca, entre Mandy y Felix. Se rascaba la barba con la mirada fija en nosotros.

Luego Shoshana sacó un caballo de las tiendas que se usaban como establo, y la atención de Arthur se volvió a los niños. Al parecer, estaba a punto de comenzar una clase de equitación. Nos volvimos sobre nuestros caballos y partimos.

—Brillante —dijo Vasily. Hizo un movimiento sutil con la pantorrilla y su caballo apuró el paso. En unos minutos, nos alejamos del campamento y trotábamos hacia el sur.

La primera noche fue un largo suplicio de dolor muscular; los caballos estaban preparados para andar por muchas horas seguidas, pero yo no. Vasily y Robert me enseñaron cómo hacer el trote levantado y, al poco tiempo, tenía el trasero y los muslos doloridos. Redescubrí que tenía músculos como el músculo psoas y el iliopsoas, que solo conocía por la clase de Anatomía para artistas que había tomado en la escuela de arte. ¿Quién hubiera dicho que podían doler tanto? Los prefería como imágenes en un libro de textos, no palpitando en mi cuerpo.

Nos detuvimos para una rápida comida antes del amanecer. Robert me pasó una lata de guiso de carne que había abierto. Theo y Vasily ya estaban comiendo de su propia lata, de modo que entendí que toda la lata era para mí. Olía y sabía delicioso, con frijoles blancos, chorizo y pato confitado. Elaborado por Reflets de France. Me pregunté si todavía quedaría alguna de sus plantas en algún lado.

—¿Qué vamos a hacer cuando nos quedemos sin productos enlatados? —pregunté.

—Ahumar carne —afirmó Theo, con una sonrisa—. Curarla, secarla. Cazar carne, cocinarla y comerla fresca. El jabalí salvaje, muy, muy bueno.

—Arthur tiene un plan —intervino Vasily—. Tiene un esquema para una transición ordenada desde productos de fabricación industrial que encontramos por ahí a lo que podemos cultivar o hacer nosotros mismos. Hace poco empezó a hablar de usar la tecnología de Tesla para generar energía, para poder construir molinos y, algún día, fábricas. Está como loco con la idea de recrear la obra de Tesla.

—Dijo que yo y Pyotr y Shinji con Will hacemos los experimentos de Tesla, cuando Will esté mejor —afirmó Theo—. Hacer fuente de energía, convertir campamento en ciudad.

—Arthur con sus planes —murmuré—. ¿Cuál es su historia, de cualquier modo? ¿Qué hacía Antes?

—¿Nunca le preguntaste? —quiso saber Robert—. Tú y el Jefe pasan mucho tiempo solos en su tienda.

—No hablando precisamente —respondí. Aunque, pensándolo bien, eso no era exactamente así. Arthur y yo hablábamos cada vez más. Ya no se trataba de algo solo puramente físico. La conversación ahora formaba parte del asunto. Lo que sea que fuera el "asunto", sobre el que yo no quería averiguar demasiado, porque era evidente que Arthur y yo teníamos una noción diferente del "asunto" y yo no tenía ninguna intención de desestabilizar el *status quo*. Tenía niños a mi cuidado, niños a los que les iba genial en el campamento de Arthur, mejor de lo que yo nunca hubiera esperado.

—Antes, Arthur era un hombre renacentista —sonrió Vasily—. *Homo universalis*. Un hombre extraordinario, de verdad.

—¿Qué es un hombre renacentista?

—Alguien que sabe de todo —explicó Robert. Me guiñó el ojo—. Como Leonardo da Vinci.

—O Albert Schweitzer o Andre Malraux. —Vasily asintió—. Fue alumno mío en Cambridge hace quince años; así fue cómo nos conocimos. Tiene una mente voraz; recuerda todo. También es un atleta; obtuvo medallas en dos deportes, remo y equitación. Escribió libros y ensayos, creó una fundación de investigación con cosas realmente vanguardistas. Estuvo en el Cuerpo de Entrenamiento de Oficiales para la Reserva como alumno en Harvard, y participó en una especie de proyecto calificado de investigación militar, una colaboración de defensa entre Estados Unidos y el Reino Unido. Es un líder natural con energía sin límites. Le sale bien todo lo que hace.

—Increíble —afirmé—. ¿Nunca se casó?

—Se las arreglaba con las mujeres que lo perseguían —respondió Vasily. Suspiró un poco y me dirigió una mirada sombría, todavía enfadado porque estuviera casada—. Me dijo que estaba esperando a la indicada, y que lo sabría cuando la conociera.

Negué con la cabeza.

—Alguien como Arthur, un hombre renacentista, se unirá a una mujer realmente espectacular. Antes, podría haber sido actriz o cantante, alguien famosa, la hija de un político. Ahora no hay mucha opción, pero no creo ser esa mujer.

—Yo tampoco. —Vasily se veía molesto—. Sobre gustos . . .

—Gracias —dije—. Digamos que yo estaba en el lugar correcto en el momento menos indicado.

—Creo que tú, especial —dijo Theo. Levantó su lata de comida a modo de brindis.

—Eres una bella flor, querida —dijo Robert. Se pasó las manos por el cabello rojo hasta erizarlo—. Yo me quedaría contigo, ni siquiera tendría que estar contaminado para que me gustara . . .

Robert era un tierno.

—Gracias, Robert, lo mismo digo. —Le palmeé el hombro. Intercambiamos una sonrisa.

—Je, je. No hables así delante de Arthur —dijo Vasily—. James contó que

Arthur casi le dispara cuando te mostraba un libro. —Me encogí de hombros. Todos sabíamos que Arthur era celoso.

Volvimos a montar y cabalgamos durante algunas horas más, rodeando el cañón de Verdon. Luego nos ocultamos lo mejor que pudimos en una arboleda.

Pensé en Mandy y me pregunté cómo estaría en el campamento. Si se ponía mal, Caris y los demás chicos la calmarían. Se estaría preguntando dónde estaba yo, y me haría miles de preguntas sobre el viaje a mi regreso. Miré a mi alrededor para poder describirle el lugar donde dormí. Había canaletas en la tierra, cubiertas de hojas de pino, hojas secas y escarabajos, y el polvo color parduzco que dejaba atrás el paso de las nieblas. Me dormí pensando en lo que habría en ese lugar hacía un año, y en si Mandy podría verlo si estuviera allí. Soñé que la tierra flotaba en el espacio, como una pequeña canica veteada de verde ftalocianina y cerúleo en un mar índigo. Arthur la sostenía en la palma de la mano, luego se hacía añicos que caían al vacío.

La noche, densa y cargada de aromas, avanzaba sobre las horas previas al alba del segundo día, cuando una flecha surcó el aire y se clavó en la tierra, cerca del caballo de Robert. Su caballo se retobó, pero él lo mantuvo controlado. A unos cien metros, frente a nosotros, había un bosque de densa vegetación.

—Esa es la señal —dijo. Me deslicé de la yegua, traté de no temblar de la mezcla de dolor y alivio de no tener que seguir sobre la montura.

—Carajo, no me gusta nada que vayas sola —masculló Robert.

—No me harán daño —respondí—. Soy mujer.

—Qué manga de chifladas, por Dios —afirmó Robert con expresión ofuscada.

—Llévate la bolsa —dijo Vasily, mientras me entregaba las armas. La aferré contra el pecho. Theo no dijo nada. Otra flecha aterrizó entre Vasily y Theo, que retrocedieron varios metros, y me observaron cruzar el claro verde en dirección al bosque.

Capítulo 7

NO LLEGUÉ A DAR MÁS QUE UNOS pasos entre los robles
y pinos cuando me encontré rodeada de mujeres. Literalmente rodeada.
Había mujeres de todas las edades y colores de piel, la mayoría con linternas
o antorchas. Había mujeres negras, blancas, asiáticas, de todos los colores
y nacionalidades; mujeres con *salwar jameez*, pantalones, vestidos, calzas y
túnicas. Todas eran esbeltas y delgadas. Ahora las dietas no eran necesarias.
Llevaban armas, pistolas, cuchillos, palos afilados, cachiporras, arcos y flechas. Tenían arcos industriales y hechos a mano, al igual que las flechas.

—No estoy aquí para unirme a ustedes —afirmé—. Vine a hablar con Tara.
—Mi presentación generó un estallido de voces en todos los idiomas, y me
tomaron de las dos manos. Las mujeres se apretujaron a mi alrededor y me
empujaron para que avanzara. Con la ayuda de las linternas y antorchas que
destacaban los árboles, avanzamos a través de un bosque que se hacía cada
vez más denso. A medida que nos internábamos, podía escuchar sonidos de
niños cerca. No podía ver demasiado en la penumbra, pero se escuchaba el
sonido de pequeños pies que corrían y risas jóvenes. También había un golpe
seco ocasional cuando un cuerpo infantil saltaba de un árbol. Parecían estar
sanos y salvos, a juzgar por los sonidos y lo que se veía. Tuve un momento de
remordimiento, en el que me pregunté si quedarme con Arthur era lo mejor
para mi clan. Pero luego recordé que, incluso aunque estuvieran a salvo de
las pandillas de bandidos, las mujeres y los niños de todos modos estaban en
riesgo. Las nieblas entraban en los bosques.

Llegamos a un claro.

—Quería verme —dijo una mujer rubia con un leve acento rígido, quizás holandés o frisón. Era más joven de lo que había esperado, de estatura media y hombros anchos, radiante de vida e inteligencia. Sus ojos azules me evaluaron deprisa y luego se posaron en las mujeres.

—Soy del campamento de Arthur —dije—. Me llamo Emma.

Ella sonrió.

—¿Cómo está Arthur?

Fue la familiaridad de su sonrisa lo que me indicó que se había acostado con él. Sentí una puntada de malestar.

—Goza de buena salud.

Hizo un leve gesto con la cabeza.

—No tiene obligación de quedarse allí, Emma.

—Me trata bien.

—Muy bien, no lo dudo —respondió ella, levantando una ceja rubia. Las mujeres que nos rodeaban comprendieron la situación y rompieron en risas. Yo sonreí—. ¿Por qué ha venido?

Le arrojé la bolsa de nylon. Pareció sorprendida ante el peso, y luego la abrió. Sacó una de las armas con una sonrisa.

"Qué bien —aprobó. Le pasó la bolsa a una mujer asiática alta que estaba de pie a su lado, luego comprobó que la pistola funcionara y la cargó. La sopesó con las manos, midiéndola. Luego la alzó y la apuntó directamente a mi pecho—. ¿Qué es lo que desea?

—Tomar prestada una herbolaria.

—¿Qué le hace pensar que contamos con una?

Miré a mi alrededor.

—Mi madre era especialista en hierbas. Me decía que las mujeres nacemos con la interconexión de la vida en nuestro corazón. Donde haya un grupo de mujeres, siempre habrá alguien que sepa de plantas y el poder que tienen, y que esté dispuesta a compartir ese conocimiento.

—Una mujer inteligente. ¿Ella no le enseñó? —Tara dejó caer la Glock al costado de su cuerpo—. No ha sido una buena hija.

—Soy mejor madre —respondí, aliviada de que ya no me apuntara con el arma.

—¿Cuántos niños?

—Ocho, desde el invierno pasado.

Tara asintió.

—Vamos a comer. Está amaneciendo; desayunemos. —Hizo un gesto y todas nos adentramos en el bosque. Tara caminaba a mi lado—. ¿Interconexión de la vida? Suena poético, pero no sé si muy preciso.

—Suena bien —le dije—. ¿Y ustedes no están viviendo así, en los bosques?

—Estamos viviendo y, por ahora, con eso es suficiente. No estábamos preparadas, como Arthur.

Llegamos a otro claro. La oscuridad estaba cediendo un poco para dar paso a una sombra gris, y luego fundirse en sombras verdosas y rosadas. Este claro era una cuenca del bosque, con algunos árboles cortados y otros quemados. Tenía unos cien metros de diámetro y estaba lleno de todo tipo de cosas rescatadas astutamente, algunas con el uso para el que se habían diseñado y otras usadas de maneras que sus creadores nunca hubieran imaginado. Había tiendas y chozas precarias dispuestas en anillos concéntricos alrededor de un centro vacío de tierra compactada. El círculo más pequeño estaba formado por mesas y sillas, e incluso algunos sofás. En los árboles periféricos, había tapices, mantas e incluso lo que parecían colchonetas de yoga colgadas a modo de hamacas, donde dormían mujeres y niños. Había varios árboles decorados, como los de Navidad, con objetos atados con hilo o medias de nylon, teléfonos celulares, tijeras, lámparas, relojes, cafeteras, pinturas y bolsas de lona y teclados de computadora, bolsos de mujer, tostadoras, cámaras fotográficas.

—Árboles de la memoria —explicó Tara, siguiendo mi mirada. Me escoltaron a una mesa donde ya había comensales. Me senté y me pusieron un plato de comida delante: gachas de maíz con frutos rojos y miel. Estaba caliente y sabía delicioso. Me sirvieron también una especie de té amarillo aromático. Tara se sentó a algunas sillas de distancia, y se dispuso a comer con ganas. A mi lado se sentó una mujer de contextura pequeña con cabello oscuro.

Tara comenzó a hacerme preguntas sobre lo que me había pasado, los niños que había recogido, cómo había llegado al campamento de Arthur.

—Creí que no aceptaba mujeres y niños —afirmó.

—Llegamos a un acuerdo.

—Ajá. Arthur puede ser muy predispuesto a llegar a un acuerdo.

La miré de soslayo.

—¿Lo conocía de Antes?

Ella asintió, pero una expresión inescrutable le cubrió el rostro.

—¿Tienen un médico en el grupo?

—¿Cómo lo conoció?

—Me consultaba a veces, para su proyecto de investigación especial.

—¿Por qué? ¿A qué se dedicaba usted?

—Era psicóloga, dedicada a la investigación —respondió Tara. Entrecerró los ojos, que parecían mirarme con expresión predatoria, e hizo un movimiento horizontal con la mano, como para finalizar ese tema de conversación—. ¿Por qué necesitan una herbolaria si tienen un médico?

—Nos estamos quedando sin medicamentos.

Tara asintió.

—Nos pasará a todos. Es un problema. Ya casi no tenemos antibióticos. No nos quedan más analgésicos.

—¿Hay alguien enfermo? —me preguntó la mujer de cabello castaño sentada a mi lado. Su acento era muy afrancesado, y sonaba segura de sí misma. Llevaba el cabello corto y a la moda. Incluso en los bosques, con unos vaqueros gastados y una camiseta, se la veía elegante, como si estuviera vestida de Prada de pies a cabeza. Sentí un poco de envidia. De repente me sentí una rotosa, con mis pantalones de franela y el pelo todo desordenado.

—Tenemos un hombre con parásitos; se está consumiendo y morirá pronto. Por él vine. También tenemos erupciones, infecciones por hongos y de la piel; hay dos hombres con ataques de tos. Un hombre con cáncer, algunos con diarrea, quemaduras de sol, fracturas, piojos. —Traté de recordar qué más había.

Ella apretó los labios.

—Sí, los piojos son un gran problema.

—¿Cómo consiguen anticonceptivos? —preguntó Tara, con una leve sonrisa.

—Necesito algo para eso también.

—Iré —respondió la mujer elegante, con determinación.

—¿Eres herbolaria? —le pregunté, sorprendida—. ¡No lo pareces!

—¿Debería tener bigote y un *muumuu* para demostrar que sé de plantas? —preguntó la mujer, con tono divertido e incrédulo.

—Unas sandalias, si quieres ganar credibilidad —afirmé—. El bigote sería llevarlo al exceso.

—Mírate, con las cejas anchas como orugas —respondió—. Con ese lampazo en la cabeza. Eres un gorila rubio.

—Lo dices como si fuera algo malo. Al menos estoy viva.

—Los americanos se visten tan mal —dijo ella, y chasqueó los dedos con rechazo. Miró a Tara nuevamente—. Iré.

—Este es un tema para el consejo —objetó Tara.

—Es mi decisión, adónde voy —afirmó la mujer de cabello castaño con determinación—. El consejo aconseja, pero no decide. Nosotras decidimos.

Tara pareció a punto de discutirlo, pero en ese momento, surgió una conmoción. Un grupo de mujeres se acercó a nuestra mesa, gritando en lo que sonaba como francés, italiano, español, portugués y ruso. Tara las hizo callar y luego miró a una de las mujeres, una negra alta con pómulos altos y cara esculpida. Llevaba un rifle de nariz chata colgado al hombro con una tira que le cruzaba el pecho, y un cinturón cruzado con municiones. Llevaba un cuchillo en la presilla de los pantalones. Algo en sus ojos me indicó que sabía usarlo. En una pelea, la querría de mi lado.

—¿Jeannie? —preguntó Tara.

—¡Lo encontramos siguiéndola a ella! —exclamó la mujer negra. Tenía un acento fuerte de Liverpool y sonaba indignada. Empujaron a Robert hacia delante, quien trastabilló. Jeannie lo pateó en la parte de atrás de la rodilla y lo hizo caer en cuatro patas.

—Bellas señoras, ¿no tienen algo para convidarle a este viejo? —preguntó Robert, con su desparpajo habitual. Algunas de las mujeres sonrieron.

—Robert —suspiré, y él me guiñó el ojo.

—¿Cómo entró? —se preguntó Tara—. ¿Quién no lo vio?

—No podía dejar que Emma se pusiera en peligro. Además, no es fácil que un irlandés se quede afuera de nada, tenemos un don —afirmó Robert, exagerando el acento musical de su voz. Seguramente pensó que les resultaría encantador. Miró a su alrededor—. Qué bonito está este lugar. Lo dejaron de lo más agradable.

Tara frunció el ceño.

—Este no es un lugar para hombres.

—Yo soy solo un hombre, linda —replicó Robert—. ¡Pero tengo el vigor de diez!

—*Mignon* —exclamó una mujer.

—*Beau* —dijo otra.

—*Porcino* —se unió una tercera voz, que despertó las carcajadas de las demás. Robert estiró el cogote para sonreírles a todas, complacido.

—¡Les haré pasar un buen rato! —ofreció, con un leve movimiento de la cadera para que quedara claro lo que quería decir, como si no fuera obvio.

Tara hizo un gesto con la mano y la mujer negra lo golpeó en la cabeza con la culata de su arma. Robert cayó al suelo, inconsciente. Tara se quedó mirándolo, con su adorable rostro cuadrado sumido en el pensamiento. Parecía estar analizando algo desde diferentes ángulos. Decidí que nunca jugaría al ajedrez con esa mujer. Desde luego, probablemente no quedaba ningún juego de ajedrez intacto en toda Europa. Luego miré los árboles de la memoria y me pregunté si no estaría sacando conclusiones apresuradas. El grupo de Tara había atado todo tipo de objetos a los árboles.

—Haremos un canje —dijo Tara—. Laurette irá con usted, y nosotras nos quedamos con Robert. Cuando ella vuelva, se lo devolvemos.

—*On a besoin*, necesito por lo menos dos semanas, quizás tres. —Laurette intervino a mi lado—. Necesito un par de horas para buscar mis materiales medicinales.

—¿Y el kit para la manicura? —murmuré. Tara sonrió.

—Te advierto, a Laurette le gusta que todo esté en su lugar —afirmó en tono bajo.

Laurette volvió a chasquear los dedos y se volvió para mirar por sobre el hombro.

—Los dos chicos vienen con nosotras. No tienen que estar aquí. Se quedarán en el otro campamento.

—Tienen trece años y están controlados por sus hormonas —afirmó Tara. Se encogió de hombros—. Esto nos conviene; tener una relación con el campamento de Arthur. A cierta edad, los varones deben irse de aquí.

—Hay algo más —afirmé—. Busco a alguien. Una mujer; la madre de uno de mis niños.

—Seguramente está muerta —respondió Tara.

Negué con la cabeza.

—Una de las niñas es . . . bueno, es clarividente. —Me ponía nerviosa decirlo en voz alta. No era el tipo de cosa en la que yo creía, Antes. Cuando era adolescente, nunca participaba en el juego de la Copa ni pagaba porque me leyeran la palma de las manos. El reino místico no me interesaba, salvo por la magia de pintores como Hieronymous Bosch y Odilon Redon y Chagall. Yo creía que todo lo que se puede ver es un juego de la luz. Y la luz se puede manipular para moldear la forma visual, de modo que los espíritus y esas cosas eran meras ilusiones. Pero eso ahora había cambiado, como todo lo demás que alguna vez creí.

Tara asentía.

—Tenemos un caso así. ¿Por qué crees que no te hemos matado? Te estábamos esperando. —Tara sonrió un poco, apartando la mirada, y su sonrisa se transformó una mueca de pesar. Me hizo pensar que no habían dejado pasar a nadie en el último tiempo. Pero la locura abundaba y probablemente sintiera que su obligación principal era proteger a las mujeres y niños que ya estaban refugiados allí.

—Mi niña dice que debo llevar de regreso a la mamá de Dragomir.

Tara hizo una mueca.

—Mandaré a alguien a buscarla. —Había terminado de comer, se levantó e hizo un gesto de que la siguiera. Unas pocas mujeres nos acompañaron en un recorrido del campamento. Tuvo un intercambio rápido en holandés con una mujer anciana con el cristal izquierdo de sus bifocales roto. Escuché que mencionaban el nombre "Dragomir".

Del campamento principal irradiaba un laberinto de senderos que se adentraban en los árboles, y seguimos uno de esos senderos hasta un área más pequeña en la que se había quemado la vegetación, donde mantenían y cocinaban alimentos y provisiones. Habían construido un ahumadero rústico de madera para conservar la carne. Al igual que en el campamento de Arthur, tenían parrillas a gas. También habían cavado una fosa para asar carne, y había un fuego encendido rodeado de un círculo de piedras con una enorme pava de hierro encima. Alrededor del perímetro, había latas, cajas, botellas y jarros de alimentos apilados.

—¿Cómo hacen para encontrar las provisiones? —pregunté. Tara me dirigió una mirada prolongada y pensativa, como si no esperara esa pregunta, como si implicara que yo no sabía algo que debía saber. Me quedé confundida.

—Salimos de excursión a la noche —respondió finalmente. Su mirada se detuvo en un árbol distante—. Las provisiones escasean. Tenemos que ir cada vez más lejos. Tuvimos suerte la anteúltima luna llena; yo estaba con un grupo que encontró parte de un supermercado Champion aún en pie. La tienda estaba en ruinas, pero el sótano estaba lleno. Nos llevamos todo.

—¿Salen a caballo?

—Tenemos un corral. Ahora se lo enseñaré.

—Están bien asentadas. ¿Pero qué hay de las nieblas? —quise saber—. ¿No son blanco fácil, si se quedan aquí todas?

—Tenemos un sistema. —Tara me llevó alrededor de una haya y me mostró un tonel tapado atado al tronco con una cuerda elástica.

—¿Toneles?

—Yo no tengo una conexión con las nieblas como Arthur, pero esto funciona para nosotras. —Golpeó la tapa del tonel como si fuera un tambor, lo que, desde luego, era. Golpeó el improvisado tambor varias veces. Cerca de allí, alguien continuó con el ritmo, acompañándola. La cadencia era específica y rítmica. Luego se incorporaron dos tambores más, y docenas más. En unos pocos minutos, todo el bosque palpitaba.

—¡Claro! ¡Con percusión! —exclamé—. Arthur usa el sonido del casco de los caballos.

Tara dejó de hacer sonar el tambor y sacó un silbato que llevaba colgado al cuello. Sopló y se escuchó un largo y agudo pitido. Los tambores cesaron. El silencio que siguió era intenso, densamente saturado. Tara y yo lo saboreamos. Luego ella sonrió, un poco sombríamente.

—Los tambores, el ritmo, todo fue idea de Arthur. Eso es lo que hace que podamos tener un hogar aquí.

—¡Han creado una zona segura!

—Hemos perdido a varias mujeres en nuestras excursiones. —Tara me miró de soslayo—. Por unos días. Luego las volvemos a encontrar. El que se las lleva, las paga.

"Pues, claro", pensé. Pero en ese momento, una mujer joven con los rasgos dulces de Dragomir vino corriendo hacia mí y me tomó de los brazos.

—¿Dragomir? —preguntó entre sollozos. Yo asentí, y ella lloró y balbuceó en la misma lengua eslava que había escuchado en las palabras de Dragomir. La mujer anciana se acercó para traducir. Un punto más para Newt.

Laurette y yo nos despedimos de Tara. Estábamos de pie apenas dentro de la línea de árboles donde comenzaba el bosque. A la distancia, pude ver cuatro caballos, dos con jinetes en el lomo. La madre de Dragomir, Bojana, y los dos niños de trece años nos acompañaban. Tara no había querido enviarnos con caballos, e insistió en que podíamos compartirlos. Comprendía su compulsión a conservar todo lo que tenía. Impulsivamente, la abracé.

—No sean muy duras con Robert.

Ella me sonrió y sonrió.

—Creo que va a hacer muchas amigas aquí.

—Va a estar insoportable cuando vuelva.

—Eso no es problema mío —respondió Tara. Luego su rostro se volvió serio—. Usted me cae bien, Emma. Sé que le gusta a Arthur también. Hay cosas que él le debería decir.

—¿Por qué no me lo dice usted? —le pregunté, mirándola a los ojos.

Ella negó con la cabeza.

—Si los hombres vienen solos, que usen ropa amarilla. Amarillo bien visible en cada hombre, así sabemos quiénes son y no los matamos.

—*Vraiment*, ¿se van a quedar paradas aquí todo el día chismoseando como dos viejos tomando un cafecito? —nos gritó Laurette—. Tengo mucho trabajo que hacer. *Vite*, por favor. —Saludó apresurada con la mano y comenzó a caminar hacia Vasily y Theo. Sobre un hombro llevaba un gran bolso lleno de sus productos medicinales; del otro, colgaba una cartera Chanel color marfil a cuadros, en perfecto estado, llena de objetos personales. Yo llevaba unas pantaletas de más en el bolsillo de los pantalones y un cepillo de dientes en la alforja. Con la llegada de Laurette, el campamento se iba a poner de lo más interesante.

Capítulo 8

UNOS DÍAS MÁS TARDE, A MEDIA MAÑANA, llegamos al campamento de Arthur, donde los muros parecían más altos y anchos que antes. Sin esperar, desmonté del caballo antes de entrar. Bojana venía conmigo y también desmontó. Le señalé la tienda de los niños y luego llevé la yegua al corral. La mujer corrió hacia la tienda a toda velocidad, y las piernas parecían volar; iba a ser un reencuentro enternecedor. Después de acomodar a la yegua, iría a verlo yo misma.

En un poste de la cerca, había unos cardos púrpura, alrededor de los cuales se arremolinaban varias mariposas pardas y blancas, con algo de rojo en las alas inferiores. Cerca, observándolas, había dos hombres, Claude y un tipo nuevo, muy alto y fibroso, con cabello negro bien cortito. Su rostro bien podría ser un ensayo sobre la belleza de los planos y ángulos alineados a la perfección. Tenía una suave erupción roja superficial en las mejillas y el mentón, pero esta nueva vida nos había endurecido a todos los sobrevivientes; era imposible confundir la perfección simétrica de las formas de su rostro, que era como un Apolo del nuevo mundo. No lo miré a los ojos al pasar; no quise que mi mirada se demorara demasiado en él porque el celoso de Arthur seguramente andaba cerca.

Arthur.

Giré sobre los talones, dejando caer la rienda de la yegua. Me quedé mirándolo con la boca abierta. Él inclinó la cabeza hacia atrás y prorrumpió en una carcajada. Vasily había llegado hasta él y sonreía, al observar a Arthur tan divertido. Los hombres que estaban cerca se volvieron a mirar, también con una sonrisa.

Arthur se me acercó y me tomó la cara entre las manos. Me besó en los labios, y luego dijo, con evidente placer.

—¡No me reconociste!

—A la mierda, ¡eres bellísimo!

Eso lo hizo reír aún más.

—Ahora no me puedes seguir llamando Fidel.

—No, señor —le dije, y me quedé un poco sin aliento. No podía dejar de mirarlo. Esto le daba un nuevo giro a nuestro acuerdo. No debería importar tanto; ahora el aspecto físico era menos importante que nunca antes, en este duro mundo del Después. Pero yo me había dedicado a la pintura, y todavía me importaba la belleza perceptible. Y Arthur era bello, muy bello.

—¿Nos van a devolver a Arthur cuando Laurette regrese al campamento femenino?

—Sí, pero no creo que con su virtud intacta —respondí. Arthur se rio entre dientes. Me rodeó con los brazos y me apretó contra su pecho.

—¿Dos críos más?

—No son críos —dije—. Son muchachos, a punto de convertirse en hombres.

—No encajarían en el campamento de Tara —afirmó, pensativo—. Asignaré a alguien para que les vaya enseñando. Aprenderán a ser soldados.

—Mientras se cepillen los dientes.

—Van a salir blandengues con tanta higiene —bromeó—. Tienen que ser soldados, guerreros.

—Hablando de guerreros, ¿fueron al encuentro de la pandilla del oeste cuando no estábamos? —quise saber. Lo que en realidad quería saber era si habían encontrado más vigilantes, pero sentía cierta reticencia a sacar el tema. Nunca le había mencionado a Arthur lo de los dos tipos que por poco me atrapan.

—Todavía no. Cavamos trincheras y construimos fortalezas. Quería que estuvieran Vasily y Theo por si había acción de verdad. —Me besó la frente, y yo retrocedí un paso—. Seguro tienes que comer y hacer muchas otras cosas.

—Seguro.

—¿Ya viste a los niños?

—Tengo que ir.

—¿Nos vemos más tarde?

—Sí, señor —dije, sin aliento.

Arthur se rió una vez más. Se apartó y tomó la rienda del caballo. Salí del corral y le di una mirada de incredulidad a Vasily al pasar. Éste se encogió de hombros, con las palmas hacia arriba, como diciendo "¿Y qué esperabas?".

Seguro no esperaba eso.

Luego recordé lo que había dicho Tara sobre las cosas que me debería contar Arthur, y me pregunté qué más no estaría esperando de él. No tuve demasiado tiempo para pensar esas cosas, porque en ese momento me topé con Xavier.

—Te fue bien —me dijo, apretándome el codo.

Yo tiré para deshacerme de su agarre.

—¿Qué es lo que quieres?

—Me dijeron que querías ir a Canadá —afirmó, mirando alrededor como si quisiera asegurarse de que nadie lo escuchaba.

—Todo el mundo quiere ir a Canadá. Hay una zona civilizada allá.

—Yo soy de Alberta —respondió él—. De Edmonton.

—El centro de la zona segura.

—Eso no es por accidente —susurró, acercando la boca demasiado a mi oreja—. Conozco a gente allá. Cuando hagamos contacto, puedo hacer que nos vengan a buscar . . .

—¿Qué quieres decir con que no es un accidente? —exclamé en voz alta. Xavier saltó hacia atrás, con pánico dibujado en su cara flaca, mientras hacía gestos de silencio con las manos.

—Hablé demasiado —masculló—. Solo te digo, que elijas bien a tus aliados. Acá sucede más de lo que sabes. —Trastabilló y luego salió corriendo, y yo quedé confundida y más preocupada que antes.

Encontré a los niños al lado del arroyo, justo cuando llegaba Bojana, que se adelantó corriendo mientras gritaba el nombre de Dragomir. Éste se puso de pie, con una camiseta mojada en los brazos, y expresión azorada. Luego se le transfiguró la carita. Dejó caer la ropa que estaba lavando y corrió hacia Bojana, que lo tomó en brazos y lo apretó contra ella. El niño la abrazó con fuerza. Ambos lloraban, entre gritos. Los demás niños tenían lágrimas en los ojos. Yo no; ya no podía llorar. Mandy se arrojó a Bojana y Dragomir, abrazándolos también, y los demás la imitaron. Yo me uní también. Después de unos momentos, Newt dio un paso atrás.

—¡Hice una tarjeta de bienvenida! —exclamó con su tono alegre habitual. Eso nos hizo reír, y los niños y yo dimos un paso atrás para dejar solos a madre e hijo. Bojana me miró con un interrogante en los ojos. No dejó de abrazar a Dragomir con fuerza.

—Newt, adelante —le dije. Así que Newt, orgullosa, extendió el dibujo en papel madera y se lo presentó ceremoniosamente a Bojana. Esta apoyó a Dragomir en la cadera y tomó el papel con la otra mano. Sonrió y murmuró algo en su idioma, que nadie entendió, y luego se llevó el papel al pecho e hizo una especie de reverencia. Marco le dio una palmadita a Newt en la espalda y la felicitó, y todos los chicos alabaron su tarjeta. Mandy me abrazó.

—Te extrañé, mami —me susurró al oído.

—Yo también te extrañé, mi amor —le susurré también, mientras le acariciaba el cabello cobrizo y me sentía afortunada de tenerla. Éramos nosotras dos solas; Haywood y Beth no estaban con nosotras, pero nos teníamos la una a la otra, y eso nos hacía afortunadas. Compartimos nuestra sonrisa privada, solo por un segundo, pero no demasiado para que los demás niños no se sintieran excluidos. Las dos teníamos cuidado con los sentimientos de nuestros camaradas, que habían perdido tanto.

—¿Sabes cómo hacía para sentirme mejor? —me preguntó.

—¿Atabas las dos zapatillas de Marco con un cordón? No, a ver . . . ¿Le ponías un bicho en la bolsa de dormir a Felix? —Me puse las manos en las caderas e hice de cuenta que pensaba—. ¿Sacaste los pantalones de Caris de su mochila y le pusiste los de Marco, para que Caris pensara que se equivocó de ropa?

—No, sonsa, solo hago eso cuando estás tú, porque te hace reír aunque tratas de que no nos demos cuenta —respondió entre risitas—. Iba a ver tu sombra en los lugares donde vas siempre, en especial en la roca que está al lado del arroyo. Te gusta sentarte a pensar ahí. Te podía ver haciendo eso. Por la noche tu sombra era como alas brillantes, que nos decía que nos lavemos los dientes.

Mandy estaba viendo sombras otra vez. Pero tenía razón; me gustaba sentarme en esa roca.

—Sí, me gusta ir ahí —reconocí.

—¿En qué piensas cuando estás ahí sentada —quiso saber, hundiendo la cabeza en mi panza.

Le acaricié el cabello caoba un poco más.

—Pienso en ti y en los otros chicos, en que ahora somos una familia.

—Ahora somos ocho —susurró.

—Ahora es diferente, en el campamento de Arthur.

—Siempre tendremos algo especial, porque nosotros nos conocimos primero —afirmó ella—. Nosotras dos, y Shoshana y Marco y Ginny, Caris y Newt y Felix. Hasta Dragomir, es uno de los nuestros, aunque ahora tiene a su mamá.

—Sí, compartimos cosas difíciles, y eso nos acercó mucho.

—Nos hizo querernos. Y una vez que uno quiere, el amor siempre estará allí. Nunca se puede huir del amor —afirmó. Me dirigió su brillante sonrisa de una niña de cinco años, y mi corazón se infló con una sensación agridulce, que me colmó el pecho y me dejó sin aliento del dolor. Sus palabras tenían un halo de profecía, lo que me hizo temerles y atesorarlas a la vez.

Laurette había encontrado el camino hacia la tienda hospital y estaba inclinada sobre el camastro de Will, palpándole el estómago. Desde la entrada, pude ver que estaba sola con el paciente.

—¿Dónde está James? —le pregunté.

—¿El médico? Me dijeron que un hombre se cortó el pie con un hacha, y el médico se fue a verlo. Qué tipo estúpido —afirmó Laurette. Le abrió los párpados a Will y observó la esclerótica de cada ojo, luego le metió los dedos en la boca y le revisó las encías. Él profirió un gruñido. Ella hizo un gesto breve que expresó su falta de empatía mejor de lo que lo haría ninguna palabra. Le levantó las manos y le inspeccionó las uñas.

—Sí, está bien, puedo ayudarlo —dijo en su inglés con acento afrancesado, con los labios fruncidos.

—¿Hay una cura a base de hierbas? —pregunté, esperanzada.

—Una combinación de hierbas- Potente; no será agradable. Lo deberíamos aislar, porque va a evacuar los parásitos por el ano. —Retrocedió un paso, se puso en cuclillas y abrió la bolsa de lona que había traído—. El invierno pasado, justo antes del Día, una inglesa me dio la mejor enula que vi. No la volví a ver.

—Veré adónde podemos trasladar a Will —le dije.

—¿Trasladar a quién? —preguntó James, mientras entraba en la tienda. Al ver a Laurette, por poco se cae.

—Así que usted es el médico —observó Laurette, que no parecía impresionada.

—James —respondió él, sin aliento. Extendió la mano y ella enarcó sus cejas perfectamente arqueadas. James se sonrojó hasta las raíces de su cabello canoso y dejó caer la mano.

—Soy Laurette. Soy la herbolaria —se presentó—. Usted hará lo que yo le diga. Voy a preparar una tintura para él. Comenzaremos con una dosis baja y se la daremos cada cuatro horas, sin dejar pasar más tiempo. Mañana le damos dosis más fuertes. —Se colocó la bolsa al hombro y rozó a James al salir de la tienda.

—¿Por cuánto tiempo vamos a hacer esto? —quiso saber James, con actitud sumisa. Le di una palmada en el hombro con el dorso de la mano, mirándolo con incredulidad—. Cierto, cierto, soy el médico —afirmó, y salió tras ella. Me volví a Will y le aparté el cabello de la cara.

—¿Cómo está? —le pregunté.

—Me cae bien la francesita —silbó Will—. ¿Cree que me dará una chance, cuando me ponga bien?

Trató de hacer un guiño, pero estaba tan débil que volvió a caer en un estado de semiinconsciencia. Me dirigí al otro extremo de la tienda para ver cómo estaba Nwokocha, que dormía con expresión plácida. Salí en busca de Laurette y James. Estaban absortos en una conversación. En realidad, Laurette hablaba y James le llevaba la bolsa de lona y escuchaba atentamente cada palabra de la mujer, como un cachorrito.

Fui a buscar una tienda que nadie usara para alojar a Will durante su convalecencia.

Claude armó la tienda fuera de las paredes del campamento. Era nueva y todavía estaba en su paquete original. Era una tienda rojo brillante de esas que se usaban para acampar, y solo alcanzaba para un camastro.

El rostro de Claude estaba ensimismado, y tenía los ojos apesadumbrados. Estaba totalmente cerrado a iniciar una conversación. Una vez que estuvo lista la tienda, lo aparté a un costado y le pregunté, en voz baja, qué le pasaba. Trató de apartar el brazo, pero yo no lo dejé.

—James me dijo en qué fecha estamos: diez de julio. Hoy es el cumpleaños del hijo de mi hermano; mi sobrino. Hoy cumpliría diez años.

Me invadió una oleada de náuseas.

—Lo siento.

—Mi hermano tenía esposa y dos hijos —me dijo Claude con mirada inexpresiva—. Yo tengo veintisiete años; me gustaban las mujeres, muchas mujeres. El olor de las mujeres, la sensación, la piel, el pelo. Siempre quise una esposa algún día, una familia. Una hijita con rizos largos, para comprarle vestidos y bombones. A veces, cuando llevaba a la gente al hospital, veía una cara bonita y pensaba que podría ser la indicada. Pero ahora me alegra tanto no haberme casado. No sé si me voy a casar algún día.

Quise decir algo que aliviara a Claude. Para poder sentir que lo estaba ayudando. Pero hubiera sido poco honesto de mi parte, porque no había nada que pudiera ayudarlo. Simplemente existía, su sufrimiento. El que fuera compartido entre todos los sobrevivientes no le brindaría consuelo. Apoyé la mano en el hombro de Claude.

—Llegará un mañana —le dije—. Ya llegará el once de julio.

—Sí, no me había dado cuenta de que ya había avanzado tanto el verano —afirmó Claude.

—Yo tampoco. Casi no he notado el paso del tiempo.

—El tiempo no importa si uno sigue viviendo el día a día —afirmó Claude, dejando caer los hombros—. Simplemente pasa, como gotas que se secan al sol.

—Ahora pasa de otra manera —admití. Hubiera dicho más, pero llegó Laurette y le dijo algo en francés a Claude que lo hizo volver rápidamente a la tienda para extender los postes desarmables.

—¿Dónde están tus niños? —me preguntó Laurette—. Les puedo enseñar qué plantas recoger, para usar ahora o más adelante. Les puedo enseñar a ponerlas a secar y preparar tinturas. Deberían salir a juntar semillas de girasol todos los días. ¿Por qué deberíamos dejarlas todas a los pájaros?

—Por acá —respondí, conduciéndola al arroyo—. ¿Dónde está James?

—Lo mandé a preparar la infusión. Es médico; debe poder seguir instrucciones simples para hervir algunas hierbas en agua, espero. —Laurette entrecerró los ojos—. Esto que haces con las manos . . .

—No sé cómo explicarlo.

—Escúchame bien, Emma: debes intentarlo. Es importante que lo hagas en forma ordenada. James dice que gracias a ti Will ha vivido tanto tiempo. Es un don demasiado importante como para desperdiciarlo.

—No pensé que estaba desperdiciándolo —respondí con cierta aspereza. Habíamos llegado a donde estaban los niños, junto al arroyo. Ellos dejaron la ropa que estaban lavando y se nos acercaron, a abrazarme a mí y a conocer a Laurette, que los saludó en forma muy educada. Le habló en italiano a Marco, y el chico se paró derecho y metió el abdomen como un soldadito.

Luego sus ojos astutos se posaron en la expresión infantil y perdida de Genevra y ladró algo en francés. Así como así, los ojos de Genevra perdieron la expresión perdida y volvió a su edad real de siete años. No pude evitar sentir diversión y exasperación al mismo tiempo. Toda la ternura y la paciencia que había tenido con Ginny, y lo que en verdad necesitaba era una dosis de órdenes ladradas en francés.

Arthur se acercó a presenciar la primera dosis de Will en la nueva tienda, que finalmente había logrado la aprobación de Laurette después de que Claude la armara varias veces. James, Claude y yo estábamos de pie en un semicírculo alrededor del camastro de Will, mientras Laurette le daba una taza de la infusión, llevando una cuchara a los labios agrietados de Will. Éste parecía recobrar y perder el conocimiento alternadamente, y gemía y se ahogaba un poco con el líquido. Laurette debía hacer una pausa y acariciarle la garganta para que pudiera tragar.

—Ese es mi más antiguo amigo —le dijo Arthur—. Trátelo bien.

—Está muy enfermo —respondió Laurette—. Creo que recién mañana comenzará a evacuar los parásitos.

—¿Cómo lo hará? —quiso saber Arthur, que estaba de pie en la entrada de la tienda con una expresión de preocupación que le opacaba el apuesto rostro, y yo tuve que obligarme a mí misma a no quedarme mirándolo con la boca abierta. Me resultaba perturbador; era difícil pensar que este extraño que parecía un semidiós era el mismo hombre con el que compartía la cama en el último tiempo. En verdad, de no haber sido por esa barba tan densa y rebelde, nunca hubiera tenido el coraje de acercármele ese primer día; era demasiado apuesto para mí.

—Los largará por el ano —declaró Laurette.

—¿Tenemos escupideras? —preguntó Arthur.

—Ay, debería haberme ocupado de eso —afirmó James. Comenzó a retorcerse las manos; le di un codazo para que se detuviera. Tosió para aclararse la voz—. No, no tenemos. No. Y el olor va a ser desagradable aquí dentro.

La mirada de Arthur recorrió cuidadosamente la tienda.

—Corten un agujero en el techo para que ventile. A un costado; no encima de él, por si llueve. Y caven un pozo.

—¿Un pozo? —preguntó Claude. Sabía que sería el encargado de cavarlo. Miró ansiosamente en dirección a Laurette.

—*Oui*, sí, muy buena idea —asintió Laurette. Apoyó la cabeza de Will en su regazo mientras seguía dándole la infusión en cucharitas—. Un pozo debajo de él, y lo pondremos en una silla con el trasero hacia afuera.

No me necesitaban, así que salí de la tienda, y Arthur me siguió los pasos.

—Estás agotada, Emma —me dijo.

—Estoy bien —le dije—. Ya casi es hora de cenar. Voy a descansar en unas horas.

—No vas a descansar esta noche; tienes que cumplir con tu deber —me dijo en tono de broma, mientras me acariciaba el pelo. Sonrió cuando yo puse los ojos en blanco.

—Te acostaste con Tara —le dije.

Enarcó las cejas oscuras.

—Bueno, ya sabes, cariño, ha sido un solitario apocalipsis . . . —Se inclinó hacia mí y me olfateó la mejilla.

—No tan solitario para ti —murmuré.

—¿Celosa?

—¡No! —respondí, indignada, mientras sentía el rubor en las mejillas—. Pero me podrías haber dicho antes de que saliera para el campamento femenino y quedara como una idiota por no saber nada.

—Mentirosa. Estás celosa —respondió, con una expresión satisfecha en el rostro. Se marchó silbando.

Pensé en volver a llamarlo, para preguntarle lo que había querido decir Tara cuando me dijo que Arthur me debería contar ciertas cosas. ¿Acaso me estaba ocultando algo?

Pero en ese momento vi que Caris me llamaba con la mano. El momento ya había pasado.

Laurette tenía una energía implacable. Después de acomodar a Will en una silla y un banquillo, nos informó que nos revisaría la cabeza para ver si teníamos piojos. Tomó a Claude de las orejas, doblándole el cartílago para obligarlo a bajar la cabeza para poder revisarlo. De inmediato, declaró que estaba lleno de piojos. Vasily y Theo estaban por ahí; tampoco pasaron la inspección, Shinji, que estaba con ellos, no tenía piojos.

Los niños estaban cenando y me negué a traerlos de inmediato. La francesa masculló varios epítetos en francés que probablemente podría haber adivinado si lo intentaba. Me escabullí para ir con los niños antes de que pudiera meter sus manos en mi cabellera. Pero ella ya estaba concentrada en la bolsa de lona y murmuraba algo acerca de una pócima para tratar el problema.

—Necesitamos aceite de oliva, ¡mucha cantidad! —me gritó.

—Te presentaré al Cocinero. Te mostrará las provisiones —le respondí, también a los gritos.

—*Très gentil*, ya he tenido el placer de conocerlo —respondió en tono alegre. Me pregunté si hablaríamos de la misma persona.

Después de cenar, Laurette me ordenó, en un tono que podría haber llevado el ácido para baterías a la ebullición, que pusiera a los chicos en fila. Hice lo que me pedía. El único que no tenía piojos era Felix. Me indicó que me arrodillara frente a ella, y me separó el cabello, poniendo los mechones revisados frente a mi cara a medida que avanzaba.

—Emma, estás llena de piojos.

—¿En serio? Pensé que las nieblas me daban picor.

—No, las nieblas te afectan la mente; los piojos te dan picazón en el cuero cabelludo —me dijo, como si corrigiera a un imbécil. Estaba a punto de preguntarle si comprendía el concepto de ironía—. Vas a tener que cortarte el pelo antes del tratamiento.

—Me encanta el pelo de Emma; no quiero que se lo corte —interrumpió la voz profunda de Arthur, sorprendentemente cerca. Me saqué el pelo de la cara para poder verlo. Estaba de pie junto a Laurette. Para un hombre alto, se movía con mucho sigilo. No lo había escuchado llegar.

—Mire lo que es esta melena; es demasiado pelo —afirmó Laurette. Desechó la idea con la mano—. Si no lo cortamos, algunos bichos se esconderán y volverán a infestar todo el campamento.

—Tiene que haber otra opción —dijo Arthur.

—¿Quiere peinarla hasta sacarle todos los nudos? —se rió Laurette—. Llevará horas; ni siquiera yo tengo tanta paciencia. —Yo no pensaba que Laurette tuviera ningún tipo de paciencia, pero me mordí la lengua para no ofenderla. La mujer tenía mi pelo entre sus manos, y no quería quedarme pelada.

Arthur asintió.

—Sí, le peinaré el cabello.

—¿En serio? ¿Va a peinar esta maraña? —Laurette se mostraba escéptica.

—Arthur, no me molesta cortarme el pelo —le dije, incómoda. En verdad, me gustaba mi melena rubia. Siempre me había gustado, desde que era chica. Ahora me mantenía conectada con la mujer que había sido Antes, y con todos los sueños y las esperanzas de esa mujer, que aún eran tan preciados, a pesar de que no tenían ya oportunidad de concretarse. Después de todo, no era más que cabello, un asunto tan frívolo frente a todo lo que se había perdido. Igual me sentí un poco desamparada ante la idea de cortarlo. Era como desprenderme del último vestigio de mí misma que había logrado mantener desde Antes.

—Yo lo peinaré —se ofreció Arthur.

—Le pediré a una de las mujeres que lo haga, a Bojana o a la japonesa.

—¡Yo lo haré! —dijo él.

—Mírese, con esas manotas —afirmó Laurette, mientras tomaba una de las manos bronceadas de Arthur—. ¿Cree que puede hacer un trabajo perfecto? Porque debe ser perfecto. Hay que sacar hasta el último nudo; no puede quedar nada. Hay que desenredarlo todo.

—Laurette.

—Llevará horas —argumentó Laurette—. Mucho más fácil cortarlo.

—Laurette, tráigame un peine fino —dijo Arthur, en tono bajo pero aterrorizador, como un sargento ante sus soldados.

Laurette abrió los ojos de par en par, y casi da un salto. Se apresuró a sacar un peine pequeño de dientes finos de su bolsa. Le entregó a Arthur un frasco de aceite de oliva y un trapo, y le mostró el proceso con un mechón pequeño. Mascullando algo acerca de una hoguera de cabello, se marchó a buscar las tijeras del Cocinero para los demás.

—No puedes estar de rodillas aquí toda la noche —dijo Arthur—. Busquemos un lugar para que te puedas sentar cómodamente. —Terminamos al lado del arroyo, yo sentada en una roca, la roca donde Mandy había visto mi sombra.

Arthur trabajó en forma ágil y metódica. Vertía un poco de aceite de oliva en mi cabeza y lo peinaba por mechones finos de pelo. Sentía sus manos firmes y suaves que trabajaban alrededor de mi cabeza, y pronto me di cuenta de que estaba sumamente relajada. El sol, amarillo con tonalidades lavanda, descendía hacia el oeste. A nuestro alrededor, zumbaban algunos insectos, se oía el canto de los pájaros y el ajetreo lleno de vida del campamento, desde donde provenían sonidos de risas y discusiones que se elevaban como mariposas en una nube de verano.

Al principio Arthur y yo estábamos en silencio. Su presencia me reconfortaba. Podía palpar su fuerza y ternura, que me contenían de un modo que nunca antes había experimentado, ni siquiera con mi esposo. Después de un rato, mi relajación se profundizó y me adormecí apenas. No había dormido desde mi regreso del campamento femenino.

Decidí que la charla evitaría que cabeceara, arruinando el trabajo de Arthur.

—¿Alguna vez pensaste que estarías haciendo algo así? —pregunté—. ¿En la época en que creabas una fundación, escribías libros y ganabas medallas olímpicas? ¿Y qué más? Cuando trabajabas en un proyecto multinacional clasificado de investigación del ejército . . . ¿Quién eres? —Traté de mantener el tono ligero y juguetón, como si estuviera probando una nueva forma de fastidiarlo un poco.

—Has estado hablando con Vasily —me dijo Arthur. Por el tono de voz, me di cuenta de que estaba sonriendo—. Ya no soy el hombre que era. Ya no importa ese tipo. Fue hace mucho tiempo.

—Todo parece haber pasado hace mucho tiempo. Ni siquiera sé qué significa el tiempo ahora.

—El tiempo no significa nada ahora. Yo no tengo pasado. Ya no existe mi pasado.

Pensé en Haywood y en Beth, en nuestro apartamento en Nueva York, en mi agente que me conseguía los trabajos para ilustrar libros, en los amigos con los que me gustaba juntarme a cenar en el West Village.

—No se puede obliterar tan rápidamente el pasado, como edificios o personas tragados por las nieblas.

—No digo obliterar.

—¿Entonces qué? —me pregunté.

—Lamento lo que sucedió —afirmó, en tono sombrío. Separó otro mechón de pelo—. Toda la gente que murió, que sufrió, lo que se ha perdido. Daría lo que fuera por haber podido impedirlo. Mi vida, todo. Incluso no haber nacido, si eso lo hubiera podido evitar.

Había algo sin decir en su voz.

—¿Pero?

—Pero no puedo torturarme con eso. El pasado no me interesa. No puede interesarme. —Sus manos se quedaron quietas—. El pasado ha desaparecido. Sé que yo nací para esto. El Ahora, este desafío.

—Reconstruir, el Después.

—Sí, espantar a las nieblas. Construir un nuevo mundo. Tú.

—Yo soy lo menos importante de todo.

—Tú eres lo más importante. Haría mucho más por ti que peinarte, Emma.

Mi corazón absorbió la dulzura de sus palabras, pero no pude responderle. Simplemente no sabía cómo hacerlo. Mis labios debían responderle, y ojalá lo hubiera hecho. Hubiera tenido menos que lamentar.

Capítulo 9

WILL EVACUÓ LOS PARÁSITOS Y CASI TODO campamento quedó con el pelo rapado. Shoshana y Ginny optaron por llevar un corte carré que generó la aprobación a voz en cuello de Laurette. Caris, Mandy y Newt se empecinaron en mantener el pelo largo, así que las peiné como Arthur me había peinado a mí. Laurette iba y venía, preparando pócimas para todo el mundo y enseñando a Genevra el arte de la herboristería. Laurette luego descubrió que Caris tenía una personalidad dulce y competente, así que también la atrajo bajo su órbita. Laurette tenía un modo de hacerlas sentir especiales, lo que les dio un nuevo brillo. Me complacía ver algo de entusiasmo en mis chicas, y traté de no sentir resentimiento hacia Laurette por captar su atención, aunque la mujer aprovechaba cada oportunidad que tenía para retarme por alguna u otra cosa.

Arthur decidió salir a investigar la pandilla errante que seguía asentada al oeste del campamento. Fui a despedirme al corral, donde él estaba ensillando su caballo. El lugar estaba lleno de hombres haciendo lo mismo; Hikaru y Kimiko estaban allí, para despedirse de Shinji y Michio. Michio finalmente se había recuperado lo suficiente para salir a caballo con los demás y, aunque todavía llevaba los puntos en las cicatrices de las puñaladas, se lo veía ansioso por ir.

—Un par de días —me dijo Arthur, ajustando la cincha—. Un día de ida, un día de exploración, un día para regresar. Tú quedas a cargo.

—¿Yo? ¿Y Vasily? —Me sentí asombrada y consternada. ¿Qué sabía yo sobre dirigir un campamento?

—Viene con nosotros. —Arthur me miró por sobre la cruz del caballo—. Necesito que todo soldado capaz venga conmigo. Este podría ser el enfrentamiento decisivo. Sé que se aproxima un enfrentamiento. Esos soldados errantes de capa roja no están acampados allí por diversión.

—¡No puedo quedar a cargo!

—Estarás bien. Solo haz que todo siga funcionando del mismo modo. No dejes entrar a nadie. Masashi se quedará a ayudarte. Es un viejo inteligente, y maneja bien las armas.

—No habla inglés.

—Hikaru o la otra niñita pueden traducir. Dejé seis hombres como centinelas; se turnarán. Solo trata de no contrariar al Cocinero, ¿sabes? Quiero que me siga dando cosas comestibles a mi regreso.

—Si tú no estás aquí, las nieblas . . .

—No regresarán —respondió Arthur, con firmeza—. Puedo sentir si van a volver o no a un lugar. No volverán aquí. Me preocupa más un ataque de la pandilla que no logremos prevenir. Lleva tu arma.

—Siempre. ¿Te llevarás a James?

—¿Extrañarás verlo fantasear con Laurette?

—Sin duda deberías llevarla a ella. Esa pandilla al oeste seguro necesita una buena herbolaria.

Arthur se echó a reír.

—Fue idea tuya traerla.

—Will parece estar mejor. ¿Todavía la necesitamos?

—Si no la devolvemos a Tara, no recuperaremos a Robert.

—Estoy segura de que la está pasando tan bien que no quiere regresar —mascullé. Arthur volvió a reír. Vasily, Claude y Xavier se aproximaron, precedidos del sonido de las armas y los cuchillos que colgaban de sus cinturones, así que retrocedí. Golpeé a alguien con el codo, y al darme vuelta, vi que Newt estaba de pie allí, frotándose la clavícula. Le apoyé la mano en la marca roja y dejé que la corriente sanadora fluyera hacia ella, que suspiró.

—Me gusta su corte de pelo —afirmó Newt, con su agudeza habitual. Su mirada estaba posada en Arthur.

—A mí también. —La rodeé con el brazo y apreté un poquito. Sus hombros parecían más fornidos ahora que comíamos todos los días, y tenía la cara un poco más rellenita. Xavier caminó hacia nosotras, y se detuvo a un metro de distancia, con los brazos en jarras.

—¿Y cómo nos va a ir en la misión? —Sus ojos se posaron en Newt, abrasadores. Ella se retorció y desvió la mirada, con las mejillas teñidas de rosa.

—Vete, Xavier —le dije.

—Siempre se sabe, sabes. Los que están marcados por las nieblas.

—Todos hemos sido marcados por las nieblas.

—Pero yo sé cómo —dijo, con tono engreído.

—¿Ah, sí, Einstein? ¿Por qué no me lo explicas? —le espeté.

Xavier pareció complacido y listo para pavonearse.

—Las personas que han sucumbido a las nieblas tienen una actividad neuronal mayor en ciertas regiones del cerebro que solo se comprenden apenas —explicó, pagado de sí mismo—. Porque la mayoría de los seres humanos tenemos un sistema perceptual que en general la ciencia occidental nunca quiso reconocer.

—Suenas como un manual de ciencias. Odio las ciencias —afirmé. Lo miré con rencor, para que supiera que lo había metido en la misma bolsa que las ciencias.

—Te lo explicaré en términos que incluso una artista pueda entender —dijo Xavier, con condescendencia casi palpable. Se inclinó hacia mí, pero su mirada seguía fija en Newt, que metió la cabeza debajo de mi brazo para ocultarla de él—. ¡Les colapsa la mente!

Qué idiota, pensé. No necesitábamos un manual para saberlo, o a Xavier, para el caso, y sin duda no tenía por qué decirlo frente a Newt.

—La estás molestando, Xavier. Márchate. —Rodeé a Newt con los brazos.

Xavier comenzó a caminar a nuestro alrededor, mientras hablaba con un cantito altanero, como un alumno de posgrado que le enseña a uno que recién empieza.

—Todos tenemos una biomente equipada con facultades permanentes para trascender el tiempo y el espacio. Todos nosotros, porque la biomente está presente en nuestro pool genético. Esas facultades nunca se han explicado según las leyes conocidas de la física. Las nieblas atacan la biomente, y tienen sus efectos.

—Detesto la física. Sabemos lo que hacen las nieblas; no necesitamos una cátedra.

—Arthur es quien debería darte una cátedra. —Xavier estiró la mano y tocó la nuca de Newt.

Yo intenté darle un bofetón, pero él simplemente se rió.

"¿No me vas a decir lo que pasará, chiquita? Qué mala suerte. Tendré que averiguarlo yo mismo. —Me sonrió irónicamente—. Recuerda lo que te dije sobre las alianzas, Emma. Elige con cuidado a tus amigos. —Se alejó en dirección a los otros hombres.

—Ya se ha ido —le dije a Newt.

—Sabe demasiado. Es peligroso —afirmó Newt. Se desprendió de mi abrazo, y yo le acaricié el cabello.

—No tengas en cuenta lo que dijo. Olvídalo; está perturbado.

—Me pregunto quién ganará: él o él —dijo, señalando a Arthur.

—¿Qué quieres decir? Algo acerca de cómo lo dijo me quitó el aliento.

—Xavier sorprenderá a Arthur —dijo Newt. Se encogió de hombros e inclinó la cabeza, mientras sus ojos almendrados se cubrían de una película.

—¿Cómo lo sorprenderá?

—Hay mucha sangre.

—¡Eso no suena bien! —exclamé. ¿Adónde estaríamos sin Arthur? ¿Los niños, yo, el campamento? ¿Cómo controlaríamos a las nieblas? Ahora estábamos seguros porque Arthur sabía dónde estaban las nieblas, adónde irían. Podía espantarlas. Era crucial que él estuviera bien. No solo para nosotros, quizás también para el mundo. Pensé que probablemente era la única persona que quedaba viva con una visión que iba más allá del día a día.

Los ojos grandes de Newt se suavizaron al posarse en los míos, y su voz adquirió un tono melancólico.

—Pero tú no tienes de qué preocuparte, ¿no es cierto, Emma?

Dudé. Quería presionarla para que me dijera algo sobre la sangre. Quería sacudirla y que me diera un informe completo: ¿la sangre de quién? Pero había aprendido que no se la podía interrogar; ella solo diría lo que le indicara ese saber interior misterioso de donde provenían sus palabras. Aplaqué el miedo que me invadía por la seguridad de Arthur y le pregunté:

—¿Por qué no tengo de qué preocuparme?

—Porque irás a estar con el papá de Mandy. —Esbozó una sonrisa trémula, con expresión vulnerable en su joven rostro, donde resonaba todo lo que había perdido: su familia, su hogar, sus recuerdos, su identidad. Me pregunté si hablaba por clarividencia o por inseguridad. Yo era todo lo que tenía ahora. Perderme probablemente la aterrorizaba. Mi corazón dio un vuelco por ella. Quería calmarla, pero también quería proteger a Arthur.

Me pregunté si debía advertirle a Arthur sobre Xavier, pero Arthur se estaba riendo con él, y tenía la mano apoyada en el hombro del otro hombre. Incluso con el vínculo de privilegio que nos unía, Arthur no me creería.

Me volví a Newt, que seguía mirándome con pesar y expresión abierta.

—No podría abandonarte nunca, Newt. —Le aparté el pelo greñudo de la cara y le di un beso en la frente.

—No lo harás, Emma. —Su voz era desolada. Se apretujó contra mí, con dulzura pero por poco tiempo. La abracé con fuerza. Ella dio un paso atrás con una de sus sonrisas tristes. Me di cuenta de que, incluso con la pérdida misericordiosa de la memoria, en su fuero íntimo sabía que lo había perdido todo.

Theo pasó a mi lado, en dirección a su caballo, con un rifle al hombro. Le acarició la cabeza a Newt al pasar. Yo la abracé una vez más y salí tras él.

—¡Theo!, ¡Theo!

—Emmy, hoy vamos. La próxima, Pyotr viene. Lo ato al caballo, y viene hoy. —Se lo veía jovial; hizo unos gestos raros con las manos en dirección a Claude, lo que le ganó una sonrisa del serio francés.

—Theo, ¿lo dijiste en serio cuando me dijiste que era tu hermana? —Lo tomé de la manga para que me tomara en serio.

Su rostro ancho y rubicundo se puso serio.

—¡Salvas a Pyotr! ¡Te debo un favor!

—No funciona así. —Negué con la cabeza. En ese momento, me llamó Arthur, así que me incliné para susurrarle a Theo en el oído—. Necesito que me hagas un favor.

—¡Lo que sea!

—Quédate cerca de Arthur. No dejes que Xavier se le acerque. ¡Por favor! —Me alejé cuando Arthur se acercaba a nosotros.

—¿Xavier? —murmuró Theo, azorado—. Está con Arthur hace tanto . . . —Yo asentí.

—¿Qué es lo que susurran ustedes dos? —quiso saber Arthur, entrecerrando los ojos cuando su mirada se posó en Theo.

Theo se sobresaltó, y luego respondió.

—Son secretos de chicas. —Nos guiñó el ojo a ambos. Arthur alzó el mentón a modo de respuesta, luego me tomó del brazo y me apartó.

—¿Es necesario que flirtees así? —dijo en tono irritado—. Trata de no seducir a Masashi cuando no esté.

—Arthur, por favor. No seas ridículo. —Dejé que me besara, y traté de mirar por sobre el hombro de Arthur para ver si Theo me había entendido.

—No estás aquí —gruñó Arthur. Me pasó la mano por el pelo, que todavía estaba suave y un poco gomoso por el aceite de oliva que él me había frotado hacía una semana. Sus ojos grises hurgaron en los míos.

—Arthur. Tus celos son tontos; no es decoroso.

Él rió, o más bien fue un breve ladrido, carente de humor. Retrocedió un paso y se subió al caballo.

—El mundo es destruido todos los días por unas nieblas que disuelven el metal, destruyen edificios, nos alteran la conciencia y matan gente. ¿Crees que me importa un carajo el decoro? —Todo su ser parecía en llamas: los ojos, la boca, sus sentimientos. Yo no podía hacer nada al respecto, pero quizás podía mantenerlo con vida.

Miré más allá de Arthur. Theo me hizo un gesto con el pulgar hacia arriba. Me había entendido. Sentí tanto alivio que casi me caigo parada. Si había alguien que podía proteger a Arthur de la sorpresa sangrienta de Xavier, sin duda ese era Theo.

Me pregunté si Newt había visto eso también, o si ahora vería algo diferente. ¿Habría inclinado la balanza a favor de Arthur? ¿O mi intervención siempre había formado parte de la visión? ¿Habíamos alterado el tiempo o asegurado el destino? No había respuestas (ya nunca las había), y Arthur, ya montado en su caballo, estaba fastidiado con la demora. Lo miré con una sonrisa.

—Buen viaje, Fidel —le dije, en tono despreocupado—. Te estaré esperando.

—Insolente —murmuró. Pero su apuesto rostro se relajó. Vasily se acercó y me dirigió un saludo como el que haría Robert, si hubiera estado allí. Y luego unos ochenta hombres, la mayor parte del campamento, partieron para investigar lo que sucedía en el flanco occidental.

Me vi obligada a tomar una decisión. Estaba en la tienda hospital, sentada en una banqueta de tres patas al lado de Nwokocha, con las manos sobre su pecho. Laurette estaba de pie al lado mío, con los brazos cruzados sobre el abdomen. Habían pasado unos días desde la partida de los hombres.

—Golpear el pie en el suelo no hará que se cure más rápido, Laurette —le dije—. Si es que se mejora. No sé si esto lo ayudará, al fin de cuentas.

—Deberías pensar en lo que haces y tratar de mejorar, para poder ayudarlo —me dijo—. ¿Sientes lo mismo que cuando pones las manos sobre Will, o sobre los niños? ¿Qué se siente?

—No lo sé. No lo pienso; solo lo hago. —Me sentía exasperada.

—Precisamente —canturreó ella, con aire triunfal—. Pero como puede ayudar a los demás, es tu responsabilidad analizarlo.

La fulminé con la mirada.

—Esto es algo místico. No se puede analizar.

—Tonterías —dijo ella—. Tiene un componente físico y un componente mental, por lo que se puede analizar para entenderlo mejor. Se lo ve mejor y se mueve más desde que comenzaste a hacerlo dos veces al día.

—Siento más energía —aseveró Nwokocha suavemente—. No estoy débil todo el tiempo. Algo adentro se está arreglando. —Agregó algo en francés, ante lo cual Laurette asintió sabiamente.

—No sabemos lo que se viene, cómo vamos a ayudar a los enfermos o heridos en el futuro —dijo Laurette—. Esto que haces es eficaz.

—No siempre.

—Pero lo suficiente como para considerar si se puede enseñar a otros y, en caso de ser así, cómo —afirmó Laurette—. Tenemos una responsabilidad con los que quedan. ¿Crees que Hoffman-LaRoche va a lanzar un nuevo fármaco para el cáncer que sirva para el sesenta por ciento de la población y le dé un infarto a los demás? Ojalá tuviéramos esa suerte. Ahora dependemos de nosotros mismos.

—Yo tengo acciones de ese laboratorio —intervino Nwokocha. Me llevó un segundo darme cuenta de que estaba bromeando. Laurette ya se reía estrepitosamente. Yo estaba a punto de responder, cuando entraron Mandy y Newt. Mandy tenía una expresión decidida en el rostro; los ojos de Newt estaban colorados. Hoshi venía detrás.

—Niñas, Emma está ocupada —dijo Laurette.

—Ya terminé. —Mis manos estaban vacías de corriente sanadora, ya sea porque se la había pasado a Nwokocha o porque Laurette me había terminado de fastidiar, era imposible de decir. Laurette probablemente quería que también determinara eso, maldita sea. Me puse de pie y me estiré—. ¿Qué sucede?

—¿Por qué llora Newt? —preguntó Laurette.

—Newt está preocupada. Tienes que escucharla —dijo Mandy, con la mandíbula levantada en un gesto de determinación, pero su tono era implorante.

—No quiero ninguna manipulación, solo díganme —dije, secamente.

—Emma, tienes el corazón de hielo —me reprochó Laurette—. Vengan, niñas, Yo la escucharé a Newt, habla.

—Yo la escucho a Newt —dije, entre irritada y petulante. Las niñas debían de saber algo importante, algo que sabían que no me gustaría, para actuar de ese modo.

—¡Déjenlo entrar! —gritó Newt. Mandy abrazó a Newt a modo de consuelo. Laurette las rodeó a ambas con los brazos. Yo pensé en darle una bofetada a la mujer. Luego decidí que Laurette probablemente me ganaría en una pelea. Era flaquísima, pero feroz, sin duda.

—¿A quién, queridas? ¿A quién debemos dejar entrar? —las arrulló Laurette. Yo puse los ojos en blanco a pesar de mi preocupación.

—Newt dice que viene un hombre. No quiere que los hombres con armas le disparen, porque es bueno. —Mandy pronunció las palabras con sumo cuidado. Era difícil creer que solo tenía cinco años, y tuve que reprimir una sonrisa, porque daban ganas de comérsela.

—¿De dónde viene? —pregunté. Newt señaló: del norte—. No lo sé; pueden venir otros hombres que no son tan buenos. ¿Nos arriesgamos?

—¡Pero claro! —espetó Laurette.

Me encogí de hombros.

—¿Y qué aspecto tiene, así lo podemos reconocer?

—Tiene una bolsa marrón grande —respondió Newt.

—No es solo él —afirmó Mandy.

—Viene gente —se incorporó Hoshi. Señaló al este.

—¿Gente? —Ahora me sentí realmente perturbada. Arthur me había dicho que no dejara entrar a nadie al campamento. Por eso los niños actuaban de ese modo. Se les había dicho muchas veces que avisaran a los adultos si veían que alguien se acercaba al campamento. Por lo general los vigías eran francotiradores y le disparaban a cualquiera que se acercara dentro de determinado radio, con un disparo de advertencia o dos, y luego, uno certero. Era la única manera de proteger a los habitantes. Había vigilantes malévolos en los bosques. También había sobrevivientes que habían enloquecido. En ocasiones, pensaba que la locura era un refugio, y casi sentía envidia por los locos. Vivir en el aquí y el ahora era vivir en una realidad casi intolerable cargada de pérdida e inseguridad. Solo las imágenes más profundas de mi corazón, y las necesidades de los niños a mi cuidado evitaban que me viniera abajo.

En ese momento, Mandy me tomó de la mano y mi corazón se inundó de amor. Después de todo, esa era la mejor manera.

—Necesitan ayuda —dijo Newt con dulzura. Se retorció las manos como lo hacía Caris.

—Basta. —Tomé las manos de Newt para que las dejara quietas—. Lo vamos a pensar.

—¿Qué es lo que hay que pensar? —exigió Laurette—. Si están heridos, los ayudaremos.

—Arthur dijo que no dejáramos entrar a nadie.

Laurette se encogió de hombros como solo saben hacerlo los franceses.

—Arthur no está.

—Veamos qué dice Masashi al respecto —le dije. No estaba muy dispuesta a hacer caso omiso de las órdenes de Arthur sin ningún respaldo.

Masashi estaba sentado a una de las mesas de la tienda comedor, con una taza de té y una pila de armas. Frente a él, estaba el Cocinero, que observaba cómo Masashi desarmaba y limpiaba las armas con un trapo y un frasco de aceite de linaza de aspecto ennegrecido.

El Cocinero se volvió a mirarme con desagrado al vernos llegar.

—*Merde*, perra. Voy a buscar unos *champignons* envenenados para darle de cenar. —Se puso de pie y se dirigió hacia la cocina, donde se cocinaba algo sabroso, pero dudé que me tocara un plato abundante.

—Un placer verte, Cocinero. Masashi, necesito un consejo —dije. El hombre miró rápidamente a Hoshi, que le tradujo. Le expliqué el problema: se acercaba gente, que necesitaba ayuda. Arthur me había dicho que no dejara entrar a nadie. Hoshi traducía rápidamente. Masashi escuchaba mientras limpiaba metódica y lentamente una pistola Kahr. Cuando Hoshi terminó, esperamos que el hombre nos dijera algo.

Solo dijo una palabra. Todos miramos a Hoshi, expectantes.

—Mi abuelo dice que las armas estarán listas para la próxima misión de los hombres, pero que necesitarán más balas —dijo Hoshi.

—¿Qué? —Puse los brazos en jarras y miré a Masashi, que me dedicó una diminuta sonrisa sin dejar de limpiar la pistola, y sin hacer caso omiso. Pero no tenía sentido enfadarse, del mismo modo que no tenía sentido caer en las lágrimas, el remordimiento o cualquier otra cosa ahora, en el Después. Lo que importaba era mirar hacia delante en la próxima hora, la próxima franja de tierra donde pondría los pies para que los pasos fueran seguros para mis niños. ¿Qué iba a hacer?

—Por favor, Emma —susurró Newt. No había modo de ignorar la plegaria en esos ojos luminosos. Arthur tendría que aceptar mi decisión. Me había dejado a cargo, después de todo. Laurette, que me observaba el rostro, asintió lentamente y me apretó el hombro. Sabía lo que yo iba a hacer. Ninguna de las dos sabíamos cómo cambiaría el mundo, o lo que quedaba de él. Quizás Newt lo sabía, pero no estaría aquí para ver los resultados.

—Hablaré con los vigías —dije, con un suspiro—. Pongamos a los niños dentro de los muros del campamento, por si alguno de los que vienen está loco.

Los hombres no se mostraron muy complacidos al respecto, pero aceptaron hacer lo que yo les decía. Arthur les había dicho que yo estaba a cargo. Tenían que identificar a un hombre solo que llegaba desde el norte, y permitirle pasar a través del perímetro y hacia el campamento si llevaba una gran bolsa marrón. Desde el este, llegarían personas heridas. Había que dejarlas pasar. El campamento estaba a punto de crecer otra vez.

El hombre con la bolsa marrón llegó ese mismo día. Más tarde. Se acercó a nuestro portón estilo pretoriano y gritó:

—¿Hola? —Era imposible ignorar su voz retumbante, y salí de la tienda comedor. Troté hasta la puerta y vi un hombre muy delgado y muy alto con cabello rubio desprolijo. Parecía haber sido corpulento alguna vez, y llevaba una gran bolsa de cuero marrón al hombro—. Soy Torsten. He llegado —dijo, con una sonrisa gigante que mostraba una enorme hilera de dientes blancos perfectos. Se quedó respetuosamente fuera de la puerta, sosteniendo una bicicleta por el manubrio.

—Pensé que llegaría a caballo —le dije, en voz baja, a Laurette, que estaba de pie a mi lado.

—Newt no siempre explica sus profecías —afirmó ella.

—¿Has hablado con Newt?

—Claro, ¿tú no? —preguntó Laurette, entrecerrando los ojos mientras estudiaba a Torsten de pies a cabeza. Bojana, con Dragomir en la cadera, se acercó por detrás y estudió al hombre. Éste se paró derecho, enarcando las cejas a modo de respuesta.

—No parece estar loco –dije. Bojana dijo algo.

—Dice que parece estar bien –afirmó Laurette, con una sonrisa sensual.

—No sabía que hablabas su idioma.

—No lo hablo –dijo Laurette con una sonrisa más amplia aún–. ¿Acaso no tienes ojos? ¿O solo tienes ojos para Arthur? Es por todo ese tiempo que pasas en la tienda del hombre. *Vraiment*, Emma, te tiene de las bolas. Deberías hacerte respetar.

—¡Esa frase se refiere a los hombres, y no es así! –espeté, furiosa–. Me hago respetar bastante.

—Así que aquí estoy, esperando afuera todo el día, y algo huele delicioso ahí adentro –nos gritó Torsten, en un barítono cadencioso–. Hace dos días que no como.

—Soy Emma. Adelante –dije. Mandy, Newt y los demás niños se me acercaron, saludándolo con la mano. Torsten caminó con la bicicleta a un costado y la apoyó contra el muro.

—Soy afortunado de que no me dispararan los tipos con los rifles –afirmó Torsten–. Sentí su mirada en la frente. Me gusta mi cara como está, sin agujeros, ¿no?

—Sí, señor –le dije–. ¿Por qué no come algo y luego toma un rifle? Están por llegar otras personas, pero no queremos que entren los locos.

Unas horas más tarde, llegaron los primeros refugiados. Eran dos mujeres turcas y un muchacho suizo, los tres emaciados y asustados. Una de las mujeres arrastraba un pie infectado que había vendado con pedazos de tela. Les dimos de comer en la tienda comedor, al lado de la mesa de Masashi, que ni siquiera nos miró.

Laurette se arrodilló en el piso para atender el pie de la mujer, haciendo gestos y mascullando frases rápidas en francés, mientras Ginny y Caris la observaban. Yo me senté a escuchar, tratando de armar el rompecabezas de la historia de los refugiados. El muchacho hablaba inglés bastante bien y una de las mujeres le habló en alemán, aunque Caris, mi niña políglota, explicó que hablaban diferentes dialectos.

Su historia era la misma que escucharía en los próximos días, con muchas variantes. Las dos mujeres habían sobrevivido por separado la incursión masiva de las nieblas ese día de diciembre. Comenzaron a caminar, sin saber adónde. Solo querían mantenerse en movimiento, para tratar de evitar las nieblas, que a veces todavía aparecían con intención letal. El frío era brutal. Se conocieron en Austria y comenzaron a andar juntas, principalmente de noche. Estaban cerca de las Dolomitas, en Italia, cuando los pasó una pandilla de bandidos. Las mujeres se ocultaron. Había niños atados con soga al final de la caravana, y las dos mujeres aprovecharon la noche sin luna y que el guarda trasero era bastante holgazán para liberar a los dos últimos niños, con movimientos rápidos de un cuchillo por entre las sogas. La niña, que tenía unos doce años, murió unas semanas más tarde; creían que por apendicitis. El muchacho era resistente. Los tres siguieron caminando a pie, recolectando lo que encontraban, comiendo cualquier cosa comestible. Se encontraron con un pequeño grupo de mujeres que les hablaron de un campamento en una zona donde no llegaban las nieblas, y donde había mujeres y niños. Nos buscaban hacía semanas.

—Emma, quiero hablar contigo —dijo Laurette. Me señaló para que la siguiera afuera de la tienda comedor—. Tiene el pie muy mal. Puedo tratar de ayudarla, pero creo que lo que en verdad necesita es una amputación.

—James no está aquí —respondí, mirando a mi alrededor. Al campamento le faltaba su actividad ajetreada habitual y se sentía vacío. Quedábamos solo los niños y nosotras, con Bojana, las mujeres japonesas, los seis vigías, el Cocinero y Masashi y el tipo nuevo, Torsten. Will y Nwokocha dormían en la tienda hospital, y aunque los dos estaban mejor, ninguno estaba lo suficientemente fuerte como para desplazarse con libertad.

—No sé cuánto podamos esperar. Tiene fiebre, ¿le tocaste la frente? Arde como fuego. No sé cómo hace para caminar siquiera. Solo hasta el empeine, creo, desde aquí. —Laurette se arrodilló y se pasó la mano por el empeine—. Eso debería evitar que se esparza la gangrena. Debería salvarle la visa.

—¡Laurette, no vamos a realizar una amputación!

—¿Quieres que se muera? ¿Ahora? ¿Después de todo lo que ha soportado? —Laurette se puso los brazos en jarras y me miró con mala cara.

—Haz lo mejor que puedas para cuidarla por ahora —le dije—. James volverá pronto.

—Quizás no. Y el pie empeora con cada minuto. ¿Quieres la muerte de esta mujer en tu conciencia? —Laurette se marchó hacia la tienda comedor, mascullando en francés. Tenía la sensación de que no aceptaría mi respuesta. Me disponía a seguir a Laurette y decirle lo que pensaba, pero me interrumpió Mandy, que me tomó del codo.

—Mami, deberíamos buscar ropa para el chico nuevo —me dijo.

—Ah, cierto, al chico suizo se le cae la ropa en retazos —respondí con un suspiro, y di la vuelta hacia la tienda de provisiones. Entramos.

—Mami, no dejo de ver una piedra gigante.

—¿Qué piedra? ¿La del arroyo? —Me incliné sobre una pila de ropa para chicos.

—Una sombra, de una piedra blanca gigante que cubre la Tierra —dijo.

—Las nieblas son blancas.

—Era una piedra, una piedra gigante.

Sostuve un par de pantalones.

—Estos le van a quedar si se los arremanga.

—Es muy flaquito —respondió Mandy, dubitativa—. Mejor busquemos un cinturón también.

—Están allá —señalé—. ¿Estás viendo sombras otra vez? ¿Sombras de lo que había antes aquí?

—Creo que sí. No lo sé. Cuando estaba en el riachuelo, lavando la ropa, sentí como si flotara en el aire y viera todo desde muy arriba —explicó Mandy. Me detuve a mirarla. Ella hurgaba entre los cinturones, despreocupada. Pero yo estaba preocupada. Sus visiones estaban cambiando. Una vez más, me pregunté si no estaría cayendo en la locura—. Pero no eran sombras de personas, sino de una enorme piedra gigante blanca cubierta con líneas y líneas de escritura. No puedo leer la escritura. Y Arthur llegó y tachó todas las líneas, salvo por unas pocas letras.

—¿Arthur estaba aquí? ¿Antes?

—No lo sé. Era como si hubiera estado pero sin estar. Miraba todo al lado mío, antes de acercarse a la piedra gigante.

—Entonces fue diferente a otras veces que viste sombras —murmuré.

—Sí, pero con la misma sensación blanda adentro.

—¿Y Arthur miraba?

—Ajá. —Me extendió un sencillo cinturón de cuero marrón—. El chico nuevo puede usar éste.

Lo tomé, preguntándome por qué estaría Arthur en sus visiones. Pero

Mandy ya había dicho lo que tenía para decir. Me dio un beso y salió rápidamente de la tienda, riéndose y diciendo algo acerca de un partido de bochas.

Me dirigí al arroyuelo y miré a mi alrededor con curiosidad, pero yo no tenía el don de Mandy; no veía sombras ni visiones. Las nieblas habían hecho de mí un conducto para transmitir una corriente que sanaba a las personas. Todo lo que vi fueron hileras ordenadas de tiendas vacías.

A la tarde siguiente, vi que Laurette se metía sigilosamente en el hospital con un hacha en la mano. Desapareció en el interior, y salí tras ella.

La encontré en la tienda de atrás, que era realmente una tienda modular adosada a las tres tiendas contiguas que funcionaban como área de tratamiento principal. La mujer turca estaba acostada en un camastro. Caris, con la cara morena algo pálida, ataba los brazos de la mujer a la cabecera con piolín blanco. Laurette le aseguraba los pies y, debajo del extremo del camastro, había una caja firme, debajo de los pies de la mujer. En una bandeja entre el hacha y nuestro último frasco de Percocet, había un frasco de desinfectante quirúrgico. Del otro lado de la mesa, había vendajes, cinta, agujas quirúrgicas e hilo, sobre una tela limpia.

—¿Laurette, qué crees que estás haciendo? —exclamé.

—Le estoy salvando la vida. Quizás tú estés demasiado asustada, ¡pero yo haré lo que hay que hacer! —Me fulminó con la mirada—. ¡No dejaré que nadie muera si puedo evitarlo!

—¡La vas a matar, cortándole el pie con un hacha! —Yo también la fulminé con la mirada—. James puede hacerlo para que sobreviva.

—No podemos esperar —afirmó Laurette. Me miró directamente, enfrentándome. Di un paso atrás, me volví y le toqué la frente a la mujer. Estaba hirviendo. Me arrodillé y le inspeccioné el pie, que estaba sin las vendas. Se veía espantoso: hinchado, enrojecido y supuraba pus amarillo verdoso de los dedos, que se habían vuelto de un color negro y bronce. Había líneas rojas que subían desde el tobillo de la mujer hasta la pantorrilla. La mujer gimió y se retorció en el camastro. Murmuró algún lamento. No era necesario hablar turco para saber que no era coherente y que se quejaba del dolor.

—Haz que Caris salga —le dije. Laurette me miró con agradecimiento en los ojos, se volvió y chasqueó los dedos en dirección a Caris, que salió corriendo de la tienda. Comprobé las muñecas de la mujer; estaba bien sujetas, aunque no al punto de causarle dolor—. ¿Los pies están bien sujetos? —pregunté. Cerré los ojos por un momento—. Bueno, ¿quién hará los honores, tú o yo?

Laurette se rió, nerviosa.

—Daría cualquier cosa por un cigarrillo en este momento.

—El Cocinero tiene siempre uno en la boca, pero no recuerdo cuándo fue la última vez que vi a alguien fumar —murmuré. Levanté el hacha de la mesa, examiné el filo de la hoja. Esta misma herramienta había rebanado el pie de uno de los hombres hacía unas semanas, cuando llegó Laurette.

—Mi *grand-père* fumaba Gauloise, y los siguió consiguiendo incluso cuando los prohibieron —decía Laurette—. Me encantaba el olor al tabaco negro. Solía seguirlo y oler el humo denso.

—Qué asco —mascullé. La hoja parecía intacta. La probé con el dedo. Apenas una presión y salió una delgada línea de sangre. Era filosa.

—Bueno, yo lo haré —dijo Laurette, al tiempo que extendía la mano, e hizo un gesto con los dedos. Le entregué el hacha. Miró el desinfectante quirúrgico, que yo apliqué generosamente sobre la hoja y sobre sus manos. Luego miró el pie de la mujer. Me incliné y apreté el frasco sobre el pie. El olor hediondo me dio arcadas.

—¿Dónde vas a cortar? ¿Cuánto debes quitarle del pie?

—No lo sé; tendré que adivinar —dijo Laurette. Tragó con dificultad—. Tráeme el Percocet.

—¿Entonces, aquí es donde es la fiesta? —preguntó una voz grave. Torsten estaba de pie en la entrada de la tienda, con su gigante sonrisa, la bolsa de cuero, y un rifle colgado del cuello. Sus ojos azules brillantes recorrieron la escena: nosotras y la mujer turca, se detuvieron en el hacha que Laurette tenía en la mano, descendieron hasta el pie supurante y lleno de pus de la mujer y luego habló con cuidado—. Yo también participaré de la fiesta, ¿de acuerdo?

—¿De qué hablas, tonto? —le gruñó Laurette.

Torsten apoyó el rifle contra la pared de la tienda.

—Caris está llorando cerca del portón. Me cuenta sobre una fiesta; me gustan las fiestas.

—No hay ninguna fiesta. Estamos realizando una intervención médica —respondí.

Se aproximó y desplazó los elementos que había sobre la mesa a un costado. Tomó el frasco de Percocet y se rió, con una risa jovial como la de Santa Claus.

—¡Esto no la va a ayudar!

Apoyó la bolsa de cuero y la desató. Al abrirse, apareció un equipo con todo tipo de herramientas, que se mantenían en su lugar con bandas elásticas. Había agujas, tubos y termómetros, fórceps, cucharas y pinzas, almohadillas, bombas y tubitos, y varios escopios, incluido un estetoscopio. Y luego había objetos que podrían ser las herramientas de un herrero. Torsten echó una mirada al pie de la mujer y extrajo un instrumento con una hoja filosa, curva y sumamente pulida, doblada en ángulos rectos.

—¿Es usted médico? —preguntó Laurette con tono de suspicacia.

—Veterinario —respondió Torsten alegremente—. Esto es un cuchillo de castrar corderos. Lindo, ¿no? ¿Servirá para sacar dedos en lugar de testículos? —La apoyó y tomó una jeringa, la presionó hasta que brotó un poco de líquido de la punta—. Esto deja inconsciente a un toro durante un día entero. ¡Mucho mejor que medicina para muelas!

—¿Veterinario? —repetí.

—Enseño en Bolonia. —Su rostro perdió la compostura. Por un momento, su rostro reflejó la cara de los muertos, lo que la convirtió en una calavera vacía, y sus ojos azul brillante en cuevas negras despiadadas. Me pregunté cuán loco estaría, y si era seguro quedarnos de pie a su lado mientras sostenía un instrumento afilado—. Bolonia ya no existe. Solía enseñar allí.

—¿Bolonia? —Laurette tenía el hacha en la mano, pero ahora inclinada hacia Torsten. Por las dudas, pensé. Nuestras miradas se cruzaron y lo confirmé.

—Sí, Bolonia. Comida deliciosa y mujeres bellas. El mundo no será el mismo sin ella —afirmó. Su inglés era rítmico y acentuado, como si estuviera recitando a Chaucer—. ¡Rock and roll! —dijo e inyectó el contenido de la jeringa a la mujer. Se acercó a la cara de ella y la observó; unos segundos más tarde, el rostro de la mujer se veía absolutamente relajado, y el cuerpo yacía fláccido. El hombre sonrió—. Siempre me gusta cuando el paciente no trata de morderme o cornearme. —Sacó una palangana de gran tamaño de un extremo de la tienda e hizo un gesto, al tiempo que nos enseñaba sus blancos dientes en una enorme sonrisa—. ¿Quién atrapará la carne?

Me sentí complacida cuando Laurette tuvo que vomitar a mi lado, afuera del hospital, después de la intervención. La hacía parecer más humana y vulnerable, como yo, y menos como una invencible arpía francesa, eternamente *chic* y llena de conocimientos sobre hierbas. Torsten iba a enterrar el pie amputado de la mujer turca. Primero le había extraído los dedos, luego decidió que había que amputarle la mayor parte del pie, para asegurarse de que no quedara nada de tejido infectado. La había cosido, luego le había inyectado un fuerte antibiótico. Se mostraba confiado de que la mujer estaría bien al despertarse en dos o tres días, que es lo que duraría la anestesia que le había suministrado.

Al salir, se detuvo al lado nuestro para preguntarnos a qué hora estaría lista la cena. Me limpié la boca con el dorso de la mano y le señalé, temblorosa, la tienda comedor. Me sobrevino otra arcada, y cuando levanté la mirada para ver adónde estaba, Torsten se balanceaba el rifle por sobre el hombro, mientras en el otro sostenía la palangana llena de restos humanos.

—Qué providencia, que Dios nos enviara a Torsten para ayudarnos —afirmó Laurette. Hizo un gesto extraño, juntando los labios como después de comer.

Escupí bastante saliva, tratando de limpiarme la lengua.

—¿Dios? ¿Qué Dios? Hace mucho tiempo que dejé de creer en los cuentos de hadas.

—No; debes creer —afirmó Laurette, tosiendo—. No en el Dios formal y sonso del Catecismo. Si tenemos suerte, las nieblas han arrasado con esa noción bárbara antigua, y con la religión.

—Hemos tenido tanta suerte; sigamos contando con la buena fortuna.

—Ahora podemos contar con una excelente cena, y eso es buena fortuna —continuó Laurette. Alzó el mentón con su habitual aire picante y se marchó hacia la tienda comedor, contoneando las caderas para mostrarme que se había recuperado antes que yo, y que eso le parecía una victoria.

Laurette y yo encontramos a Torsten sentado a la mesa con los niños. Los estaba deleitando con una anécdota del parto de un potrillo de carrera mientras cuatro generaciones de una familia árabe observaba y vitoreaba. Pasaba de un idioma a otro con facilidad, gesticulando y gritando "¡Sí!" al azar en medio de su discurso, lo que generaba risas y exclamaciones de asombro.

—¿Nos cae bien? —preguntó Laurette, cuando esperábamos de pie en la mesa de buffet que había preparado el Cocinero.

—Sí, pero nunca, nunca, dejes que se me acerque con ese cuchillo curvo —le dije. No puede evitar un estremecimiento al mismo tiempo en que compartía la sonrisa de Laurette. El Cocinero me miró con mala cara, pero desapareció en la parte de atrás con el plato de Laurette. Regresó y, con gesto pomposo, le entregó un plato de la comida especial. Laurette le sonrió encantada. Les dije que se fueran a un hotel. Luego nos fuimos a sentar a la mesa con Masashi, que estaba de brazos cruzados, con los ojos entrecerrados. Me pregunté en qué estaría pensando. ¿Estaría recordando todo lo que había vivido en sus noventa años en este planeta? ¿O, como yo, él también vivía de un momento al siguiente, atormentado por un pasado que ya no volvería? Un pasado cuyos artefactos estábamos gastando a nuestro alrededor, sin tener idea de qué nuevos objetos nos depararía el futuro, o si incluso existía un futuro posible. ¿Acaso le quedaba algo de tiempo a la raza humana?

—Yo hubiera hecho la amputación, pero habría sido asqueroso —afirmó Laurette, casi con una sonrisa—. En verdad la podría haber matado. No estabas del todo equivocada.

—¿En serio? ¿Estás admitiendo que no siempre estoy equivocada?

—Tampoco iría tan lejos —respondió con un respingo—. Sin duda estás equivocada en no creer en Dios. Dios existe. No en el sentido antiguo, de un hombre airado con barba blanca, sino en el sentido del propósito de todas las cosas, en todas partes, desde una fuente infinita. Sí, eso existe.

—Hace mucho tiempo, quizás, hubiera estado de acuerdo contigo. —Pensé en las nieblas, y en todas las personas que había visto morir. Recordé el paso de las nieblas por la Ópera de París, la escultura de Apolo con la música y la poesía, que se calentó hasta pasar de un gris verdoso al rojo, y luego implosionó en agua y polvo. Pensé en cómo me preparaba para tener que dispararle a Mandy en la cabeza de ser necesario—. Ahora, no. No puedo creer en eso; en nada, en realidad.

—El propósito es más grande de lo que podemos comprender, la Fuente, más profunda —argumentó Laurette—. Nuestra inteligencia no puede comprenderlo. ¿Quiénes somos nosotros para incluso intentar comprenderlo? Pero todos estamos aquí, ahora, por una razón, aún vivos, aún juntos. Puedo sentirlo.

—Creo en el alimento que tengo en la mano ahora —dije—. Creo en todas las mañanas en que mis niños abren los ojos, y en todas las noches en que se acuestan a dormir. Creo que la vida es aleatoria y caótica. Vacía y sin sentido. Los seres humanos no somos más que un accidente evolutivo. Ahora la evolución nos está dejando atrás, va en otra dirección. Las nieblas erradicarán a nuestros hijos o, a lo sumo, a los hijos de nuestros hijos, de toda la faz de la tierra.

—Las nieblas son temporarias. El significado es eterno; está en todas partes y en todas las cosas —insistió Laurette—. La humanidad es el conducto final de significado para la Fuente. Seguiremos aquí.

—Todo ha desaparecido. ¿Cómo puedes decir eso?

—No todo ha desaparecido. ¡Queda lo más importante!

—¿Y qué sería eso?

Me señaló con el tenedor.

—La información.

—¿La información? —Me quedé mirándola fijamente.

—La información invisible de todas las personas —me explicó. Yo la miré, sin comprender—. No, no es así. No es información. Es información, pero va más allá. —Masticó, pensativa, tragó, asintió—. La mente. La mente de todas las personas, en todas partes. ¿Cómo se dice? La conciencia colectiva. Eso es lo que queda.

—Aunque haya una conciencia colectiva, ¿qué tiene que ver eso con Dios? —retruqué.

Laurette sonrió.

—Todo.

Capítulo 10

Quizás Laurette tenía algo de razón al referirse a la conciencia colectiva. A lo largo de la semana siguiente, mientras esperábamos que volviera Arthur con sus hombres, los refugiados no paraban de llegar al campamento. Venían solos y en pequeños grupos. Estaban heridos y hambrientos, sucios, aterrorizados, lastimados, traumatizados. Traían todo tipo de bienes y pertenencias: alimentos, fotos, pinturas y libros, joyas y una tetera pasada de generación en generación. Una mujer y su hijo llegaron con una vaca flaca y dos gallinas en una jaula de madera. El Cocinero se mostró complacido de poder tener leche fresca, porque nos estábamos quedando sin la enlatada. Me informó que ya no era la única "*belle vache*" en el campamento. Le devolví un mugido a modo de respuesta, lo que generó las risas de Newt y Mandy, que estaban a mi lado.

Los refugiados hablaban varios idiomas, pero todos decían lo mismo: habían oído hablar de un campamento seguro. Algunos habían escuchado que era un campamento con una mujer que podía curar con las manos. Quise preguntarles dónde lo habían escuchado.

¿Quién podría saber que el campamento era una zona segura, o saber acerca de mí? ¿Con quién podrían haber hablado, con el temor que tenían a las incursiones de las pandillas y escondiéndose para que no los descubrieran? ¿De dónde obtenían esa información? ¿Era eso lo que había querido decir Xavier cuando habló de una biomente, y era lo mismo que Laurette llamaba conciencia colectiva?

Los refugiados no podían explicarlo, y yo no quería que lo hicieran.

Querían comer, lavarse y tener una tienda propia. Usamos las últimas tiendas del suministro de Arthur, y luego construimos algunas chozas. Llegaron cuarenta personas, en su mayoría mujeres y niños y ancianos, más algunos hombres que enviamos a hablar con Masashi y los vigías de Arthur. Torsten y Laurette se ocupaban de atender las heridas, en medio de las bromas interminables de Torsten sobre cascos y cuernos.

Los tres estábamos examinando a la mujer turca, a quien habíamos trasladado al área principal del hospital, cuando llegaron corriendo los niños.

—¡Han vuelto! —cantó Mandy, sin aliento. Me arrojó los brazos al cuello y me abrazó con fuerza—. Los vimos cabalgando. —Volvió a salir.

Los hombres llegaron al galope hasta los muros del campamento en un grupo desordenado y como un torbellino, levantando polvo y hojas verdes bajo los cascos de los caballos. Arthur iba a la cabeza, pero no me buscó con los ojos cuando llegó al corral, como solía hacer. Saltó del enorme ruano, que tenía espuma en el freno, y sacó a un hombre atado del lomo del caballo, detrás de él. Obligó al hombre a incorporarse. Yo estaba a unos treinta metros del corral, pero vi que Arthur lo sacudía con furia.

El hombre atado era Xavier, y ambos estaban cubiertos en sangre.

Theo no entró al corral, sino que se arrojó del sudoroso caballo y me tomó del hombro.

—¡Saca a los niños! —me dijo, con urgencia en la voz. Tenía la camisa manchada de sangre.

—¿Theo, estás bien? —exclamé—. ¿Qué sucede?

—Yo, bien —respondió—. Por favor, saca a los niños. —Tomó las riendas del caballo y me miró con ojos implorantes por encima del hombro fornido, mientras se llevaba el caballo.

—Caris, Shoshana, lleven a los niños a la tienda —dije, en el tono que todos reconocían como "No acepto discusión". Shoshana miró la casi estampida de los caballos, azorada. Salió corriendo, llevando a Felix de una mano y a Mandy de la otra. Caris llevó a los demás niños en un grupo estrecho y los apuró a marcharse. Bojana se acercó con Dragomir a ver de qué se trataba la conmoción. Yo le hice un gesto con la mano para que no se acercara. Asintió con la cabeza y se marchó en la dirección por la que había venido.

Para cuando me volví a mirar a Arthur, había atado a Xavier a uno de los postes con una tira de cuero. Xavier imploraba y balbuceaba, mientras se retorcía desesperadamente en el poste. Lo habían rasurado, como a todos los hombres, y la cabeza rubia rapada estaba salpicada de sangre, que seguí con la mirada hasta descubrir una herida supurante en el hombro.

—¡Arthur, no, estoy contigo desde el comienzo! —gritaba Xavier—. ¡Tienes que comprender! Lo que haces es demasiado peligroso. ¡No puedes dominar a las nieblas! Pensé en lo mejor para nosotros . . .

—¡Suficiente! —gritó Arthur—. ¡Yo y solo yo sé qué hacer con las nieblas!

—Un campamento interesante, ¿no es así? —dijo Torsten, a mis espaldas—. Los hombres han dejado exhaustos a los caballos, ¿no?

—En general, no; siempre tienen cuidado —dijo Laurette, con tono pensativo—. Emma, ¿qué sucede?

—No lo sé —murmuré.

—Necesitamos una alianza más fuerte; eso es lo que trataba de hacer, si es que alguno de nosotros quiere seguir vivo. ¡Tú lo sabes! Por favor, Arthur, tú más que nadie debes saber . . . —rogó Arthur.

—¡Basta! —Arthur tomó a Xavier del cuello. Yo comencé a caminar hacia ellos, pero Arthur negó con la cabeza una vez, sin mirarme a los ojos. Vasily y Claude se quedaron atrás también. James quiso acercárseles, me dirigió una mirada consternada a través de la multitud de caballos jadeantes y hombres de aspecto sombrío. Todos estaban sucios y sin afeitar, con barba de diez días, y con los ojos oscuros y ojerosos.

Tragué con dificultad y me quedé donde estaba. Los hombres apenas habían desmontado cuando Arthur gritó.

"¡Esta es la pena por traición!

Arthur se inclinó hacia delante. Algo atrapó la luz del sol y destelló un rayo plateado brillante. Luego Xavier gritó. La cabeza le cayó hacia delante en el pecho. Me deslicé por entre la maraña de hombres y caballos. Finalmente vi lo que pasaba: Arthur tenía un cuchillo en la mano y había trazado una línea recta en el abdomen de Xavier. Luego metió el puño por la herida y sacó un tubo viscoso que se retorcía como una víbora. Arthur seguía sacando los intestinos y los gritos de Xavier se intensificaron hasta llegar a un volumen y una estridencia que no hubiera creído posible en un ser humano, y eso que había escuchado muchos gritos al ver cómo las nieblas consumían a las personas.

Arthur retrocedió y pude ver cómo arrojaba las vísceras de Xavier al suelo. Éste se retorcía sin dejar de gritar, pero la tira de cuero lo mantenía aferrado al poste. Miré a Arthur a la cara. Nunca había visto una expresión de venganza satisfecha tan complacida en nadie, jamás. Me asustó.

Yo no estaba armada porque había estado curando a los enfermos y lesionados. Me acerqué al lado de Vasily y le hice un gesto con la mano. Vasily, que estaba pálido y demacrado, desenfundó el arma y me la puso en la palma. Era una Ortgies calibre 32, que se sintió firme y suave en mi mano. Le quité el seguro. Algunos viejos alemanes llevaban esta arma, y un anciano, para pavonearse, me había enseñado a usarla. Había sido en las primeras semanas del Después, cuando yo recién comenzaba a comprender en qué consistía la vida ahora. Una noche oscura, el anciano se había marchado del fogón sin decir palabra. Nunca lo habíamos vuelto a ver.

Esperé que tuviera razón acerca de la eficiencia del arma. Me paré junto a Arthur.

—¡Arthur, vas a lamentar esto! —gritó Xavier.

Arthur dijo, en voz tan baja que solo yo pude escuchar:

—Lamento más cosas, todos los días de mi vida, de las que puedes imaginar. Hoy no es uno de esos días. —Siguió moviendo la boca, pero yo levanté la pistola y apunté al centro de la frente de Xavier.

Los gritos se acallaron.

Arthur giró violentamente sobre sus talones. Yo no retrocedí, aunque estaba aterrorizada internamente. El pecho de Arthur subía y bajaba, y una vena azul le latía en la frente. Tenía las mejillas rojas y la boca retorcida en una mueca; los ojos grises se le habían puesto negros con destellos violáceos por la ira. Volví a ponerle el seguro y le devolví el arma a Vasily.

Seguí caminando, de regreso a la tienda hospital y a la mujer turca, que ya no tenía el pie inflamado, y que se sentía lo suficientemente bien como para comer.

James y Laurette me vinieron a buscar después de que le llevara un plato de comida a la mujer.

—Em, tienes que hablar con él —dijo James—. Tienes que calmarlo un poco. No podemos seguir así.

—Bien, gracias, ¿y tú? —le pregunté—. ¿Lo pasaron bien estos días en el campo?

—Fue una maldita pesadilla —afirmó James.

—Laurette y yo casi hacemos una amputación con un hacha —le respondí—. Al final la hizo un veterinario. Un lindo trabajito fue. Deberías probarlo. Torsten enterró el pie más allá de las letrinas. ¿Conociste a Torsten? Es un tipo grandote con acento raro. Trajo noticias de Bolonia. Desapareció.

—Casi no comimos ni dormimos —dijo James—. Hay una pandilla violenta hacia el oeste, y están creciendo. Resulta que se estaban comunicando con Xavier con un *walkie-talkie* que todavía funciona. Se suponía que Xavier debía matar a Arthur y, en ese momento, nos atacarían, nos matarían y tomarían el campamento y las provisiones.

—¿Un *walkie-talkie* que funciona? —Me levanté de la banqueta—. ¿Y cómo sobrevivió Arthur?

—Theo los estaba observando, y le disparó a Xavier cuando atacaba a Arthur —dijo James. Se pasó la mano por la barba de diez días que le cubría la cara—. Xavier solo le asestó un golpe de refilón y no uno letal. Theo nos dijo que tú le dijiste que vigilara a Xavier y protegiera a Arthur. —Me dirigió una mirada de desesperanza absoluta, y quizás mi biomente estuviera leyendo la de James, pero en ese momento supe que a Arthur le había saltado la térmica.

—Está bien, está bien, yo me encargo —dije—. ¿Pudiste ver la herida de Arthur?

—¿Me estás cargando? —respondió James, con una carcajada—. Sería más prudente atender a un *tyrannosaurus rex* enojado.

—Tal vez puedas usar un poco de la poción mágica de Torsten y hacerlo dormir —sugirió Laurette.

—Suena tentador, pero tenemos que dejar que se despierte en algún momento —respondí. Fui a buscar vendajes y un tubo de ungüento antibiótico de un baúl grande que nos servía de armario de medicamentos.

—Clavícula izquierda —dijo James—. Superficial, por lo que pude ver. —Hice una pausa para mirarlo y me hizo un gesto con la mano, que indicaba que me apresurara.

En el corral, dos hombres bajaban el cuerpo de Xavier. Arthur estaba cerca, retando a un pobre joven que había colocado una montura en el lugar equivocado, o alguna pavada por el estilo. El cuchillo le colgaba del cinturón, pero aferraba la empuñadura con la mano.

—Arthur —dije. Él siguió retando al atribulado muchacho, que era un poco mayor que Caris, y que seguía el cuchillo de Arthur con ojos temerosos. Tuve que gritarle—. ¡Arthur!

Giró sobre sus talones en forma tan agresiva que tuve que esforzarme por no dar un salto hacia atrás. En tono más bajo le dije:

"Ven conmigo.

Arthur emitió una especie de gruñido, pero vino conmigo. Lo tomé de la mano y lo llevé más allá de los girasoles y la lavanda púrpura, hasta la piedra del arroyo, mi piedra, donde me había peinado con el aceite de oliva. Le señalé la piedra y él cambió el peso del cuerpo sobre los pies como un boxeador inquieto, y luego se sentó.

"Quítate la camisa —le dije. Su rostro hermoso y de rasgos rudos se suavizó apenas—. Eso nunca te lo tengo que repetir más de una vez. —Sonrió con reticencia, y se sacó la camisa rota y ensangrentada por sobre la cabeza. Yo saqué un pedazo de tela del bolsillo, lo hundí en el arroyo y mojé la costra de sangre que le cubría el pecho. Me llevó varias pasadas del trapo mojado, y de refregar un poco, lo que Arthur soportó sin un respingo, para dejar expuesto el corte irregular que le bajaba por el cuello, sobre el hueso de la clavícula y hasta el pectoral. Tal como había observado James, era superficial, pero probablemente doloroso. Se debería haber limpiado antes. ¿Acaso Arthur no entendía el riesgo de una infección?—. Esto supura hace un buen rato —le dije.

—¿Cómo sabías lo de Xavier? —me preguntó, con expresión sombría.

—Nunca me dio buena espina —le dije. No quería contarle acerca de la advertencia de Newt. No era desconsiderado con los niños, pero no quería que quisiera usar el don de la niña para sus propios fines. Tenía una veta cruel. Tampoco estaba segura de querer mencionar los comentarios oblicuos de Xavier acerca de las alianzas más convenientes.

—Estaría muerto si no fuera por ti.

—No lo sé. —Intenté cambiar de tema por algo más superficial, y le dirigí una sonrisa ladeada—. Eres bastante diestro con una pistola y un cuchillo.

—No lo vi venir —dijo, negando con la cabeza.

Ahora el corte estaba más bien limpio, aunque deseé haber traído algo de ese desinfectante quirúrgico que habíamos usado para la amputación. Le apliqué ungüento en el cuello y lo masajeé por la herida.

—Ya olvídalo; no te aferres a eso.

—Yo confiaba en él. ¡Me traicionó! —Se le puso tenso todo el cuerpo, y los ligamentos del cuello y los músculos del abdomen se le marcaron con fuerza.

—Ya aprendió la lección.

—¡No es gracioso! —rugió.

—Tranquilo —le dije—. Estamos todos tan asustados y traumados que hacemos cosas sorprendentes estos días. Cosas locas, que no haríamos normalmente. Cosas que nunca hubiéramos soñado hace nueve meses. Como acercarse a un extraño y ofrecerle compartir la cama a cambio de comida y refugio para unos niños huérfanos.

Arthur se quedó en silencio por un largo rato. Yo le seguí poniendo el ungüento. Su pecho amplio emanaba calor. Miré furtivamente su rostro que, incluso absorto en el pensamiento y cubierto por la barba negra de una semana, era absolutamente hermoso. Apoyé las manos sobre el corte. Sentí que fluía el suave hormigueo de mi inesperado don sanador, denso y jugoso. El corazón de Arthur se calmó un poco y sus hombros se aflojaron apenas.

—Tus manos se sienten maravillosas —murmuró—. Ahora veo por qué tanto aspaviento.

Me encogí de hombros.

—Dejé entrar a varios refugiados cuando no estabas. —Asintió—. De algún modo, todos sabían que estábamos aquí, el campamento, yo, los niños, la zona segura.

—El rumor se esparce.

—¿Cómo? —pregunté—. La gente tiene miedo de hablar con otra gente, miedo de que la capturen las pandillas errantes, miedo de que la maten por las provisiones de alimentos o las armas.

—La inteligencia humana, según la llamaba el ejército. Intel humana. Sucede. La gente se comunica incluso cuando parece que no lo hace. Se intercambia información, información táctica y contextual acerca de fuerzas terrestres, fortalezas, vulnerabilidades e intenciones. Todo eso es vital en una guerra tradicional.

—No pienso en ti como en alguien con formación militar.

—Lo fui alguna vez. —Enarcó las cejas apenas y luego su rostro cobró una expresión imperturbable, como si se hubiera puesto una máscara, la máscara esculpida de un dios.

—El tema es que la gente no se conecta como lo hacía Antes. Todos nos tenemos miedo debido a la destrucción y al caos. Le tenemos miedo a la locura. Ahora es diferente.

—Los edificios, la infraestructura global; todo eso ha desaparecido. La gente es la misma.

—¿Sí? —lo cuestioné—. Xavier me dijo algo extraño. He estado pensando en eso. Me dijo que las nieblas atacan la "biomente". Fue muy preciso y científico el modo en que lo expresó. Esa palabra extraña, "biomente". ¿Sabes de qué hablaba?

—Xavier —escupió Arthur. Apartó la cabeza de mi lado, y su aliento llegó en jadeos cortos y rápidos. La corriente que fluía por mis manos se intensificó en respuesta a su agitación.

—Quizás esta biomente de la que hablaba, que parecía ser un rasgo que tenemos todos los seres humanos, es lo que otros llaman conciencia colectiva. Entonces el conocimiento sobre el campamento está allá afuera, flotando en el aire, como flotan las nieblas —sugerí. Mis manos querían moverse, por lo que dejé que se deslizaran hasta el plexo solar de Arthur, donde las dejé quietas.

—Transferencia telepática de información —murmuró—. Había un biólogo que habló de los campos mórficos, el campo en el interior y alrededor de una unidad mórfica . . .

—Bueno, bueno, hasta ahí llegamos, profesor. Explíquelo en términos que incluso una tonta artista pueda comprender —le dije con una sonrisa.

—Tú eres cualquier cosa menos tonta, Emma —afirmó Arthur, en tono solemne. Inhaló profundamente—. Una unidad mórfica es . . . es una forma elegante de hablar de una unidad de forma, organización o disposición. En este caso, una unidad mórfica es un individuo de una especie. El campo mórfico es el campo de información, que contiene y organiza la estructura y los patrones de actividad característicos de esa especie. De modo que el campo mórfico de un caballo tiene el patrón de crines y colas, y de pasturas. La información se propaga de una unidad a la otra (de un caballo a otro) a través de la resonancia.

—Debes de tener un coeficiente intelectual de un millón.

Se le iluminó la cara un poco, luego se endureció.

—Ya no pienso en esos términos. Lo que importa es nuestra capacidad de adaptación, nuestra creatividad práctica. Eso es lo que necesitamos ahora los seres humanos, para reconstruir.

—Reconstruir; eres optimista.

—Y con razón. El campo mórfico humano es especial. Contiene material de pensamientos, patrones de lenguaje, incluso representaciones visuales. Imágenes. Tenemos una ventaja extraordinaria.

—Necesitamos todas las ventajas que podamos encontrar, pero no sé cómo nuestras ventajas destruirán a las nieblas.

—Lo harán —juró—. La biomente, la conciencia colectiva es creativa, es evolutiva. Llegará a una solución. Llegaremos a ella y la usaremos. ¡Yo lo haré!

—Sabes mucho de estas cosas.

—Yo antes era una especie de docente. Solía saber mucho de estos temas. La mayoría ya no sirve para nada. —Me tomó la mano que estaba apoyada en su cuerpo y me besó la palma—. ¿Te me ofreciste a cambio de comida y protección? Y yo pensé que te gustaba mi barba.

—Sí, señor. Me encanta la piel de oso infestada de piojos.

—Muy graciosa —respondió, poniéndome las manos en las caderas—. Hueles bien.

—Huelo a limpio, que es más de lo que puedo decir de ti. —Le sonreí apenas. Sus ojos otra vez estaban grises y me miraba con expresión decidida.

—Tú y tus malditas reglas sobre limpieza, lavarse los dientes y no tener piojos —dijo. Podía sentir su incipiente erección. No directamente, pero había un ritmo más acelerado en el aire que nos rodeaba. Mis pezones se tensaron a modo de respuesta, lo que me sorprendió.

—¿Ya has comido?

—Comeré después. —Me tomó de los brazos y me estrechó contra él.

—No terminé aún —le dije, tratando de apartarme.

—Yo tampoco —me besó, profundamente. No fue lento.

—No puedes seguir así, ¿sabes? —le pregunté, cuando me soltó. Sentía que mis pies no me sostenían, así que me senté a su lado en la piedra.

—¿No puedo seguir besándote? —Me pasó el brazo por los hombros y me apartó el cabello con la cara. Me mordisqueó el cuello suavemente, y me pasó la lengua por el lóbulo de la oreja.

—Actuando sin piedad, como con Xavier.

—No es asunto tuyo —me dijo. Su cuerpo se volvió a poner tenso y me apretó contra el costado de su cuerpo, en forma agresiva.

—Sí, es asunto mío. ¿Te acuerdas de la reconstrucción? —Le aparté el brazo y me abracé las rodillas con los brazos—. ¿Que estabas hecho para liderar a la gente? Ahora, Después. Eso que hiciste no es liderar; es aterrorizar.

—No voy a tolerar la traición.

—¿Por qué lo tomas como algo personal? Estamos atravesando tiempos difíciles, llenos de confusión.

—Fue personal —masculló Arthur—. Xavier me conocía hace mucho tiempo.

—Desde el comienzo, dijo. ¿Qué quiso decir?

—Xavier trabajaba para mí, cuando yo estaba a cargo de proyectos de investigación especiales para el ejército. Tenía conocimientos especializados. Fue uno de los primeros colaboradores que incorporé.

—Ya no están las viejas estructuras —le recordé. Me dirigió una mirada helada y yo me encogí de hombros—. Haz que la gente te jure lealtad o algo por el estilo. Si te traicionan, condénalos al exilio. Que se las arreglen con las nieblas y las pandillas de malvivientes —afirmé—. Pero tú eres como . . . el padre de un nuevo mundo. ¿No es esa tu ambición? Debes predicar con el ejemplo. Para poder construir algo bueno, tienes que ser como Moisés o algo así. Que no se te pueda reprochar nada.

—Esa es la esposa de César, y esa serías tú, cariño. —Me dirigió una mirada extraña, directa, y sus ojos penetraron los míos.

—La concubina del César, mejor dicho —dije, suavemente.

—Deberíamos hacer algo al respecto —murmuró.

"Ahora no", pensé, apartando la mirada.

—¿Conociste a Torsten?

—¿El sueco? Parece un tipo bastante decente.

—Todo lo que dice parece dicho en inglés antiguo —me reí—. Me siento en la escuela secundaria, leyendo a Chaucer.

Arthur sonrió.

—Lo mismo pasa con su italiano y alemán. Me recuerda a un viejo sacerdote que llevaba turistas a Roma y las Catacumbas.

—Roma. —Se me estrujó el corazón en el pecho. ¿Estaría intacta la Capilla Sixtina? ¿El sublime *Juicio final* de Miguel Ángel, y el cielo con la conmovedora *Creación de Adán*, aquellos pináculos del genio artístico? ¿Todavía existirían? ¿Sería posible?

—Trato de no pensar en eso. —Arthur me miró fijamente. Seguramente yo tenía expresión confundida, porque luego explicó—. Te estás preguntando qué pasó con el gran arte de Roma.

—¿Cómo lo sabes?

—Tu rostro refleja todo lo que estás pensando.

—Es la transmisión telepática de información —bromeé, apoyándome contra su cuerpo.

Me sonrió pícaramente.

—No la necesito contigo. Tu bella cara me lo dice todo a gritos. Nunca juegues al póquer.

—Soy buena en el póquer. Solía ganar siempre cuando estudiaba arte en Filadelfia. Ser subestimada te pone en una posición de dominio.

—Es lógico que pienses en el arte de Roma. Eres una artista. James me mostró el libro que ilustraste. Tienes formación clásica. Tienes talento. Eres brillante. Eres genuina.

—Ya no —sonreí—. Ahora soy la pastora de ocho niños, y tengo el deber de calentarte la cama.

—¿Sigues sosteniendo que se trata solo de un deber?

—Bueno, ya sabes —Me encogí de hombros—. Suena bien. Noble, Aspiro a eso.

—No usaría la palabra "noble" para describirte en mi cama —afirmó Arthur—. De hecho, sería la última palabra que usaría.

—Eso no es muy caballeroso de tu parte.

—Estoy casi seguro de que no quieres que sea un caballero en la cama. Es una de las cosas que me encantan de ti, pero lo seré fuera de la cama. Quisiera formalizar un poco nuestro acuerdo . . .

No me gustaba adónde iba la conversación, de modo que lo interrumpí.

—¿Cuándo llevaremos a Laurette al campamento de las mujeres para recuperar a Robert? Si es que podemos soltarlo . . .

—Supongo que es el próximo paso. Will está mejor, ¿no?

A la distancia, como si alguien les hubiera indicado, se nos acercaron dos hombres. Will, delgado como una hoja y pálido incluso desde lejos, se apoyaba con pesadez en un bastón. Nwokocha, a su lado, caminaba con paso brioso y moviendo los brazos. Señalé. Arthur se puso de pie, con evidente placer. La ira y la sed de venganza se habían evaporado. Me sentí complacida.

Quince días más tarde, Arthur me enseñaba a ensillar a la yegua alazana. Según me enteré, su nombre era una versión francesa de Rocinante, que acorté para mis propios fines. Rosie me estaba enseñando cómo los caballos inflan la panza para resistirse a que los ensillen.

—No tires de la cincha de ese modo; no le va a gustar —me canturreó Shoshana, que estaba sentada en la cerca, observándonos. Y tenía razón, porque la muy maldita giró la cabeza tratando de darme un mordiscón. Di un salto atrás justo a tiempo para evitar un moretón violeta en el brazo.

—¡Basta! —ordenó Arthur, tirando una sola vez de la cuerda. Me miró con frialdad—. Emma, ¿estás prestando atención? No dejes que te intimide. Te está poniendo a prueba, a ver quién manda, si ella o tú.

—No me importa quién manda; yo solo quiero montarla —respondí, molesta. Ajusté el elástico de las medias debajo del vestido, y luego monté.

—Te tiene que importar, o no podrás montarla —gritó Shoshana—. No piensan como nosotros, Emma. Son presas; nosotros somos depredadores.

—Yo no. ¡Yo soy una sanadora pacífica! —dije suavemente.

—Mentirosa —chasqueó Arthur—. Vi como aferras una pistola. Hay una asesina implacable en tu interior. Apuesto a que les has disparado a veinte personas desde el Día.

—Lastimas mis sentimientos —dije, fingiendo que hacía puchero. Mi fingida indignación por poco me cuesta una caída de la montura. Qué diablos, tampoco estaba fingiendo del todo. Sin duda no pensaba en mí como una asesina.

—Aprieta los muslos. Sé que sabes cómo hacerlo —dijo Arthur—. ¿Por qué iba a lastimar tus sentimientos? Ser humano significa nacer para matar y consumir. Pero si eso es todo lo que hacemos, entonces estamos en problemas. De hecho, tenemos que canalizar la agresión constantemente hacia otras cosas, para evitar la destrucción. Tenemos que esforzarnos por usar nuestra intención para construir y crear. ¿No es esa la lección que nos enseña el apocalipsis?

—¡El apocalipsis no enseña nada! Es una tragedia impersonal y azarosa sin significado alguno —murmuré—. ¡Estoy apretando los muslos!

—Claro que hay una lección. Es que debemos usar nuestro poder para construir y crear; no para destruir —afirmó Arthur—. Es que debemos tomar en serio nuestros poderes y ser responsables, incluso por las consecuencias no deseadas de nuestras acciones.

Me sorprendió tanta intensidad. Me quedé mirándolo.

—Has pensado mucho en esto.

—He tenido que hacerlo —respondió en forma entrecortada, con más desesperanza de lo que ameritaba una clase de equitación. Abrí la boca para cuestionarlo, pero Laurette me llamó.

—Emma, ¿puedo hablar contigo? —me dijo Laurette. Estaba de pie con Caris y Ginny a la entrada del corral.

—Me salvó la campana —canturreé, aliviada. Me bajé de Rosie.

—Soy *Belle** para ti —afirmó Laurette, haciendo un juego de palabras con la palabra "belleza" en francés. Ella y yo intercambiamos una pequeña sonrisa. En verdad la iba a echar de menos. Ahora que volvía al campamento femenino, ¿quién me iba a criticar todo el tiempo? Se me hizo un nudo en la garganta de solo pensarlo.

—¿Estás lista para irte? —le pregunté, y no pude evitar la melancolía que se transmitía en mi voz. Asintió lentamente, con una mueca de tristeza. Quizás ella también me echaría de menos. ¿Con quién discutiría todo el tiempo en el campamento de Tara?

—Queremos hablar contigo —nos dijo Caris, con su tono suave y ronco. Había algo en su dulce voz y en la expresión vulnerable de su adorable rostro moreno que le hizo dar un vuelco a mi corazón. Mi vida estaba a punto de cambiar una vez más; podía percibirlo.

—¿Qué sucede? —quise saber. Me detuve frente a las tres.

—Queremos ir con Laurette al campamento de las mujeres —dijo Caris, sin apartar sus aterciopelados ojos oscuros de los míos. Debió de haber visto mi pesadumbre inicial. Me apoyó la mano en el brazo—. Te amamos, Emma, pero sabes cómo me siento yo; me sentiré más segura allá. —Volvió la cabeza como una flor en el viento, y seguí su mirada: Vasily y Theo ensillaban sus caballos, Arthur de pie con Rosie, hombres por todo el campamento, haciendo sus cosas. Shoshana estaba sentada en la cerca y Hikaru estaba sentada en el pasto amamantando a su bebé. Había otras mujeres, ahora que habíamos recibido a los refugiados. Pero en su mayoría, era un campamento lleno de hombres. Y Caris había sido dañada seriamente por los hombres que la habían encontrado Después.

—Pensé que eran felices aquí —dije—. Pensé que se sentían seguras.

Belle: "bella" en francés. Juego de palabras con *bell* ("campana" en inglés). N. de la T.

—Me voy a sentir más feliz, segura y libre allá —respondió, en tono suave y solemne.

—Aquí no hay nieblas; nadie te obliga a hacer nada —murmuré.

—Sabes a qué me refiero —dijo con una sonrisa, y me dio un apretoncito en el brazo—. Eso es lo que me encanta de ti, Emma; siempre sabes lo que quiero decir.

—Yo me siento contenta con Laurette —dijo Genevra. Ahora que había vuelto a ser ella misma, su acento francés era fuerte y marcado. Se había convertido en una adulta en miniatura, en un pequeño clon de Laurette—. Es como una tía; quiero ir con ella, por favor, Emma.

—Yo me quedaría si me necesitaras, pero no me necesitas —dijo Caris, ansiosa. Se retorció las manos en su viejo gesto nervioso—. Tienes a otras mujeres, y a Arthur. Hay un verdadero grupo aquí. Ya no eres tú sola, cuidando a los niños. Nos dejarás ir con Laurette, ¿verdad, Emma?

No iba a detenerlas. No eran mis prisioneras; eran mis amadas compañeras, encomendadas a mi cuidado en los peores momentos, en el final. Había sido un privilegio para mí tenerlas a mi lado. Tuve que tragarme el dolor que sentía en la garganta antes de responder.

—Desde luego que pueden ir. ¿Ya empacaron?

—Sí; hablamos de eso anoche, con Ginny —respondió Caris. Me mostró la mochila que había llevado todos esos largos meses que habíamos deambulado por Francia, buscando alimentos y tratando de mantenernos vivas. La mochila que yo había insistido en que llevara cada uno de los niños, llena de alimentos, un cuchillo y un libro y una botella de agua; las provisiones básicas. Caris me dedicó una sonrisa trémula—. Empaqué mi cepillo de dientes, Emma. Debes estar orgullosa de mí.

—Yo también —afirmó Genevra—. Y nuestros libros de clase. —Levantó la mochila con una sonrisa alegre—. ¿Estás orgullosa de mí también?

—Estoy tan orgullosa de ambas —respondí, con la voz ronca. Caris apoyó la mochila y me abrazó. Ginny la imitó. Las tres nos quedamos de pie, con los brazos entrelazados. Sentí la fuerza esbelta de Caris y la fogosidad dulce y feroz de los siete años de Ginny. Traté de absorberlas por completo, de grabar la sensación de tenerlas entre mis brazos, para nunca olvidar cómo era abrazarlas. ¿Quién sabe si las volvería a ver? Luego las aparté, con suavidad.

—Denme un minuto, ¿está bien? —les susurré. Salí del corral. Arthur me llamó. Yo le grité—: Arthur, ¿puedes darles un caballo?

Pero no me volví a mirarlo; no quería que nadie me viera la cara. No había lágrimas, sino una sensación de pérdida absoluta. Habían sufrido demasiado como para infligirles eso.

A los tropezones, seguí el arroyo hasta una saliente, desde podía ver todo el rectángulo del campamento. En el interior de los muros, el campamento se estaba llenando de gente, y las hileras de tiendas eran menos precisas, con la llegada constante de refugiados. Incluso habíamos comenzado a construir chozas en la parte exterior de los muros para quienes llegaron últimos. Me senté en una roca y me abracé las piernas. Junto al corral, vi unas siluetas pequeñas que se aproximaban; Newt, Mandy, Felix y Marco se arrojaron a los brazos de Caris y Genevra, que estaba de pie junto a Shoshana. Incluso estaba Dragomir, en brazos de Bojana, desde luego. En algún momento tendría que dejarlo caminar; ya no era un bebé. Pero entendía la necesidad de Bojana de tenerlo en brazos, después de perderlo y de todo lo demás.

Vasily y Theo habían montado su caballo y esperaban fuera del corral. No vi a Arthur, y Laurette estaba sobre el caballo de Robert. Observé cómo los niños se terminaban de despedir. Yo debería estar allí, me recriminé. Debería ayudar a los niños con esta partida. Estábamos perdiendo a dos de los nuestros; no sería fácil para el resto. Luego Ginny montó a Rosie y Genevra se subió detrás.

Una mariposa color lavanda con lunares pardos en la parte inferior de las alas flotó hasta los rosales de las rocas. Me puse de pie. ¿Qué caballo iba a montar yo?

—Tú vendrás conmigo —me dijo Arthur. Avanzaba al trote sobre su gran ruano, hacia mí. Debí haberlo oído acercarse; y lo hubiera oído de no haber sido porque estaba absorta en el espectáculo de la despedida a la distancia.

—¿Vienes al campamento de las mujeres? —pregunté—. Tienes que ponerte algo amarillo; eso pidió Tara.

Se acercó hasta donde me encontraba y me extendió la mano. Dejé que me ayudara a subir a la montura, delante de él. Me acomodé y él me besó la nuca. Me rodeó con los brazos para sostener las riendas y mi espalda quedó acunada sobre su pecho cálido y fuerte. El dolor agudo de mi pérdida se alivió un poco.

—Estarás bien, Emma. Eres fuerte. —Esas eran las palabras más amables que me hubieran dicho nunca.

Las mujeres debieron habernos visto llegar, porque Robert de repente salió de entre los árboles, trastabillando. Su cabello rojo brillante era inconfundible. Desmonté y caminé con Laurette, Caris y Genevra los cien metros de pradera despojada hasta donde esperaba Robert. Me pregunté qué comunidad habría estado allí alguna vez, en el borde del bosque. Si Mandy estuviera aquí, miraría a su alrededor y me contaría acerca de las sombras que se deslizaban por esta tierra.

—Aquí estamos. Gracias por la hospitalidad —afirmó Laurette. Me miró con los ojos abiertos por un momento y luego me arrojó los brazos al cuello, apretándome contra ella—. No tienes que ser tan dura todo el tiempo, Emma. Puedes ser como yo, tierna y abierta. —Dio un paso atrás y me dio una palmadita en la cara. Caris y Ginny me saludaron con la mano; no era necesario que nos abrazáramos, pues ya lo habíamos hecho, Siguieron a Laurette hacia las sombras verdes.

Robert caminó a mi lado. No se lo veía nada mal después de sus semanas lejos de nosotros, y le pasé el brazo por el hombro, contenta de verlo.

—Perdiste un par, ¿eh? —preguntó. Asentí—. Yo también. —No me explicó y yo no podía hablar, así que no pude preguntarle qué había querido decir. Luego salieron dos mujeres: Tara y la mujer negra con pómulos altos y la ametralladora de película. La mujer negra y Robert se tomaron de la mano.

—Quería ver cómo estaba, Emma —me dijo Tara, con suavidad—. Y recordarle que siempre puede venir aquí.

—Está bien conmigo —le gritó Arthur. Se acercó a mí y me pasó el brazo por los hombros. Tara lo miró con expresión inescrutable. Algo se transmitió entre ellos, algo íntimo pero no sexual. No me sentí excluida, aunque no estaba incluida. Luego Arthur habló, casi a la defensiva—. Está segura. Tiene todo lo que necesita.

Tara enarcó sus cejas color arena, que llegaron casi hasta la línea del cabello.

—¿Así que no le has dicho nada?

Arthur dio un respingo, como si lo hubiera picado una serpiente.

—¿Decirme qué? —pregunté.

—Yo vivo en el presente —dijo Arthur, mordiéndose las palabras. Tara se encogió de hombros—. Laurette tiene un mapa. Estamos aquí si nos necesitan —afirmó en tono brusco.

—Y nosotras estamos aquí para ti —dijo Tara. Intercambiaron otra mirada llena de vieja información. Ella alzó la mano a modo de despedida, escoltó a la mujer negra hacia la protección de los árboles. Arthur, Robert y yo cruzamos el claro hasta donde nos esperaban Vasily y Theo.

A mitad de camino, la mujer negra corrió hacia nosotros y se arrojó a los brazos de Robert. Se besaron apasionadamente. Luego, la mujer dio un paso atrás y lo tomó de los hombros. Su adorable rostro se veía atormentado. Asintió con la cabeza en mi dirección y luego volvió corriendo al bosque.

Capítulo 11

VASILY ERA EL ÚNICO JOVIAL EN EL camino de regreso. Iba cantando y silbando. Me sorprendió la agradable voz de tenor con la que entonó su *Libiamo ne' lieti calici* de La Traviata.

—Esa fue una gran noche en la Volksoper de Viena —observó Arthur, con voz cargada de singular nostalgia. Sonrió en dirección a Vasily—. Creo que cantaste la misma pieza en Drei Husaren. Will cantó la parte de Violetta.

—¡Y el maitre d' no estaba muy feliz que digamos! —rió Vasily con satisfacción—. Probablemente no debería haber saltado sobre la mesa.

—No fuimos los primeros sujetos que nos emborrachamos y cantamos en tan elegante establecimiento —respondió Arthur.

—Pero quizás fuimos los últimos —afirmó Vasily—. Me gusta recordar a Mackridge, Khan y Hammy así, ebrios de vino y canto.

—A mí no me gusta recordar nada —respondió Arthur en tono suave—. Los recuerdos traen muchas otras cosas; demasiado arrepentimiento, demasiada pérdida, culpa. Es intolerable. —Su voz era suave y distante. Me quedé asombrada al escucharlo expresar esas emociones. Me volví un poco abruptamente para hacerle preguntas, pero ya había avanzado con otro tema—. Deberíamos tener música en el campamento; hay una guitarra en las provisiones. Tenemos que aferrarnos a la cultura para poder recrearla.

—Yo cantaba con los pequeños —intervino Robert, con expresión apesadumbrada—. A mí me gusta ir a lo grande; me gusta ir de copas.

—Hay otras formas de hacer música. Cuando Will y Shinji logren recrear la tecnología de Tesla y fabriquen un adaptador, podremos tener parlantes y un reproductor de audio. —Arthur hablaba más para sí mismo que para nosotros.

—Qué ambicioso —comenté, con una mirada de soslayo a Arthur. Todavía quería preguntarle acerca de la culpa que sentía. Entendía el arrepentimiento y la pérdida, pero ¿por qué sentía culpa?

—Yo siento ambición por una copita de whisky —masculló Robert, taciturno.

—*Bibamos, moriendum est* —replicó Vasily. Comenzó a cantar otra aria, levantando la mano apasionadamente. Su caballo echó las orejas para atrás.

—Una copita de cualquier cosa —dijo Robert—. Enjuague bucal, líquido para encendedores, colonia para señoras, algo que tenga alcohol, solo para quedar un poco arruinado.

—Tenemos un cajón de alguna bebida que encontró el Cocinero —le dijo Arthur—. Pídele a Emma que te consiga una botella; ella le cae bien al Cocinero; le da todo lo que le pide. —Arthur me estaba tomando el pelo, así que hice una mueca—. Avancemos unos kilómetros más y busquemos un lugar para ocultarnos. Descansaremos durante el día; es más seguro avanzar de noche.

Poco después, al compás de las arias de Vasily, encontramos un terraplén y una pila elevada de piedras, madera y vidrio, trozos de papel y muebles rotos y fragmentos de monitores LCD. Alguna vez había sido una *mairie*, un ayuntamiento. El lugar se había convertido en la residencia de una tribu de gatos, ninguno con collar, pero todos dispuestos a compartir. Por entre los restos se trazaban pasillos irregulares, como si alguien se hubiera refugiado allí antes que nosotros, hacía meses. El área alrededor estaba salpicada de una arenilla amarilla fina, que podría haber sido gente u otros edificios municipales o casas, o cualquier cosa, en verdad, consumidas y luego excretadas por las nieblas.

Arthur me vio mirando la arenilla.

—Ahora es un lugar seguro —dijo, con seguridad—. Al menos, en lo que se refiere a las nieblas.

Llevamos los caballos adentro y encontramos dónde escabullirnos. Arthur colocó nuestros caballos uno al lado del otro. Se recostó con la espalda contra un escritorio dado vuelta y me tomó en sus brazos, apoyándome contra su pecho. Robert, todavía con expresión apesadumbrada, tan poco habitual en él, se hizo un ovillo a nuestro lado, y Vasily y Theo se quedaron con sus caballos en el pasillo contiguo. Arthur desenfundó el arma y la sostuvo con la mano que colgaba de mis costillas.

"Por las dudas —afirmó. Me besó la sien y se quedó dormido al instante.

A mí me llevó más tiempo adormecerme. No era solo por el destello del sol. No me podía olvidar de la extrañeza de tantos ojos de iris rasgados mirándome. Algunos gatos incluso ronroneaban. No los habíamos tocado, así que estaban respondiendo a la cercanía de las personas.

Antes, había tenido un Labrador mestizo llamado Kippie, un pichicho juguetón con el manto dorado y una pata negra. Lo habíamos dejado con una amiga del jardín de infantes de Mandy cuando nos fuimos de vacaciones el diciembre pasado; Haywood y Beth a Canadá a visitar a la madre de él; y Mandy y yo a París para reunirme con el editor francés de un libro que yo había ilustrado. Nos íbamos a reencontrar todos en Manhattan la víspera de Año Nuevo, iríamos a ver el árbol de Navidad en Rockefeller Center. Me pregunté qué habría sido de Kippie. ¿Pensaría en nosotros cuando llegaron las nieblas a Manhattan, rompiendo todo lo que encontraban a su paso? ¿Acaso había logrado sobrevivir de algún modo y ahora saltaba entre pilas de basura, moviéndole la cola a los sobrevivientes despojados que buscaban refugio en los restos del desastre?

Nos levantamos al alba y sacamos a los caballos a pastar, luego comimos comida enlatada fría; *soupe au pistou* y *cassoulet au confit porc*, y *gratin dauphinois* de marca William Saurin. Yo dejé unos pedacitos en el fondo y puse la lata cerca de un gatito naranja atigrado, todo flacucho, que dio vuelta la lata y metió la cabeza entera adentro. Me tomé unos minutos de privacidad detrás de la pila de basura para aliviar mis necesidades, y luego vertí un poco de agua embotellada y un poquito de pasta de dientes en mi cepillo para lavarme la boca.

—Nada bueno —dijo Theo en tono ansioso, mientras ensillábamos y montábamos. Arthur le dirigió una mirada penetrante, pero Theo sacudió la cabeza y se encogió de hombros. Tenía una sensación de intranquilidad. Debimos confiar en ella y volver por donde habíamos venido, pero todos estábamos ansiosos por regresar al campamento, y seguimos avanzando, mientras el sol caía en el horizonte como una pesa de plomo al caer, y el cielo pasaba de un azul verdoso viscoso a melocotón y dorado, y finalmente, a índigo. Vasily tarareaba, y Robert recitaba a Yeats por lo bajo, al parecer para el deleite de su caballo. Theo miraba atrás como un pastor alemán, buscando algo que todavía no había aparecido.

Acerqué mi caballo al de Arthur.

—Arthur, ¿qué me estás ocultando?

Él apartó la mirada.

—Te refieres a lo que dijo Tara.

—Xavier me dijo una vez que te preguntara qué hacías Antes.

—Xavier —dijo, mientras el rostro se le retorcía como un trapo al estrujarlo.

—Entonces, ¿qué hacías Antes?

—Investigación clasificada para el ejército.

—¿Qué tipo de investigación clasificada? ¿Tenía que ver con la biomente? —lo presioné. Me dirigió una mirada de advertencia, con los párpados entrecerrados y la boca tensa—. No puede seguir siendo clasificada; ya no queda ejército.

—Quedo yo.

—¿Por qué mencionaste la culpa, cuando hablaste de no querer recordar? —le pregunté—. La sensación de pérdida, arrepentimiento, dolor, sí, ¿pero culpa?

—No estamos solos —ladró Theo. Yo también lo sentí; nos estaban observando. Tomé las riendas del caballo con más fuerza y saqué el arma del bolsillo. Al mismo tiempo, Arthur se puso el rifle al hombro, y Vasily apoyó la pistola Ortgies sobre las orejas de su caballo. Theo se aferró con las rodillas al caballo mientras amartillaba una pistola en cada mano. Solo Robert parecía desconcertado, y lento.

Pero ya era demasiado tarde. Nos rodearon varios hombres a caballo, como sombras oscuras silenciosas a unos veinte metros. Serían unos cuarenta e, incluso en medio de la penumbra, era evidente que estaban armados hasta los dientes. Sentí algo de alivio al ver que no usaban capas rojas, aunque había otras pandillas errantes igual de peligrosas. Arthur hizo un gesto, y nos dispusimos unos contra los otros. Los caballos percibieron la tensión y se amontonaron entre sí.

Un tipo corpulento con porte muy erguido cabalgó hacia donde estábamos nosotros. Le colgaba una madeja de pelo del lado derecho de la cara, y cuando el paso del caballo le levantaba el cabello, quedaba a la vista una enorme cicatriz de aspecto burdo que le recorría la mejilla derecha y el mentón.

—Bajen las armas —nos gritó. Su voz tenía un acento marcado. Ruso. Arthur no bajó el rifle. El hombre lo ignoró, y me miró a mí con mirada especulativa, inclinando la cabeza hacia atrás para evaluarme.

—¿Esa es la mujer que sana? —preguntó el hombre. Ninguno de nosotros respondió. El círculo de jinetes nos fue encerrando. Podía ver las escleróticas de los ojos de los hombres, como dibujos nacarados en la penumbra incipiente. La mano izquierda de Arthur se movió apenas hacia la pequeña pistola que llevaba en el cinturón. Theo examinaba a los otros hombres, buscando algo, a alguien. Su mirada se posó sobre un hombre alto sumido en las sombras, a las dos en punto. El hombre tenía la cabeza inclinada y las manos relajadas, y los demás jinetes lo miraron—. ¿Esa es la mujer con poderes de sanación? —repitió el hombre de la cicatriz. Nuevamente, no respondimos. El hombre entre las sombras azuzó a su caballo y se acercó al centro, directamente frente a Arthur, hasta que el hocico de su caballo casi tocó el del caballo de Arthur.

—Hola, Arthur —dijo el hombre. Era alto y rubio, con rasgos curtidos y cejas rubias pobladas entrelazadas sobre ojos profundos. Llevaba una camisa oscura con chaleco, y el cinturón de balas le colgaba del hombro.

—Alexei —dijo Arthur, con tono frío y tenso.

—¿Estás disfrutando del fruto de tu labor? —preguntó Alexei, en tono relajado. El rostro de Arthur se volvió una máscara de repugnancia. No dijo nada, y Alexei se encogió de hombros—. ¿La mujer es la curandera? —Cuando no respondimos, levantó su arma y la apuntó a Arthur. Toqué con los talones los flancos de Rosie, sorprendiéndola. La yegua avanzó, separándose del grupo compacto. Arthur lanzó una exclamación, pero yo guié a la yegua para que girara y metiera el hocico entre los caballos de Arthur y Alexei.

—¿Para qué lo quieres saber? —pregunté.

—Arthur, tienes algo que quiero —dijo Alexei, sin apartar su mirada de la mía—. Me lo das. Es lo justo; y toma todo lo demás.

—¿Quién está enfermo? —pregunté. Alexei parpadeó una vez, y en ese pulso infinitesimal, el miedo se dibujó en ese rostro despiadado.

—Emma, regresa aquí —dijo Arthur, en tono bajo y controlado, pero yo no le hice caso. No podíamos evitar este enfrentamiento con engaños o a los tiros. Arthur tampoco podía invocar a las nieblas a tiempo para salvarnos. Nos dispararían mucho antes de que llegaran. Estos jinetes silenciosos estaban en total ventaja.

El círculo de caballos se cerró aún más alrededor de Arthur, Theo, Vasily y Robert, separándolos de mí. Alexei y yo quedamos aparte del resto, fuera del círculo.

—¿Quién se está muriendo? —pregunté. La mirada de Alexei se agudizó, y la boca se convirtió en una línea tensa. Inclinó la frente hacia mí. La respuesta apareció completa y clara en mi cabeza, quizás por la información invisible de la que hablaba Laurette o de la biomente de Xavier, o quizás simplemente por el don de la profecía de Newt: se trataba de su hijo.

—Emma, ahora —llamó Arthur.

—No puedo ayudar a tu hijo si los matas —le dije a Alexei, como si estuviéramos solos—. El dolor me dejará inutilizada. Se está muriendo, así que tú decides. Iré contigo y lo curaré, pero solo si los dejas vivir. Ellos viven, él vive. Es tu decisión.

—Dmitri —dijo Alexei, alzando la mano.

—¡No! —oí que gritaba Arthur.

Se oyó un chasquido sordo. Giré la cabeza y vi que Arthur se desplomaba sobre la montura y que el tipo de la cicatriz retiraba la culata de su rifle de la frente de Arthur. Los hombres de Alexei hicieron lo mismo con Vasily, Theo y Robert. Alexei pronunció algunas frases en ruso y algunos de sus hombres desmontaron y bajaron a mis acompañantes de los caballos.

—Están vivos —afirmó Alexei con su inglés entrecortado, casi tragado por su acento ruso. Sonrió sin ganas—. No necesitan caballos y armas. —Su mirada se posó en mi arma y Dmitri se acercó con la palma extendida. Le entregué el arma.

—Déjenlos; debemos irnos ahora —le dije—. Tu hijo está muriendo. Quizás no lleguemos a tiempo.

—El tiempo que queda a él, queda a ti —afirmó Alexei, con el ceño fruncido—. Ofrezco el mismo trato que tú: si vive, tú vives; si muere; tú mueres.

—Sabré si los matas. No podré ayudar a tu hijo —le dije, señalando a Arthur y a los demás, que estaban en el piso. Quería asegurarme de que me comprendiera: no debían matar a Arthur y a los demás. Alexei me fulminó con la mirada, pero yo seguí, obstinada—: ¡Déjenlos con vida!

—Espero que seas tan buena como crees. —Pateó el caballo con los talones y se marchó al galope. Yo lo seguí, aferrándome a la yegua, rebotando torpemente. Alexei debió haber mirado atrás y observado mi ineptitud, porque se detuvo abruptamente. Por poco no pude hacer frenar a la yegua.

—Aj, no sabes montar —me dijo, con expresión de desagrado. Estiró la mano y me tomó de la parte de atrás del vestido, y medio me levantó, medio me arrastró hasta la montura de su caballo, detrás de él—. Aférrate a mí —exclamó. Le rodeé la cintura con los brazos y salimos.

Avanzamos a un galope frenético. Yo estaba demasiado asustada como para tratar de adivinar en qué dirección. El caballo avanzaba a medio galope, surcando la noche, y Alexei no perdía la concentración. Yo tenía la vejiga llena y la postura incómoda detrás de la silla me tenía dolorida. Mantuve la boca cerrada y me aferré a él.

Los vigías montados nos dejaron pasar cuando la tierra comenzaba a teñirse del amanecer. Avanzamos por un campamento improvisado que claramente era itinerante, a diferencia de nuestro campamento. No tenía muros; solo había grupos de gente andrajosa, altas pilas de objetos y tiendas en grupos. Por encima del hombro de Alexei, pude ver personas demacradas que se levantaban de mantas sobre el suelo. Había una docena de mujeres chinas atadas entre sí, que habían dormido unas sobre otras. Incluso con una sola mirada, vi que la mayoría estaba salpicada de sangre.

Nos detuvimos afuera de una tienda verde oliva como las que usábamos en nuestro campamento. Me deslicé al suelo. Una mujer rubia salió a toda prisa de la tienda, llorando. Se arrojó a los brazos de Alexei.

Entré rengueando a la tienda.

Alrededor de un camastro, había un grupo de gente sollozando. Me abrí paso con los hombros. Un chico delgado de huesos delicados, de unos diez años de edad, yacía en el camastro, con los labios entreabiertos, y los ojos vidriosos y vacíos. El pecho no se le movía. Parecía una muñeca de porcelana, con el fino cabello rubio plata, la piel cremosa y las pestañas negras. Pensé que acababa de morir, quizás hacía unos segundos. No sentí el hormigueo en las manos, pero de todos modos las apoyé en su corazón. Tenía el cuerpo caliente todavía.

No pasó nada. A mi alrededor, escuchaba el clamor de los lamentos en ruso, y el líder ruso entró en la tienda como un torbellino. Me apuntó con la pistola en la cabeza y preparó el arma para disparar.

Pero yo no podía morir hoy; Mandy y Newt y los otros niños me necesitaban. Algún día llevaría a Mandy a Canadá a reencontrarse con su padre y su hermana y vivir una vida civilizada, muy lejos de lugares como éste. Tuve una imagen repentina de Arthur, y de la sensación tibia de su cuerpo contra el mío.

Debía encontrar alguna manera de ayudar al chico. Recordé ese día en el campamento, cuando habían traído a Pyotr, sangrando a borbotones. ¿Cómo lo había curado? No había sido yo; de eso estaba segura. Era una fuerza sanadora que me había usado para sus propios fines. ¿Pero cómo me había puesto yo ahí, a su servicio?

Concentración feroz, recordé. Hoy no quería venir, así que tuve que perseguirla. Me obligué a bajar el ritmo de mi respiración aterrorizada. Aparté mi mente del ruso que me apuntaba con el arma en la cabeza. Me concentré en el chico. Se produjo una vibración silenciosa en el aire, como la caída del barómetro. A pesar de eso, mi corazón se volvió más pacífico, y aún más. La tienda atestada se congeló y todo pareció suceder en cámara lenta; las voces se hicieron más profundas y lejanas, como si me llegaran desde muy lejos.

Algo atravesó mis nudillos, como una bocanada de aire; algo que no se sentía como el aire, sino exactamente como si unas manos tocaran las mías. Podía discernir los dedos y las líneas de las huellas en las yemas. Electrizó la matriz de aire a mi alrededor. ¡Fuuu! Sentí el hormigueo que me inundaba las palmas, dolorosamente, como si mis manos despertaran después de estar adormecidas por horas. El cosquilleo no quería entrar en el cuerpo del chico; tuve que obligarlas a ir en contra de su flujo natural. Implicaba un esfuerzo enorme, y todo mi ser se inundó de un calor ardiente. El sudor me caía por la cara y la espalda, y entre los pechos. Me temblaban las piernas por el calor y el rugido del hormigueo.

La tienda, los ruidos, la gente seguían retrocediendo. Estaba sola con el chico, cuyos pulmones, tal como podía ver a través de la fascia transparente del pecho, todavía respiraban. Él y yo estábamos unidos por un vórtice de corriente que yo hacía fluir en él. Era como poner un remolino en un pequeño tubo. Debía insistir, y usar músculos que ni sabía que existían, hasta ahora. En un momento, la piel del chico se onduló como si estuviera hecha de gelatina rosada; ondulaciones que solo yo veía.

Luego comenzó a arquearse en el camastro. La espalda se convulsionó hacia arriba, arqueándose, y comenzó a jadear tratando de respirar, entre arcadas. Volvió a caer sobre el camastro y se aferró el estómago, con arcadas por la necesidad de vomitar. No me atreví a moverme cuando el chico se volvió hacia donde estaba yo, y el vómito me cayó en la falda, las medias y los zapatos. Le brillaron los ojos cuando otras manos lo ayudaron a acomodarse nuevamente en el camastro. Sonrió un poco y trató de decir algo. Estiró la mano delgada y pálida y me tocó la muñeca. Luego se le relajaron las facciones, y la cabeza le cayó a un lado.

No me detuve cuando empezó a roncar. Mientras la corriente estuviera presente, la dirigiría hacia el niño durmiente. Me quedé parada durante lo que debieron ser horas, dejando que la corriente fluyera hacia el pequeño cuerpito. Me dolía la vejiga de ganas de hacer pis y sentía todo el cuerpo dolorido. Sentía el agotamiento, el calor y el estrés en cada parte de mi cuerpo.

De repente, cesó el hormigueo sanador. Mis manos quedaron vacías, como si nunca hubiera pasado nada. Aparté las manos del chico y di un paso atrás. Respiraba con tranquilidad y expresión serena dibujada en el rostro. Allí volvió el ruido ambiente, aumentó el tempo. Alexei estaba de pie a mi lado, con el rostro bañado en lágrimas. La mujer rubia estaba de pie del otro lado de la cama, con el rostro húmedo también. Se parecían tanto, con sus rasgos marcados y cejas protuberantes que tenían que ser hermanos. Había otras personas en la tienda, como si se hubieran materializado de la nada: Dmitri, el de la cicatriz, y algunos otros. Di un paso atrás, salí de la tienda. Dmitri me siguió.

—Necesito un baño, agua y comida —le dije. Tenía la voz ronca y la garganta seca. Me sentía mareada y exaltada por la corriente que había pasado por mi cuerpo, y tenía que comer para recuperarme.

—¡Salvó a Mikhail! —Dmitri me aferró los hombros con sus grandes manos—. ¡Gracias! Soy el mejor cirujano de San Petersburgo y no podía hacer nada por él.

—De verdad, necesito ir al baño —le dije, con el aliento entrecortado. Me llevó hasta una joven mujer asiática con ojos de azabache de suma gracia y belleza. Probablemente tailandesa. Le dijo algunas palabras en ruso, y ella me hizo un gesto de que la siguiera.

Un poco después, sintiéndome mucho más cómoda, estaba de pie junto a una tina de agua turbia tratando de limpiarme las manchas de la falda y las medidas. Hice un cuenco con las manos y vertí agua sobre la ropa, enjuagándola lo mejor que pude. La mujer tailandesa me esperaba a unos metros de distancia. Me puse tensa: alguien más me observaba: Alexei.

—Resucitó mi hijo.

—No estaba muerto —le dije.

Él volvió la cara y enarcó sus cejas tupidas.

—Conozco muerte. Estaba muerto.

—Había respiración interna, en sus pulmones. —Retrocedí un paso para alejarme de la tina de agua, al ver que estaban llevando unos caballos hacia la tina. No iba a quedar más limpia de lo que estaba.

—Soy Alexei —me dijo—. Ahora nos podemos presentar como se debe.

—Emma.

—Ven; te llevo al comedor. —Me hizo un gesto y rozó a la tailandesa, que retrocedió con un respingo. Le toqué el brazo al pasar y ella me sonrió, tentativa. Alexei me hizo un gesto con el brazo y el hombro, indicándome el camino. Me condujo por el campamento, y pude ver el lugar por primera vez; era grande, tendría varios cientos de habitantes. Hacía mucho tiempo que no veía tanta gente junta. Parecía extraño y precario, como una invitación a las nieblas.

El suelo estaba lleno de desperdicios: envoltorios, pedazos de papel, basura, desechos humanos. Había hombres armados, a caballo o a pie, que custodiaban a multitudes de personas sucias y demacradas vestidas con harapos. Muchos tenían lesiones evidentes, otros estaban descalzos. Alrededor de un tercio parecía golpeado con algún tipo de látigo; tenían la ropa desgarrada y marcas rojas en la espalda. La mayoría estaba atada con sogas en grupos, cintura con cintura y pierna con pierna.

Al lado de otros hombres y mujeres que repartían comida caminaban otros hombres armados. Los repartidores de comida eran trabajadores que mediaban centre los encadenados y los que vivían en las tiendas; entregaban productos en paquetes o en trozos. Si alguien tomaba la comida con demasiadas ganas, recibía un golpe en la cabeza con la culata de un revólver.

Vi un grupito de niños encadenados con grilletes. Tendrían entre dos y quince años de edad, y representaban a todas las razas y nacionalidades. El olor a orina, sudor, sangre y materia fecal inundaba el aire.

—Muchos están locos —dijo Alexei, al seguir mi mirada—. Son animales. Los atamos para proteger al resto.

—Han pasado por el infierno y los tratas como animales. ¿Cómo esperas que actúen? —le pregunté.

—Las nieblas atacan la mente. Les daría medicamentos si los tuviera, para ayudarlos. Si hubiera medicamentos para curar lo que hacen las nieblas. No hay. No se inventaron. —Se encogió de hombros.

Afuera de una gran tienda, había cuatro hombres armados con rifles. Del interior emanaba un aroma embriagador y suculento. Adentro, había un grupo de personas comiendo como lo hacíamos en el campamento de Arthur, a la mesa. Todos se levantaron cuando entró Alexei, que les hizo una seña de que se sentaran. Se dirigió a una mesa y las personas que estaban allí le abrieron paso, murmurándole solícitamente. Él se sentó, y señaló la silla a su lado.

Ni bien me senté, me pusieron un plato de comida. Me sentía algo mareada por el hambre, y comencé a comer. Era delicioso; parecido a lo que comíamos en nuestro campamento: alimentos enlatados o reconstituidos, carne salvaje de caza, y productos recolectados en el camino, frutos silvestres y verduras que habían vuelto a crecer solas. Este año, nadie había plantado un huerto en ningún lugar del mundo.

—Tenemos muchos hombres enfermos y heridos —dijo Alexei—. Quiero que los atiendas; pero primero a Mikhail.

—Estará bien —le aseguré.

—¿Y la enfermedad que lo mató? —me desafió Alexei.

—Desapareció. —Esperaba que así fuera.

Una mujer filipina me trajo una botella de agua, que apoyó al lado de mi codo y luego se marchó sigilosamente. Vi cómo se escabullía en una esquina oscura de la tienda con las demás mujeres, todas jóvenes y bonitas. En otra mesa, se levantó un hombre, que asintió con gesto deferencial en dirección a Alexei, luego curvó el dedo hacia una mujer pelirroja que estaba de pie junto a la filipina, que lo siguió al exterior, con la mirada en el suelo y la boca sombría. Me volví a Alexei, que me observaba mirar la escena.

"Qué lugar interesante es este.

—Sobrevivimos —respondió—. Por ahora. Todos en el campamento tienen comida y agua. Ropa. Algunos tienen un refugio sobre su cabeza.

—Hasta que lleguen las nieblas.

—La fiebre o las balas. Flechas o lanzas. Combatimos las nieblas. —Asintió cuando lo miré con curiosidad—. Uso tambores.

—¿Raptaron mujeres del campamento de Tara?

—Sí, pero no las necesitaba. —Comía con deleite. Percibí que había una historia de fondo que no me estaba contando. Luego hizo una pausa y suspendió la cuchara de guiso en al aire, cerca de los labios—. Las nieblas no van al campamento de ustedes.

—¿Dónde está la gente de Tara?

—Las tuve que atar afuera. —Hizo un gesto de disgusto—. No colaboran.

Pensé en preguntarle qué quería decir, pero luego me di cuenta de que no quería saberlo.

—¿Mis amigos siguen vivos?

—Sí, pero no contentos. —Alexei parecía divertido. Fijó su mirada inquisidora en mí—. ¿Conoces los planes de Arthur para reconstruir?

—No —respondí. Enarcó la ceja como si quisiera seguir averiguando cosas.

Yo me puse a comer enérgicamente, como si estuviera absorta en la comida. No tenía nada que conversar con este hombre despiadado, salvo mi liberación, que todavía no estaba dispuesto a conceder.

Capítulo 12

DESPUÉS DE COMER, ME QUERÍA IR A dormir desespera-
damente. Alexei hizo un gesto y la mujer tailandesa se acercó. Le dijo algo
en ruso y ella asintió varias veces, y luego me hizo un gesto tímido de que
la siguiera.

Cuando salimos de la tienda, me detuve y me señalé a mí misma.

—Emma —le dije—. Soy Emma. —Me di un golpecito en la clavícula, con
la esperanza de que me comprendiera.

—Kulap —dijo y sonrió—. Hablo poquito inglés. —Inclinó la cabeza—. Muy
bueno lo que usted hacer con Mikhail. Él es luz de campamento.

—Necesito dormir —le dije. Ella sonrió en forma más incandescente
aún y me tomó de la mano, conduciéndome por el campamento hacia la
tienda donde dormía Mikhail. Ahora pude ver que la tienda del chico estaba
rodeada de las mejores tiendas del campamento.

Se detuvo en la tienda ubicada al lado de la de Mikhail y levantó la solapa
de entrada. Una mirada al cinturón de balas que colgaba de una silla plegable
en el interior me dijo que se trataba de la tienda de Alexei.

—No —dije, sin poder combatir el impulso de retroceder.

—Dijo que se quedara aquí —afirmó. Miré a mi alrededor. Gente ham-
brienta y desaliñada, caballos, árboles, arbustos, algunas tiendas y mantas.
Pilas de cosas al azar, la mayoría apilada en literas como para facilitar el tras-
lado: había muebles pequeños, libros, sábanas, ropa, calzado, juguetes. No
las podía ver, pero seguramente también había literas con alimentos, armas

y provisiones médicas. Este grupo estaba bien provisto, casi tan bien como el grupo de Arthur.

Volví a mirar a los sobrevivientes. Era cierto que muchos tenían la mirada trastornada de la demencia. El grupo de chinas en general estaba sentado, y parecía pacífico. Caminé más allá de las tiendas hasta donde estaban sentadas las mujeres en una loma a la sombra. Más allá de la pila de materia fecal, había un claro donde la hierba estaba aplastada y doblada, como si alguien hubiera estado sentado por largo rato: un lugar de descanso anterior. Las mujeres me observaron recostarme y hacerme un ovillo al pie de un árbol. Pensé en Mandy, en mi hija mayor, Beth, en mi esposo, Haywood. Eran el baluarte que me mantenía fuerte. Me quedé dormida antes de llegar a abrazarme las rodillas con los brazos.

Me desperté sobresaltada. Percibía cierta incomodidad en al aire que me rodeaba. Miré a mi alrededor sin moverme. Alexei estaba de pie a mis pies, mirándome. Su rostro estaba sumido en el pensamiento. Flexionaba y estiraba las manos vigorosas. Sus ojos se encontraron con los míos y brillaron. Me pregunté si me iba a atacar. Me acurruqué aún más, cerré los ojos y contuve el aliento.

Alexei retrocedió. Me siguió mirando mientras se alejaba, y sentí que su mirada me escaldaba. Por último, se dio vuelta y se marchó. Yo estaba demasiado exhausta como para sentir algo más que una rápida sensación de alivio.

Soñé con un bello hombre Rastafari sentado en un amplio campo de lirios blancos. El contraste era impresionante: el lustre suave perfecto de su piel negra y de las rastas negras contra el blanco de las flores. Sonreía y se mostraba jovial, radiante de sabiduría. Pensé que debía recordar su aspecto, su cara y su porte, para cuando ilustrara un libro sobre Buda. Me acerqué y se rió a modo de bienvenida.

—¿Por qué tardaste tanto? —me preguntó y chasqueó los dedos frente al pecho—. ¿Por qué tardaste tanto?

Kulap me sacudía.

—¡Mikhail la llama!

Me senté, desconcertada, ¿Dónde estaba? El sol descendía un poco del cénit, en un cielo sin nubes. Las mujeres chinas se habían levantado y se movían al unísono; algunas se agachaban para aliviar sus necesidades; otras se estiraban. Entre las personas encadenadas, que ahora se mostraban inquietas y nerviosas, moviéndose en grupos como restos de un naufragio en las olas del océano, se paseaban los hombres armados. El campamento de Alexei.

Kalup gesticuló en dirección al área de tiendas.

—Mikhail quiere hablar con usted. Yo traducir.

Un poco grogui y tiesa, me pasé las manos por la cara, esforzándome por despertarme. ¿Dónde estaba Starbucks cuando una mujer cansada ansiaba una taza de café caliente? Hacía diez meses probablemente hubiera una sucursal cerca, en el pueblo que había sido alguna vez este lugar.

—¿Hablas ruso e inglés? —me pregunté.

—Comercio sexual. Trabajo en Pattaya.

No supe qué decir.

—Lo lamento —dije finalmente, lo que pareció bastante pobre.

Kulap sonrió, y su rostro era tan despampanante que podría haber adornado la portada de cualquier revista de modas del mundo. Aunque ahora no se imprimiría ninguna más, ¿y acaso el mundo cambiaba en algo por ello? ¿Qué nos habían dado alguna vez esas brillosas páginas, más que fantasías seductoras de un mundo opulento y seguro en el que la vida de los famosos importaba, y el color de un vestido revelaba el dominio de la moda sobre nuestros pensamientos? Me pregunté qué íbamos a hacer cuando nos quedáramos sin ropa rejuntada de los restos. ¿Construiríamos telares para entonces? ¿Máquinas de hilar? Pero Kulap hablaba en tono suave.

—Es mi karma. Hacer algo mal en vida pasada. Pecado.

—Qué maldito el karma por hacerte pagar por eso —masculló.

—Todos pecamos. Por eso fin del mundo. —Aleteó en el aire con sus manitas delicadas, para señalar el campamento y la pradera cubierta de hierba con los montoncitos de arenilla amarilla que evocaba el pueblo que alguna vez había estado allí.

—No creo en el pecado y en el juicio final —le dije—. Este final fue un enorme y despiadado accidente; tan inmerecido como nuestra evolución original a partir de las amebas. —Habíamos llegado a la tienda de Mikhail, donde la solapa de red estaba abierta. Del interior provenía el sonido de risas. Kulap se volvió hacia el sonido y, por primera vez, vi que la tela que le cubría la espalda estaba desgarrada y que había marcas rojizas con relieve en su delgada espalda. No pude evitar una exclamación, y ella me miró algo burlona.

—¡Tu espalda! ¿Quién te golpeó? —exclamé.

—Usted no dormir en tienda —respondió, cabizbaja.

—No quise que te pasara esto. —Sentí el hormigueo que me recorría las manos y las levanté para colocarlas en la espalda de Kulap, que se apartó antes de que pudiera tocarla.

—No culpo a la música por no saber bailar —dijo.

—¿Sabías que haría esto? ¡Me lo podrías haber dicho! —Dejé caer las manos.

—No me corresponde interferir. —Estaba sonriendo una vez más, con serenidad, al parecer; no pude leer si había algo entre líneas. Todavía sentía la corriente en las manos, pero entendía que ella no quería recibirla. Era su elección, desde luego.

—¡Emma! —exclamó una voz musical en tono agudo. Al entrar vi a Mikhail sentado en el borde de su camastro, balanceando las piernas. Su bello y poético rostro se iluminó de placer.

—Soy Marina, hermana de Alexei —se presentó la mujer rubia tan parecida a Alexei. Contemplaba a Mikhail con feroz orgullo. Solo estaban ellos dos en la tienda.

—Hola, Marina, Mikhail —les respondí.

—¡Emma! —Mikhail hubiera saltado del camastro, pero su tía lo tomó del hombro. Me dijo algo en ruso mientras yo entraba en la tienda.

—Un placer conocerlos —les dije. Extendí la mano y Mikhail la estrechó con ambas manos—. ¿Cómo te sientes?

—Se siente bien y dice gracias —afirmó Kulap. Me arrodillé frente a Mikhail, que se rió con alegría fácil y levantó las manos. Yo dudé, por lo que tomó una de mis manos y la presionó contra la suya. Levantó la mano libre y asintió, así que apoyé la otra mano contra la suya.

"Dice usted amiga —continuó Kulap.

No pasó mucho tiempo para que Mikhail tuviera que probar su amistad conmigo. Salí de su tienda y fui a buscar algo para comer. Kulap había desaparecido, pero fue fácil encontrar la tienda comedor. Me senté sola, aunque los demás comensales me sonrieron y me miraban.

Me distraje pensando en Mandy sentada en una mesa en nuestra propia tienda comedor, comiendo la comida del Cocinero, riendo con las bromas de Marco sobre la forma de sus orejas o de su acento raro cuando trataba de enseñarle italiano. Esperaba que estuviera haciendo eso exactamente. No podía imaginarme lo que estaría haciendo Beth. Solo podía estar agradecida de que estuviera lejos de aquí. Sabía que Haywood la cuidaría con ternura, sin importar lo que sucediera en Canadá. Las cosas iban bien allá. Canadá era la tierra prometida.

Cuando terminé de comer, deambulé por el campamento de Alexei, absorbiendo todo lo que veía. Para la enorme cantidad de personas que albergaba, el campamento era mucho más silencioso que el nuestro, bastante más pequeño. No se escuchaban risas ni gritos bulliciosos de hombres y niños jugando al fútbol, ni peleas amistosas o estallidos de canto. Simplemente había una anomalía latente y el olor acre de algo que se estaba quemando.

Regresé adonde estaban las mujeres chinas, que se habían desplazado varios metros de su ubicación original. Una mujer tenía el ojo en compota, así que me dirigí a ella primero, le apoyé las manos y dejé que la corriente fluyera hacia su cara magullada. Después de unos minutos, ella suspiró, apoyó la cara contra la palma de mi mano y lloró.

Cuando terminaron las oleadas de sensación, me dirigí a otra mujer.

Tres de las mujeres estaban desequilibradas mentalmente, y todas estaban lastimadas. Una mujer, o mejor dicho, una niña, tenía fracturado el brazo derecho. Podía sentir la fractura a través de la piel. Tenía los ojos húmedos por el dolor. La expresión de su rostro reflejaba desesperanza y resignación, y el vacío de la locura, pero no parecía violenta. Las otras mujeres la llamaban "Hui Zhong". Ni ella ni ninguna de las mujeres del grupo hablaban inglés.

Me arrodillé y comprobé las sogas que la ataban para ver si había forma de soltarla. Dmitri dijo que era médico; podía enderezarle y entablillarle el brazo a Hui Zhong.

Los nudos eludieron mis dedos y luego se oyeron risas cerca. Fue un sonido tan inesperado y fuera de contexto que tuve que apartar la mirada para ver de qué se trataba. Mikhail estaba jugando, arrojándole flores a Marina. Todos esbozaron una sonrisa al verlo, hasta las mujeres chinas. Volví mi atención a los nudos.

Luego sentí una ardor que me estremeció la espalda. Di un salto, pegando un grito. Alexei estaba de pie cerca, con un látigo de cuero en la mano temblorosa. Me quedé mirándolo fijamente y, a pesar del ardor de la piel, lo único que se me ocurrió pensar fue: "¿Este látigo logró sobrevivir a las nieblas cuando tantas personas no pudieron?"

—¡Primero mis hombres! —rugió Alexei. Yo me quedé sobresaltada, sin saber qué decir. A mi alrededor se habían congregado trabajadores curiosos, soldados y refugiados encadenados, para observar la escena. Algunos de los más afortunados, los aristócratas del campamento, se acercaron. Estaban todos en silencio, completamente absortos en el espectáculo. La mano de Alexei volvió a surcar el aire y la tira marrón serpenteó en mi dirección. Levanté la mano justo a tiempo para protegerme la cara. El antebrazo me palpitó y empezó a brotar sangre. Siguió otro latigazo, seguido de más sangre. Alexei no dejaba de gritar—. ¡Estas mujeres; no son nada! ¡Eran carne para el mercado de Los Ángeles! ¡Mis hombres necesitan ayuda! —Alzó el brazo para volver a fustigarme.

—¡*Nyet*, papá! —Mikhail saltó para aferrarle el brazo a Alexei, lo atrapó y quedó colgando de él como si montara un tronco de árbol hasta el suelo—. ¡Papá, papá! —Mikhail comenzó a balbucear en ruso. Alexei dejó caer el látigo y abrazó a su hijo en un enorme abrazo.

Alexei me fulminó con la mirada por encima de la cabeza rubia de Mikhail.

—Mi hijo dice que te deje en paz. Así que lo haré . . . por esta vez. —Sin soltar a Mikhail, se marchó.

—Haz lo que quieras —dijo Marina, en un inglés básico. Miró mi brazo con empatía y luego salió detrás de su hermano y sobrino.

Dejé escapar un suspiro tembloroso. No me había dado cuenta de que estaba conteniendo la respiración. Quería ponerme a llorar, pero en su lugar, hice lo que siempre hacía, desde el primer momento desde el Después: cerré los ojos y me esforcé por que no brotaran las lágrimas. No había lugar para las lágrimas en este brutal mundo agonizante. Solo había deber y supervivencia.

La multitud comenzó a murmurar entre sí, pero no se dispersó. Cuando recuperé la compostura, vi que las mujeres chinas estaban amontonadas a mi alrededor. Las que estaban cuerdas me limpiaron la sangre con sus ropas rasgadas.

—Estoy bien, estoy bien. —Alcé las manos para aplacarlas. Dmitri, con su pecho ancho como barril, se acercó con su paso erguido, como de bailarín. Tomó mi brazo con suavidad y vertió agua de una botella en las lastimaduras. Sacó un vendaje de algodón de un bolsillo de la camisa y me vendó el brazo.

Me hizo girar firmemente tomándome de los hombros, probablemente para limpiarme la espalda, pero me resistí.

—¿Puede ayudarla? —le pregunté, señalando. Lo tomé de la manga para llevarlo a la maraña de sogas, hacia donde estaba Hui Zhong. Esta dio un respingo al ver que se acercaba el hombre, pero dejó que le tocara el brazo. Las otras mujeres susurraron como una bandada de estorninos en pleno silbido. Hui Zhong escupió a Dmitri, que se limpió la cara sin emitir juicio alguno.

—Puedo ayudarle con el brazo, no con la mente. Y le va a doler —dijo.

—Todo duele hoy en día. —Miré a Hui Zhong a los ojos, traté de encontrar algún atisbo de cordura, alguna forma de advertirle. No gritó, sino que se desplomó al suelo. Las sogas la atajaron, y las demás mujeres la sostuvieron para que Dmitri pudiera hacer su trabajo.

Cuando terminó, le pedí que cortara las sogas que ataban a las mujeres.

—A Alexei no le va a gustar —me advirtió Dmitri, con la cara marcada arrugada por la expresión preocupada.

—Alexei no está aquí —le dije—. Estas mujeres tienen que poder aliviar sus necesidades en privado. Las que están bien cuidarán a las locas.

Fui avanzando por el grupo de las mujeres. Dmitri trabajó a mi lado, limpiando y vendando según fuera necesario. Kulap vino a observar, pero no hablaba chino, así que seguí usando gestos para comunicarme.

Después de atender a todas las mujeres, me senté a descansar. Dmitri y Kulap se sentaron a mi lado. Había atardecido una vez más, y tenía sueño, hambre y probablemente estuviera deshidratada. Pero no quería ir a la tienda comedor, para que me contemplaran unos pocos privilegiados de este campamento del horror. Por eso pregunté:

—¿Qué quiso decir Alexei con que estas mujeres eran "carne"?

—Alexei era traficante —respondió Dmitri. Sacó una botella de agua que llevaba en el cinturón, tomó un sorbo y me la pasó. Agradecida, tomé un gran sorbo y él continuó—: Armas, mujeres, datos informáticos. Drogas, carros robados, tecnología, software, en todo el mundo. Todo lo que alguien podía querer, él lo conseguía. A cambio de un precio. Era el hombre desconocido más poderoso del mundo. —Hizo un gesto para que me terminara la botella de agua. No hizo falta que me lo pidiera dos veces.

Mikhail vino corriendo hacia nosotros, y la expresión de alegría de Dmitri y Kulap fue evidente. Yo tampoco pude evitar sentirme mejor. Había algo en Mikhail que iluminaba el espacio que lo rodeaba.

—Emma, Emma —me llamó y se arrojó a mi regazo. Balbuceaba alegremente. Miré a Kulap.

—Lamenta su padre lastimó —dijo Kulap suavemente.

—No es culpa tuya —le dije, apoyando las manos a cada lado de la cabeza del niño y lo miré firmemente a los ojos destellantes—. Dile que le voy a hablar como si fuera grande. —Kulap tradujo—. Dile a Mikhail que será . . . el padre de un nuevo mundo. Tiene que ser un buen padre, tratar bien a todos. —Kulap bajó la vista y no dijo nada. Dmitri gruñó, y luego tradujo. Yo seguí—: Puede reconstruir el mundo para que sea aun lugar mejor, un buen lugar para vivir. Un lugar lleno de paz y bondad.

Mikhail asentía. Cuando habló, su rostro de rasgos delicados mostraba una gracia feroz. Habló bastante. Hacia el final, Kulap y Dmitri estaban inclinados hacia él, con expresión maravillada. Terminó y sonrió, con la sonrisa seca de un alma madura. Ni Kulap ni Dmitri dijeron nada.

—¿Y? —les pregunté—. ¿Qué dijo?

Tragando con dificultad, Dmitri afirmó:

—Mikhail entiende.

—¿Y qué más? —exigí.

—Dijo que la paz y la bondad son reales, y que lo real no se puede destruir —afirmó Dmitri, con un nudo en la garganta—. El poder de la bondad está siempre con nosotros, cuando pensamos, cuando respiramos y cuando sentimos. Hace aquello que sabe hacer y nos usa como herramientas. —Luego se levantó y se marchó.

Miré a Kulap y ella me sonrió, con una sonrisa cargada de tantos matices de significado que era imposible de analizar. No dijo nada. Mikhail se acomodó entre mis brazos, apoyó la cabeza en mi pecho como si lo hubiera hecho toda su vida. Le gustaría conocer a Mandy y a Newt y los demás. Mandy le tomaría el pelo, como hacía con los otros. Newt se quedaría de pie, calladita, a su lado. A Mikhail le agradaría eso de Newt, si la llegaba a conocer algún día. Me pregunté si tendría oportunidad de conocerlos alguna vez, o si Arthur lo mataría junto con los demás, cuando me viniera a buscar.

Era como si Alexei me hubiera leído la mente sobre Arthur, porque en menos de una hora, emprendimos la partida. Unos hombres armados recorrieron el campamento a caballo, gritando órdenes en varios idiomas. Todo el mundo se puso de pie. Los trabajadores se pusieron a trabajar en lo que evidentemente eran tareas bien practicadas: desarmar tiendas, empacar sillas y mesas en carretillas, organizar a los demás. Las mujeres chinas estaban desatadas, pero se amontonaron en el mismo orden y a la misma distancia exacta una de la otra, como si todavía estuvieran amarradas entre sí. Hasta las locas se pusieron en su lugar asignado. Debí de tener una expresión perpleja. Mikhail me tomó de la mano. Tenía expresión seria, y murmuró algo.

—Dice, las sogas están en su mente —tradujo Kulap.

Alexei llegó a caballo. Llevaba la soga del caballo de Arthur. Llamó a Mikhail, que fue ansioso a montar el caballo de Arthur. Mikhail me saludó con la mano y Alexei me miró como si yo no estuviera allí, y ambos desaparecieron.

Yo caminé con Kulap. Nos acompañaban otras mujeres. Comenzamos desde la parte trasera de la caravana, pero pronto sobrepasamos a los grupos más lentos que llevaban carretillas o tiendas desarmadas. Pasamos al frente, detrás de los que iban a caballo, junto a un grupo de trabajadores con mochilas repletas de provisiones. Dmitri se acercó a caballo y nos entregó botellas de agua y madalenas envueltas al vacío, que no estaban demasiado rancias, teniendo en cuenta las circunstancias. Kulap rompió el envoltorio y se comió la suya con voracidad, y dejó que el plástico cayera al suelo; pero después de todo, ¿qué importaba dejar residuos ahora? Pensé en el dinero que había donado a Greenpeace y a otras organizaciones similares a lo largo de los años, y se me ocurrió que la Tierra había sido la última en reír.

Escuché el sonido de cascos de caballo a mi lado y alcé la vista con una sonrisa, esperando que fuera Dmitri. Pero era Alexei, que pareció igual de sorprendido por mi repentina demostración de amabilidad.

—¿Sabes por qué nos trasladamos?

—No te escaparás de Arthur. —Mantuve la vista al frente.

—Está bien atado. Quizás aún no se soltó. Y está a pie, sin armas, ni comida.

—Arthur vendrá.

—Lo estaré esperando —afirmó Alexei, con una sonrisa—. Somos viejos amigos, él y yo.

—¿Cómo es eso? —pregunté, algo perturbada.

—Si Arthur no te lo ha dicho, no quieres saberlo. —Esperó que respondiera—. Eres su mujer, y sabes tan poco de él.

—Sé que deberías darme un marcador indeleble si tienes uno —espeté.

—¿Un marcador?

—Un rotulador que se vea bien. Para que pueda escribir mi nombre en la garganta de tus niños y mujeres. Quizá así él les perdone la vida.

Alexei estalló en carcajadas, como si le hubiera contado un buen chiste.

—Podrías ser rusa; tienes sentido del humor. —Pero yo no estaba bromeando. Había visto lo que Arthur le hizo a Xavier—. ¿Qué planes tiene Arthur para tecnología?

—¿Qué? ¿En cuanto a tecnología? —pregunté, sorprendida.

—Conozco a Arthur; quiere hacer bien; quiere ser ángel. Solo hay demonios en la Tierra; debería haberlo aprendido en su vida. Nunca aprenderá. Así que planea reconstruir. Volver la civilización. Tiene idea para tecnología. Tú dime, ¿qué es lo que va a hacer?

—Arthur no es ningún ángel —afirmé, irritada.

—Entonces no eres estúpida. Bien. Entonces te debe contar su plan, a la noche, cuando está acostado a tu lado y te acaricia el pelo rubio. Yo haría eso. Te tocaría el pelo, te miraría a los ojos y te diría que eres hermosa. —Me miraba, embelesado, con sus ojos profundos fijos en mí y las pupilas muy dilatadas. Me estremecí.

—Tesla. Arthur quiere recrear la tecnología desarrollada por Nikola Tesla. —No había querido decirle nada, pero la intensidad de la mirada de Alexei me obligó a soltarlo. Además, ¿qué importaba? Todos estábamos muy lejos de poder recrear cualquier tipo de tecnología, con las nieblas y las pandillas armadas siguiéndonos los pasos.

—Yo voy a ganar —afirmó Alexei, con total confianza.

—No le vas a ganar en nada a Arthur —afirmé—. Arthur vale diez veces más que tú.

—La he visto. Tendré la tecnología antes que él. ¿Arthur vale diez veces más que yo? Eres una mujer extraña. Arthur me necesitó, al final. Viene a mí a rogarme. Pero viene demasiado tarde. ¡La mejor broma de todas! —Alexei azuzó a su caballo y se marchó al trote, y el eco de su risa persistió por entre el golpeteo rítmico de los cascos de los caballos y el paso y la agitación de varios pasos al andar.

Alexei podía amenazar y subestimar a Arthur, pero yo lo podía sentir como un viento cálido en la piel. No importaba dónde estuviera, estaba enfadado de que me hubieran llevado. Venía por mí. El olor de los cuerpos sudorosos y sucios, el golpeteo de los pies y los cascos en la tierra, la amenaza de los hombres armados hasta los dientes, el riesgo de las nieblas letales y las pandillas asesinas de sobrevivientes . . . . Nada de eso importaba. Yo marchaba en una falange lastimera, con los desposeídos y perturbados que todavía quedaban en este planeta olvidado, y nunca me había sentido más segura. Arthur me venía a buscar.

Avanzamos toda la noche y todo el día siguiente. Íbamos hacia el oeste. Comíamos en el camino, corríamos al costado de la caravana de gente para aliviar nuestras necesidades en los arbustos, y simplemente seguíamos adelante.

Por la tarde, llegamos a un pueblo donde todavía quedaban en pie un grupo de *chateaux* de color claro. Los hombres de Alexei inspeccionaron las calles. Se oyó un disparo y dos hombres salieron hacia el grupo principal, llevando a tres niños roñosos adelante. Otros hombres registraron los edificios para encontrar objetos útiles. Se oían gritos cuando encontraban algo, y los que llevaban las carretillas se acercaban para agregar un par de cosas más a su carga.

Después de casi treinta horas de caminar, finalmente nos detuvimos en una pradera de suave relieve que parecía haber sido una *mas*, una granja, con tierras cultivadas. Ahora solo quedaban malezas. A nuestro alrededor, había grupitos esporádicos de remolacha azucarera.

Ya había anochecido una vez más; el cielo estaba púrpura, con un cuarto de luna amarilla y el aire estaba frío y fresco. Las mujeres llegaron para distribuir los alimentos. Dmitri me dio una lata con cierre abre fácil de *petit sale à l'auvergnate aux lentilles*, o sea, sopa de lentejas, y una cuchara de plata. Comí deprisa, luego me acurruqué en el piso con la lata y la cuchara todavía en la mano.

Cuando desperté, a la mañana siguiente, estaba pensando en Mandy. Sentía como si hubiera estado sentada a mi lado, frotándome las manchas de pintura que siempre me quedaban en las manos después de un día de trabajo, y contándome chistes malos de "toc, toc; ¿quién es?", de los que me tenía que reír a riesgo de ofenderla. Desde luego, siempre me reía.

Todavía me dolía la espalda de los azotes de Alexei. Miré a mi alrededor y vi que habían armado el campamento durante la noche. Habían armado las tiendas y casuchas, y los camastros estaban organizados en hileras prolijas. La gente estaba sentada y se desplazaba por todos lados, como si el campamento hubiera estado asentado allí hacía meses. Vi que las mujeres chinas desenterraban remolachas. Hui Zhong, con el brazo en cabestrillo, se movía con agilidad y cantando.

Me levanté, me sacudí los insectos de la cabeza y la ropa, me rasqué las picaduras de mosquito más recientes y saqué mi cepillo y un pequeño tubo de pasta de dientes del bolsillo. Puse un poquito de pasta en el cepillo y me lavé los dientes sin agua. Kulap se acercó a toda prisa y me sacó el cepillo de dientes de la mano, asombrada. Lo movió en zigzag por el aire con exclamaciones de deleite, y finalmente me lo devolvió.

—Venir —me dijo—. Comer y ayudar a hombres. —Me tomó del brazo. El campamento no creía en cavar letrinas, así que tuve que agacharme detrás de unos arbustos de camino a la tienda comedor.

Alexei y Mikhail estaban sentados a una mesa con Marina y Dimitri. Mikhail me llamó y dio una palmadita en el banco, a su lado, así que me senté allí.

—Esta es mi hermana Marina —dijo. Estaba sentado al otro lado de Mikhail y no me miró. Marina me hizo un guiño, y no mencionó que ya se había presentado. Me pusieron delante un plato caliente de comida. Me dispuse a devorarlo, agradecida.

Antes de poder tragar siquiera el primer bocado, Marina estiró la mano por sobre la mesa y me tomó de la muñeca. Dijo unas frases que no era necesario traducir; la gratitud de su expresión trascendía el idioma.

—Después de desayunar, ayudarás a mis hombres heridos —dijo Alexei.

—Tengo que ver a los niños —objeté—. Veré a tus hombres esta tarde, después de los niños.

Alexei me miró por encima de la cabeza rubia de Mikhail con expresión hostil y molesta. Cuando habló, bajó el tono de voz y dijo casi en un susurro:

—¿Estás negociando conmigo?

—Papá —interrumpió Mikhail. Dijo algunas frases, mirando a su padre con completa adoración, y el rostro de Alexei se suavizó.

—A la mañana, los niños; a la tarde, mis hombres —afirmó Alexei con tono rencoroso y una mirada de soslayo.

—Una cosa más —dije, lo que me ganó una mirada incrédula de Alexei. Tomé aliento y seguí, sabiendo que quizás iba demasiado lejos—. Haz que tus hombres caven letrinas. No tenemos por qué vivir como puercos.

—Hay letrinas que puedes usar —dijo—. La muchacha te mostrará. —Hizo una pausa—. Hay una cerca de mi tienda. —Había un atisbo de insinuación en su voz.

—Letrinas para todo el campamento. Puedes darle algo de dignidad a esta gente.

—¡Les doy comida y protección! —ladró—. ¡Que caguen donde quieran!

—En Rusia, las cúpulas de las iglesias están bañadas en oro, para que Dios las vea más seguido —afirmó Marina, en inglés lento y esforzado.

—Ya no quedan cúpulas en Rusia —contestó con un gruñido—. Las nieblas adoran el metal. Fueron programadas así.

El rostro de Marina expresó pesar y humor a la vez.

—Lexi, escucha a la muchacha.

Alexei se levantó y se marchó hecho un torbellino. Mikhail, con expresión pensativa, le dijo algo a Marina, que se encogió de hombros. El chico me tocó el brazo vendado e hizo una mueca de compasión.

—Marina, ¿qué quiso decir con que fueron programadas para adorar el metal? —quise saber.

—Quién sabe qué quiso decir Lexi —respondió, sacudiendo la cabeza.

—Hay tres hombres por los que no puedo hacer nada —interrumpió Dmitri. Sonrió, y la gruesa cicatriz roja hizo que el lado derecho de la boca se curvara en forma diferente del izquierdo—. Pero usted sí; sé que es así. Yo le limpiaré la espalda.

Los días pasaron, cansinos. Yo pasaba la mañana con los niños, que debían de ser unos cincuenta y estaban todos atados entre sí. Lo acorralé a Dmitri para que me ayudara y apenas logré evitar otros azotes otro día cuando Alexei nos descubrió cortando la soga de los niños. Mikhail había estado haciendo sombras chinescas para entretenerlos, y se interpuso entre su padre y yo.

—¡Los niños están atados para que no den vueltas, se lastimen, o lastimen a alguien más! —exclamó Alexei. Alzó el látigo y le tembló la mano que lo aferraba—. Esto no es una guardería. No hay niñeras. Atravesamos un mundo de peligro, lleno de enemigos.

—¡Esos niños son como Mikhail. ¡Son los hijos de alguien, y no querrías que Mikhail estuviera atado así! —argumenté. Sentí que mis rodillas chocaban entre sí, y me alegré de tener puesto un vestido, para que no se notara.

—Mikhail es diferente. Es especial.

—¡Sí, Mikhail es especial! —exclamé—. Muy especial. Mikhail es la esperanza de este campamento, pero estos niños merecen mejor trato.

Alexei se metió la empuñadura del látigo en el cinturón. Por su rostro pasaron pensamientos conflictivos.

—¡Harás que se maten!

—No. —Inhalé profundamente—. Hay muchas mujeres y viejos. Desátalos y haz que trabajen cuidando a los niños. Les dará un propósito, y los niños estarán contenidos.

—El propósito y la contención ya no importan. No sé si las nieblas vienen en una hora y se llevan a la mitad de mi gente antes de que los tambores las espanten.

—El propósito es lo único que nos queda —argumenté—. No aten más a la gente. Pongan a las mujeres y los ancianos con los niños, y todos estarán más felices. Será un campamento mejor.

—Qué me importa un campamento mejor —dijo Alexei—. Mi esposa no está en campamento. Tuve que ver cómo respiraba en las nieblas blancas y lloraba sangre. Le disparé al corazón. La madre de Mikhail. Debería dispararte a ti, para que Arthur sienta lo mismo. Para que sepa cómo es perderlo todo. —Sacó su arma y me apuntó. Mikhail apoyó la mano en la punta del arma. Alexei maldijo en ruso y la guardó—. ¿Qué es ahora felicidad? No desato.

Quise decir que todos lo habíamos perdido todo, pero Alexei ya lo sabía. Estaba más amargado que yo; no se podía llegar a él. Sacudió la cabeza y se marchó, mascullando.

Tomé el cuchillo de Dmitri y corté el resto de los amarres, y llamé a las mujeres chinas para que los miraran. La loca de Hui Zhong le dio dos cachetadas a un chico antes de que la atáramos.

Kulap esbozó la teoría de que el chico se parecía al soldado que había violado a Hui Zhong y que le había roto el brazo.

Por la tarde, Dmitri y yo nos ocupamos de atender a los soldados heridos. La mayoría eran rusos. De los tres hombres que preocupaban a Dmitri con mayor urgencia, uno tenía parásitos, otro, una infección viral, y por el otro no se podía hacer nada.

—Le impondré las manos, para que muera más rápido —le dije a Dmitri.

—¿Cómo lo sabe? —me insistió Dmitri. Estábamos de pie en una gran tienda color beige que funcionaba como hospital en ese campamento. Los días se hacían más frescos, y el aire era agradable. Dmitri tenía los hombros algo encorvados, lo que no era común en él. Se veía cansado.

—No lo sé; solo lo sé —respondí—. No entiendo nada de este don sanador. Me vino Después.

El hombre asintió.

—Debería intentar comprenderlo. Puede ser importante.

—Eso me han dicho —respondí, con una sonrisa, preguntándome cómo estaría Laurette en el campamento femenino. ¿Estarían contentas Caris y Genevra en compañía de las demás mujeres, bien alimentadas, protegidas de las nieblas y las pandillas? Esperaba que no se hubieran enterado de algún modo de mi secuestro, que las noticias, que se esparcían entre los sobrevivientes como microbios invisibles que se contagian por el aire, no les hubieran llegado. Se preocuparían.

También esperaba que Mandy y Newt y los demás no estuvieran preocupados, en el campamento de Arthur. Tenían que saber lo que yo sabía: que Arthur me rescataría. Seguramente se los habría prometido. Nunca dudaba de ninguna promesa que hiciera Arthur.

—¿Puede ayudar a los otros dos? —me preguntó Dmitri, interrumpiendo mis cavilaciones.

—Creo que sí, aunque ese tiene parásitos; necesita hierbas o medicamentos.

—Vemos muchos casos de diarrea líquida, cólicos estomacales, fiebre y dolor muscular —afirmó Dmitri, frotándose la mejilla con la cicatriz con gesto ausente—. Los parásitos son un verdadero peligro. Es bueno que le haya pedido las letrinas a Alexei. Este campamento necesita mejor higiene, aunque no estemos en un lugar fijo. Debe hablarle de eso a Alexei.

—¿Yo? —le pregunté, incrédula—. ¿Está loco?

—La escucha, por Mikhail.

—No me escucha. ¡Me da azotes con ese látigo!

—No, no, usted tiene gran influencia en él –dijo Dmitri–. Le agrada. –Se tocó la cicatriz y sus ojos adquirieron una expresión distante.

—Si así trata a alguien que le gusta, no me gustaría nada ser su enemigo –mascullé.

—Alexei no tiene enemigos –dijo Dmitri con una leve sonrisa–. Nunca llegan a vivir tanto.

Alexei tiene un enemigo, sin embargo. Uno implacable: Arthur. Pero no lo dije en voz alta.

Unas noches más tarde, volví a soñar con el sabio Rastafari en su campo de lirios. "¿Qué es el tiempo?", me preguntaba y se reía: "¿Qué *es* el tiempo?".

Estaba a punto de responderle, pero no pude escuchar mi respuesta, porque me sacudieron para despertarme. Era Marina.

—Emma, Emma –dijo–. Ven rápido. Ludmilla tiene bebé. Están peligro, tal vez muerte. –Siguió hablando a toda velocidad en ruso, por lo que no entendí nada.

Marina se inclinó en la oscuridad de la medianoche y me ayudó a incorporarme. Me entregó una botella caliente de Orangina mientras nos dirigíamos hacia la hilera de tiendas donde dormía la alta sociedad del campamento. El azúcar me comenzó a despertar, y no pude evitar disfrutar la bebida dulce y efervescente. Me recordó la primera semana del Después, cuando con Mandy, Shoshana, Newt y Felix encontramos una partida abandonada de Fanta, Orangina y pasta Nutella en las afueras de París, en los restos de una estación ferroviaria vacía y semiderruida. Los alimentos estaban apilados en una gran pirámide fuera del letrero de *sortie*. Parecía algo que hubieran hecho niños, aunque no había ninguno a la vista. Ya teníamos nuestras mochilas para entonces, así que las llenamos de comida, luego salimos caminando hacia un pueblo silencioso, donde las copas de los árboles habían sido podadas en forma de cuadrado.

Dmitri estaba de pie en la entrada de una de las tiendas. La mirada se le iluminó al verme. Levantó la solapa de la tienda y me escoltó. Estaba llena de mujeres. Una mujer pelirroja de contextura pequeña pero con una enorme barriga estaba acostada en un camastro, retorciéndose y gimiendo. Era joven y muy bonita, incluso hinchada del sudor y el dolor y manchada con arenitas de vasos sanguíneos que habían reventado.

—No sé cómo asistir a un parto —dije, con un poco de pánico.

—Ayuda, como con Mikhail —me instó Marina. Yo negué con la cabeza, pero ella profirió una exclamación en ruso. No era necesario hablar el idioma para saber que me estaba alentando a hacer lo mejor posible.

—Lávese las manos —me ordenó Dmitri en tono estricto. Me pasó una botella de alcohol para frotar. Yo extendí las manos. Una mujer mayor con cabello entrecano me frotó las manos, pasando dos veces debajo de las uñas. Repitió el proceso con Dmitri. Al lado del camastro había un banco de madera de tres patas, y me empujaron hacia él. Le sonreí a la parturienta, cuyo rostro de repente adquirió una expresión esperanzada.

—Tú, Emma; salvar Mikhail —dijo.

—Ludmilla, ¿cómo estás? —le susurré.

—No bien —respondió, en forma entrecortada. Tenía los ojos vidriosos e inyectados en sangre, hundidos en las cuencas. Le temblaban los párpados y hacía un ruido a gárgara al exhalar. Su cuerpo se retorció sobre el camastro.

"¡Emma! —jadeó, sacudida por una enorme contracción. De entre sus piernas brotó un líquido anaranjado y rojo.

—No está lo suficientemente dilatada y es pequeña. Rompió aguas y el bebé quiere salir —afirmó Dmitri—. No sé si la cabeza puede pasar por la pelvis. Es serio.

—Usted es cirujano; haga una cesárea —lo insté, pero negó con la cabeza.

—Perdí a una madre y al bebé el mes pasado de ese modo. No estamos en un verdadero hospital; no tenemos equipos, monitores, fármacos, ni enfermeras. No lo voy a volver a hacer. —La claridad sin inflexiones de su voz, como un instrumento a cuerdas perfectamente afinado, me indicó que había padecido todas esas muertes.

—¡Ayuda, Emma! —gritó Ludmilla, retorciéndose contra el camastro en agonía hasta que quedó dada vuelta sobre las manos y las rodillas. Así que apoyé la mano en el hueso sacro de la mujer, esperando desesperadamente poder ayudarla.

Había estado usando el inesperado don sanador con tanta frecuencia que ahora lo conocía un poco más. Estaba preparada cuando llegó el hormigueo. También sabía manejar un poco más la corriente sanadora. Había aprendido que debía concentrar mi conciencia en la profundidad del cuerpo físico de la persona sobre la que imponía las manos. Era como zambullirse en un océano de carne con la mente. A medida que me hundía, se revelaba la cadencia única, o la resonancia, de esa persona singular, fuerte, musical y palpable. Era como encontrar la melancolía en una sinfonía. Luego el hormigueo cambiaba de frecuencia para acoplarse a la cadencia, reforzándola.

Me pregunté cómo analizaría Laurette ese descubrimiento. Estaría complacida de que ya no fuera un don tan en bruto.

Pero ahora había dos melodías debajo de mis manos; la de Ludmilla y la del bebé. El bebé se sentía débil, como un hilo, cada vez menos intenso. Aguanta, le dije. No te rindas aún.

—¡*Da*! —gritó Dmitri, que se había puesto detrás del camastro para ver qué sucedía—. ¡Se está abriendo!

—No duele —exclamó la mujer, que jadeaba intensamente, como en una clase de Lamaze. Trató de sonreírme, pero gritó en cambio. Pero luego repitió—: ¡No duele!

La mujer mayor dio algunas órdenes en ruso, luego se volvió para mirarme.

—La ponemos en cuclillas —dijo. No fue fácil obedecerle, con Ludmilla que se movía para todos lados, pero mantuve la mano en el sacro de la mujer y me aseguré de que la corriente fluyera hacia su cuerpo, mientras tres mujeres la ayudaban a ponerse en cuchillas. El ritmo de la respiración de Ludmilla aumentó, se hizo más fuerte y ronca. Dmitri se arrodilló y metió la mano en la entrepierna de la mujer, examinándola.

—¡Pujo! —gritó Ludmilla.

—*Nyet* —gritó Dmitri. Tenía los dedos en el interior del cuerpo de ella.

—¡*Puskayu*! —aulló Ludmilla. De repente, brotaron heces y sangre sobre el lecho, empapando el brazo de Dmitri. Las mujeres quitaron la sábana y le sacaron la camisa a Dmitri. La mujer mayor le pasó un frasco de alcohol a otra mujer, que rápidamente le frotó las manos al médico. Ludmilla seguía gritando. Pujó otra vez. Se produjo otra catarata de sangre y de materia fecal. Sentí que el pulso del bebé perdía fuerza, como la llama de una vela que amenaza con extinguirse al viento.

—Dmitri —dije con urgencia. Me miró, y negué con la cabeza. Él pareció flaquear. Mi corazón dio otro vuelco. No podía imaginarme cómo lo habría soportado si Beth o Mandy hubieran muerto durante el parto. No hubiera sobrevivido a las nieblas, no podría haber hecho lo necesario para mantenerme con vida. Pobre Ludmilla.

—¡Ahhhh! —exclamó Ludmilla. La sangre salía a borbotones y apareció la cabeza del bebé. Dmitri logró aferrarla justo a tiempo para darla vuelta y sacar los hombros.

—Oh, *nyet* —afirmó Dmitri, con tono angustiado. Contra su amplio pecho velludo, sostenía al recién nacido, que estaba silencioso y no respondía, azul y anaranjado, como una muñeca cubierta de vérnix. Lo apoyó en una manta cercana ubicada en el suelo y comenzó a presionarle el pecho. Ludmilla sollozaba. Las demás mujeres murmuraban, y algunas lloraban en silencio.

—Déjeme intentarlo —dije. En realidad no tenía esperanzas, solo el anhelo de reconfortar a Ludmilla. Dmitri me apoyó el bebé en los brazos con ternura. Él y la mujer mayor se volvieron hacia la mujer que no dejaba de gritar, que había sufrido un desgarro.

Salí de la tienda con el bebé inmóvil entre los brazos. La noche estaba sumamente tranquila, y el cielo estaba tan negro violáceo que la intensidad de las estrellas resultaba impresionante. Me había acostumbrado a los cielos nocturnos brillantes, ahora que había desaparecido la contaminación de la luz, pero esta Vía Láctea irradiaba una luz clara que nunca había visto antes. Apoyé una mano en el pecho diminuto del niño. No sentí hormigueos, ni cadencia, ni música. El bebé estaba muerto.

¿Y este bebé no era afortunado al no tener que llegar a un mundo de dolor, de pérdida y de peligro? ¿Se salvaría del terror de la invasión de las nieblas, que llegaban al azar, sin forma de anticiparlas, y arrasaban con todo lo que encontraban en el camino? ¿Y qué de crecer en ese campamento? Incluso como descendientes de la elite, ese niño sería sometido al horror, al sufrimiento y la crueldad. ¿Qué valía la vida en este mundo agonizante? Quizás era por gracia divina que este niño no respiraría nunca en un mundo así. ¿Quién era yo para refutar la gracia divina?

Luego vi a Mandy, que se elevaba delante de mí, entera, como si se tratara de un holograma: flacucha y con los ojos bien grandes, el cabello rojizo trenzado como Pocahontas, una sonrisa de descubrimiento y deleite esbozada en su rostro vivaz. Y a mi hija Beth, la más seria de las dos, con su cabello rubio grueso, igual al mío. Beth con sus comentarios pícaros y su tono ronco, con su amor por el Mago de Oz y todo lo que tuviera que ver con dragones. ¡Cómo la extrañaba! Nunca me permitía pensar en ella, porque me dolía de una manera que no lograba contener. Me destrozaría. Demasiadas personas dependían de mí como para entregarme al dolor y a la pérdida.

Vino otra persona: un hombre. Se quedó de pie y me rodeó con el brazo, como solía hacer. Era más bello de lo que las mujeres podrían soñar, bello al punto de deslumbrar a alguien como yo, una artista. Era amable e implacable, y se reía de mis bromas. Sus ojos grises me buscaban al llegar al campamento montado en su caballo ruano. A la noche, me abrazaba. El modo en que me tocaba hacía que este mundo pareciera tolerable, aunque daba terror el solo admitirlo.

Arthur venía por mí. Lo sentí como el sol que me calentaba la piel. Venía *pronto*.

Arthur diría que se estaba gestando un mundo nuevo y mejor. Hablaría acerca de mirar hacia el futuro. Estaría de acuerdo con Mikhail: *El poder de la bondad está siempre con nosotros, haciendo aquello que sabe hacer y usándonos como herramienta.*

Algo se desencadenó en mí cuando pensé en la bondad; de repente, sentí que me recorría una sensación. No era un rezo, porque yo no rezaba. No podía hacerlo; ya no creía en Dios. Pero algo, una plegaria silenciosa por la vida, irradiaba de mi centro. Estaba llena de congoja, dulzura y renuncia. Atravesó mi ser para salir hacia la luz clara que caía como telarañas del tiempo desde la dulce extensión de estrellas en lo alto. Me pregunté por qué tardé tanto en llegar hasta allí, a este lugar de renuncia. ¿Por qué tarde tanto?

El hormigueo sanador respondió. Más sutil y burbujeante que nunca, fluyó por mi ser, a través de mi mano, hacia el pecho del pequeño. El aire y el espacio que me rodeaban adquirieron una cadencia más rápida, se hicieron más brillantes, como si hubiera caído un relámpago. Tenía cierta inteligencia, todo lo que me rodeaba. ¿Sería la biomente que había mencionado Xavier?

Un llanto rompió el silencio. Me llevó dos latidos comprender que el aullido provenía del bebé en mis brazos, que se retorcía.

Me quedé tan asombrada que casi lo dejo caer. Era un varón. ¿Cómo pude no haber notado algo tan obvio?

Dmitri gritó en el interior de la tienda, pero no se acercó. Sí lo hicieron Marina y varias mujeres. Me rodearon, llorando, abrazándose, riéndose con deleite. Mi mejilla quedó húmeda de tantos besos que me dieron. Finalmente Dmitri salió y me besó en la mejilla, antes de recoger al bebé de mis brazos. Traía un pedazo de tela y lo arrulló mientras lo sostenía contra su enorme pecho y lo limpiaba.

Dmitri volvió a entrar a la tienda lentamente, rodeado de las mujeres.

Yo alcé la vista al cielo, abrumada de gratitud. Las estrellas eran bellísimas. El poder del hormigueo sanador era milagroso. No era un logro mío; yo simplemente había estado en el lugar indicado, en el momento preciso para que me usaran como una corriente sanadora. Era un instrumento en bruto de una fuerza muy superior.

Estaba en un estado tan elevado que comprendía claramente que el tiempo y el espacio eran ilusiones. Sabía la respuesta a la pregunta del Rastafari: "¿Qué es el tiempo?". El tiempo no era nada; no existía realmente. Tampoco el espacio. Desaparecían en la fusión.

Mirando el resplandor de la noche, me arrojé hacia Arthur, que me sostuvo.

Un sonido rompió la paz. Era la tos de alguien. Alguien estaba de pie entre las sombras, observándome.

—¿Cómo hace Arthur tecnología de Tesla? —exigió saber, y la pregunta fue como un golpe, que me hizo contraer el estómago.

—No sé. —Ese tipo era un personaje—. Hay hombres en el campamento que son ingenieros y físicos, o lo eran Antes. Conocen la obra de Tesla. —De repente, me sentí cansada—. Igual, todavía no lo han hecho.

—Voy a encontrar físico e ingeniero.

—¿Cómo solías encontrar cosas para la gente? —le pregunté.

Sonrió con amargo orgullo.

—Mi reputación me precede. Algún día pregunta a Arthur qué quiso que le busque.

—Estoy segura de que tenía una buena razón para contratar tus servicios.

—La mejor, pero demasiado tarde. Fracasó. —Alexei hizo una pausa—. Tú, mujer de Arthur, pero casada con otro hombre.

—¿Cómo lo sabes? —le pregunté, con un sobresalto.

Se encogió de hombros y cambió de tema, con su volatilidad habitual—. Nosotros, los rusos, adoramos bebés. —Ahora había una veta defensiva en su tono de voz.

Estaba cansada y tenía la mente abombada. Era difícil seguirle los saltos en el hilo del pensamiento.

—Alexei, ¿acaso no somos solo personas, los pocos que quedamos en pie?

—Yo siempre soy ruso.

—¿Y Mikhail? ¿Le pertenece solo a Rusia, que ya no existe?

—Escuché que el territorio de Siberia está ahí —dijo Alexei, con una sonrisa repentina que me resultó irritante–. Tal vez nieblas no gusta frío. Solo cuerpos y metal.

–El asentamiento en la Isla de Ross, en la Antártida, fue el primero en desaparecer –le recordé. Todo el mundo había estado pegado al televisor mirándolo.

–Y bueno, a las nieblas no le gustan los viejos gulags. Su rostro curtido se volvió hacia las sombras de sus pensamientos íntimos–. Pensé que iban a ir primero ahí, como buenos soldados.

–No pienso en las nieblas como soldados.

–Deberías. –Volvió a centrar su atención en mí. Era evidente que estaba teniendo una conversación dentro de su mente, que no me incluía. En voz alta, solo dijo–. Soldados que se amotinan; que se rebelan contra sus generales en batalla.

–Eso implicaría que piensan en forma independiente, que tienen conciencia propia.

–No como entendemos nosotros. Como la mente de abejas, que son solo una colmena.

–Nunca oí que nadie describiera a las nieblas de ese modo –murmuré, con una mezcla de curiosidad e incredulidad.

–"Incluso si la guerra no nos destruye, nuestra vida tiene que cambiar si queremos salvar la vida de la autodestrucción". ¿Conoces a Solzhenitsyn? –preguntó Alexei–. Un ruso muy inteligente. Vio a las nieblas. No sabía que las vio, pero las vio.

–¿Dices que las nieblas son una forma de autodestrucción? –le pregunté, sin entender–. ¿Cómo es eso?

–Cuando los ángeles cayeron, destruyeron mundo, y Dios no avisó.

–Eso es porque Dios no existe.

Alexei rió.

–¡Tan divertida eres! Claro que Dios existe. Dios nos susurra siempre, y nosotros decidimos hacer otra cosa. –Volvió a guardar silencio en forma abrupta, frotándose el mentón con la mano. Unos minutos después, agregó–: Hiciste algo muy bueno con bebé de Ludmilla.

Suspiré. Era evidente que Alexei sabía algo acerca de las nieblas, pero también que no me diría nada. Era frustrante.

–Es hora de que me marche. Arthur está viniendo por mí. Mucha gente saldrá herida si tiene que rescatarme.

—Tengo buenos vigías con muchas balas —afirmó Alexei—. Tú eres útil. No quieres volver con Arthur. Tiene gran problema, pandilla muy agresiva hacia el oeste del campamento. Un grupo grande de malditos locos que usan capas rojas y están armados hasta los dientes. Tienen un campamento terrible. Mi campamento: el Cielo en comparación.

—Lo dudo —murmuré.

—Están mucho peor que aquí. ¿Sabes qué hacen con enfermos, heridos o locos? —Sus ojos azules destellaron en la oscuridad—. Se los comen.

Recordé cuando había salido a buscar a Hoshi y su familia. Recordé el vigilante de la pandilla de delincuentes con el pedazo envuelto de carne ahumada que le colgaba de la cintura. En ese momento me había parecido que era un muslo humano. Alexei decía la verdad.

Me estremecí de repulsión.

Alexei siguió hablando:

"Se me acercaron. Quieren que sea aliado contra Arthur, pero Arthur es listo; tiene planes. Quizás es útil para mí. Europa es grande para los dos. Por ahora. Espero y veo quién gana, cuando ataquen. Tal vez ganen ellos, tal vez, Arthur.

—¡Ganará Arthur! —exclamé.

—Arthur no gana siempre —susurró Alexei.

—Tus guardias no pueden contra las nieblas —respondí.

—Arthur quiere hacer el bien, y por eso, es débil. No enviará nieblas contra mujeres y niños de mi campamento —respondió Alexei, en tono un poco engreído. Me sobresalté, sorprendida de que supiera que Arthur podía controlar las nieblas. Asintió lentamente; sí, lo sabía.

Dmitri salió de la tienda, con el torso desnudo y de buen humor.

—Emma, venga a ver esto. Este bebito hambriento toma la teta como un profesional. —Al ver a Alexei, lo saludó con la mano—. ¡Alexei, ven, ven a conocer al integrante más joven de tu campamento! Será un soldado fuerte. Este varoncito ya es un ruso de pura cepa.

Los ojos astutos de Alexei se posaron en mí.

—Debemos celebrar. Es una ocasión festiva.

—Hay vodka en alguna parte —dijo Dmitri, alegremente—. ¡Brindaremos por el nuevo soldado que acaba de nacer, y por la recuperación de Mikhail!

—Brindaremos porque Emma queda con nosotros —afirmó Alexei. Mientras pasábamos al interior de la tienda, me aferró del hombro y me apretó demasiado fuerte. Me quedarían moretones.

—¡Emma!, ¡Emma!, ¡Una bendición para mi hijito! —me llamó Ludmilla, con el rostro sudoroso y demacrado, pero incandescente de alegría. Las otras mujeres me tomaron de las manos y me arrastraron hacia el camastro.

—¡Bendición, bendición! —decían muchas voces. No tenía opción. Me incliné, apoyé las manos sobre la cabeza diminuta, con su pelusa de pelo negro. Eso no distrajo al niño de su tarea, aferrado al pecho de su madre, voraz. Despejé la mente, volví a sentir mi amor por Mandy y Beth, por Newt y los demás niños. Por Arthur. Mi respiración dio un salto. Alcé la mirada y vi a Mikhail en la entrada, sonriente. Con orgullo, su padre lo hizo pasar.

—Este niño tendrá un corazón honrado, un alma bella y gestos armónicos —susurré. Di un paso atrás y las mujeres vitorearon y aplaudieron. Alexei debió traducirle a Mikhail, porque el chico se acercó y me rodeó con los brazos, abrazándome y murmurando expresiones cariñosas en ruso. Los ojos de Alexei ardían al ver el amor y el gozo que irradiaba su hijo.

—Ves, eres una de nosotros —me susurró.

Negué con la cabeza en dirección a Alexei. No, no me quedaría, no lo haría por el campamento y ni siquiera por Mikhail.

Capítulo 13

FINALMENTE LLEGARON LAS NIEBLAS. YO ESTABA con Hui Zhong, experimentando con el don sanador. ¿Acaso podrían y querrían devolverle la cordura? Había estado transmitiéndole la corriente toda la mañana, sin lograr nada. Ella había estado hablando en una jerigonza china y la tuvieron que sujetar dos veces para evitar que me arañara la cara y el cuello. O yo no era muy buena sanadora, o la corriente no servía de este modo.

—Intenta de nuevo otro día —sugirió Dmitri. Le llevó los brazos a Hui Zhong suavemente hacia atrás, como para no presionar el brazo fracturado. Ella tironeó, haciendo ruidos animales, y luego giró la cabeza para escupirlo. Dmitri hizo una mueca.

—Tiene que haber alguna forma de ayudar a los que enloquecieron —dije—. ¡Hay demasiados sobrevivientes incapacitados de este modo!

—Tambores —dijo Kulap de repente. Mientras yo trabajaba, la tailandesa había estado recostada sobre la espalda con el pelo desplegado en forma de abanico alrededor de la cabeza, masticando una maleza con la vista perdida en el cielo. Ahora se puso de pie. Un momento después, escuchamos lo que sus oídos agudos habían detectado antes: el sonido tenue del redoble de tambores. Un tambor tras otro se acopló al ritmo.

Dmitri ató a Hui Zhong con un pedazo de soga, mediante unos breves movimientos rápidos, y luego también se puso de pie. Los tres miramos a nuestro alrededor, y recorrimos las praderas con la vista.

—¡Allí! —Dmitri señaló las estribaciones occidentales. Era una nube blanca gigante con forma de oruga, que se deslizaba lenta e inexorablemente. Estaba muy lejos, pero debía de tener unos treinta metros de altura. Destellaba bajo el sol y la parte delantera oscilaba como una cabeza, volviéndose de un lado al otro, buscando.

—¡Viene por nosotros! —dijo Kulap, nerviosa.

—¡Otra! —señaló Dmitri una vez más. Una esfera ondulante rodaba hacia nosotros desde el sudeste. También gateaba lentamente, como si estuviera olfateando, rastreando.

—¡Y allá! —gesticuló Kulap—. Vienen tantas. ¡Nunca vi algo así! —Desde el sur, avanzaba un banco neblinoso difuso, con forma romboide.

Y otra venía desde el norte. Y otra desde el noroeste.

Todavía no las podíamos oler, pero pronto, cuando convergieran todas, no podríamos evitar el aroma enfermizo de una muerte terrible. Delante de las nieblas, las aves graznaban y emitían sonidos perturbados, aleteando por el aire, y enjambres de mariposas azules iridiscentes volaban en círculos hacia el cielo formando enormes espirales.

—Arthur —dije.

Salí corriendo a buscar a Alexei. Estaba de pie al lado de la tienda comedor, rodeado de un grupo de hombres con tambores. Paseó por el área central, inspeccionando los tambores y a quienes los tocaban.

—Alexei —grité, para que me oyera por sobre el sonido de los tambores. No me oyó y corrí hasta él; lo tomé de la manga—. ¡Tienes que dejarme ir!

Alexei se congeló.

Luego me tomó del cuello, y apretó. Lo aferré de las muñecas, tratando de quitármelo de encima. Me estaba cortando el flujo de oxígeno. Sentí que me estaba dejando atontada. Vi puntos negros delante de los ojos, como el aire sobre la pista de aterrizaje caliente en un día de verano. Se me aflojaron las rodillas.

En forma abrupta, me soltó. Me tomé la garganta y la froté, inhalando bocanadas temblorosas y rasposas de aire dulce y rico.

—¡El control de Arthur mejora! Pero no va a enviar las nieblas al campamento mientras tú estés aquí.

—¡Controlará a las nieblas para que no me toquen! —le grité. No sabía si eso era cierto o no. Deseaba que lo fuera. Probablemente fuera un engaño, pero no dejé que mi rostro mostrara mi incertidumbre. ¿Y Arthur había dicho que yo no podía jugar al póquer?

El rostro de Alexei estaba transformado por la ira.

—Otra vez juega a ser Dios. Otra vez me quita lo que quiero. ¡Responderá por esto! ¡Lo lastimaré como él a mí!

—Déjame ir —le rogué—. Dame el caballo de Arthur, déjame ir. Haré que se detenga. ¡Por favor, Alexei! Todos morirán, tú y los niños, las mujeres y los caballos. ¡Y Mikhail!

—¡Si te vas, las nieblas igual nos matan!

—¡Papá, papá! —Los gritos de Mikhail se oyeron por sobre los tambores. Alexei y yo giramos sobre nuestros talones para verlo. Mikhail habló con tono de urgencia. Se detuvo y los dos se quedaron mirándome.

—Arthur espantará las nieblas por mí. Lo prometo.

—Ese caballo te matará. No sabes montar. —Alexei negó con la cabeza.

—¡Átame al caballo, porque no quieres quedarte con el caballo de Arthur!

Alexei dio un paso hacia mí, me tomó de los antebrazos y habló en voz baja:

—Quiero quedarme con caballo y mujer de Arthur, te debería haber arrastrado a mi tienda la primera noche. —No respondí porque vi un destello maquiavélico en sus ojos, que probablemente fuera cierta sombra de demencia. Ahora eso entraba dentro del espectro normal de la conciencia.

Pero Mikhail apoyó la mano en el brazo de su padre, que tenía los ojos negros de ira, y Alexei me soltó.

Al final, ensillaron a Rosie y me dieron la soga del caballo de Arthur. También pedí los caballos de Vasily y Theo, lo que hizo reír a carcajadas a Alexei. Al menos, su rostro indicaba carcajadas, el fruto del sólido, laberíntico sentido del humor ruso, casi desprovisto de sonrisas, que todavía debía comprender del todo a pesar de las semanas que había pasado en este campamento. Era imposible escuchar con seguridad por el sonido de los tambores, que había ido in crescendo y se había vuelto más insistente al ver que las nieblas no aceptarían marcharse.

Caminé por el campamento, llevando a los dos caballos. Kulap y Dmitri marchaban uno a cada lado. Todos los que no estaban tocando un tambor se alinearon para vernos pasar: las mujeres chinas, los niños, los grupos atados, los locos, los trabajadores, los aristócratas del campamento, todos los soldados que no tocaban los tambores desesperadamente; cada uno de los cientos de habitantes del campamento. No decían nada; solo me observaban e inclinaban la cabeza cuando me veían pasar. Muchos me hicieron una reverencia, lo que me hizo sentir incómoda, y me dio una lección de humildad.

Cerca del final del campamento estaban Ludmilla con el bebé, las mujeres de su tienda, y Marina, con Mikhail a su lado. Marina me dio un beso y murmuró algo en ruso que no escuché ni hubiera entendido, pero que me pareció una bendición. Mikhail me besó con gran formalidad y con tanta seriedad que, incluso a su tierna edad, no parecía tonto en lo más mínimo.

—Tú eres la esperanza de este campamento —le susurré al oído, sabiendo que no me entendía. De todos modos, asintió.

Finalmente, al final de la larga fila, Kulap me dio un beso de despedida, también formal, en ambas mejillas.

—¡Emma, regresarás! —oí que gritaba Alexei. Me volví en la silla para verlo de pie, con los brazos en jarras, en el centro de las dos filas, un hombre alto y rubio de pasiones feroces e implacables. Estaba enfadado y desolado, igual que todos nosotros. Pero se negaba a soltar el pasado y abrazar lo que quedaba. Todos habíamos construido defensas contra la inmediatez terrible del presente; todos sabíamos demasiado acerca de la destrucción y la pérdida como para no protegernos, pero Alexei no parecía darse cuenta de que nuestras defensas nos herían una y otra vez.

"¡Volverás! —volvió a gritar—. Yo también tengo don: tengo nieblas en el cerebro y me hacen ver cosas. Lo veo: volverás. ¡Y sin Arthur!"

La cabalgata al partir del campamento de Alexei fue agradable, aunque podía sentir las vibraciones de la percusión todo el tiempo. El sonido de los tambores disminuyó, pero sin desaparecer del todo. Estaban desesperados, y los tambores estaban decididos. Pero esta vez, yo no le temía a las nieblas.

Solté la soga del caballo de Arthur y dejé que él eligiera el camino. El gran ruano relinchó y echó la cabeza hacia atrás como si olisqueara el aire, luego emprendió un rápido galope. Maldije en inglés, y luego recordé los insultos que sonaban tan escandalosos en francés, que me había enseñado Laurette, y también los agregué por las dudas. Todavía maldecía cuando Rosie se disparó detrás del ruano. Era todo lo que podía hacer para evitar caerme.

El zanquilargo ruano era mucho más rápido que la jovial Rosie, y se nos adelantó. Después de un rato, lo perdimos de vista por completo. Rosie se acomodó en un trote suave que aumentó considerablemente mis chances de sobrevivir.

Y entonces, a la distancia, vi una silueta pequeña: un caballo con su jinete. Al acercarnos, vi que era una enorme bestia blanca y negra, que avanzaba hacia a mí a todo galope. El caballo y su jinete eran el paradigma de la liviandad, armonía y gracia de movimiento; podrían haber estado volando juntos. La imagen representaba un fuerte contraste con la destrucción y desolación que se había vuelto el destino del mundo. Mi corazón dio un vuelvo. Pateé los flancos de Rosie como nunca antes lo había hecho, y la yegua se impulsó hacia delante. Me incliné sobre su cuello y, a pesar del terror del que era presa, la insté a ir más rápido.

—¡Mírate, al galope! —gritó Arthur, riendo. Avanzó hacia nosotras a toda velocidad, y casi choca contra Rosie, que levantó las patas y relinchó a modo de protesta. Yo estaba bien aferrada para mantener el equilibrio y apreté las piernas alrededor del abdomen de la yegua, como atornillándome. Arthur tomó mis riendas y calmó al animal con su calma y pericia habitual. Su pierna izquierda rozó mi pierna derecha cuando los dos caballos quedaron lado a lado, mirando en direcciones opuestas. Su caballo largaba espuma por la boca y respiraba agitado.

Arthur se inclinó, me tomó de la cabeza y me besó en la boca.

Fue el beso más feroz y dulce que recibí. Todo, los tambores, la extensión de llanura verde, el cielo y el sol, las nieblas que amenazaban el campamento de Alexei, todas las personas que había conocido allí; de hecho, todas las personas que había conocido en mi vida, y hasta el apocalipsis que acechaba mis pensamientos . . .Todo se desvaneció. Solo quedó ese instante único en que Arthur estaba a mi lado. No estaba segura de dónde terminaba él y dónde empezaba yo. El beso nos convirtió en un solo ser, en un todo. En esa completitud, todo se disolvió. Solo quedó el amor.

¿Por qué había tardado tanto en darme cuenta? Solo por mi propia resistencia.

El dolor constante que llevaba en el corazón cedió.

Arthur se apartó y me miró de arriba abajo. Su mano seguía en mi mejilla, y le tomé la muñeca y le besé el centro de la palma. Su apuesto rostro, con su sinfonía de planos y ángulos, y esa simetría que dejaba sin aliento, se veía demacrado, como si no estuviera comiendo bien, y los ojos grises penetrantes y casi negros al examinarme.

—Arthur, haz que las nieblas se vayan —le dije—. Estoy aquí; estoy bien.

—Te quitó de mi lado —respondió él, y se le endureció la expresión de la boca.

—Nadie puede quitarme de tu lado.

Una expresión complacida se dibujó en la cara de Arthur. Se sentó un poco más erguido en la montura, si es que eso era posible, ya que siempre cabalgaba con el porte y el equilibrio perfectos del jinete olímpico que había sido, Antes. Hizo una señal imperceptible a su caballo y trazó un círculo alrededor de Rosie y de mí, inspeccionándome. Agradecí que Kulap me hubiera conseguido un vestido limpio. La cicatriz de la espalda no estaba a la vista. Esa marca les podría haber costado la vida a todos los habitantes del campamento de Alexei.

—¿Qué te pasó en el brazo? —quiso saber Arthur.

—Nada trágico —le aseguré. Se puso al lado mío, del otro costado.

—¿Se acostó contigo?

—No.

—¿Lo intentó?

—No.

—Mentirosa —afirmó. Estiró la mano y me tocó el labio inferior.

—Bueno, lo intentó, pero no realmente, y no insistió —concedí—. Está de duelo por su esposa. —Eso dejó conforme a Arthur. Guió al caballo y a Rosie a andar al paso. Me sentí aliviada de que él controlara a mi caballo.

—Mantendré las nieblas alrededor del campamento hasta que estemos bien lejos, para que no hagan nada raro.

—Qué control que tienes sobre ellas —observé—. ¿Cómo lo lograste?

—Con práctica —respondió rápidamente.

—Ajá. ¡Ojalá todos pudiéramos practicar de ese modo!

—Ojalá.

—Alexei las llamó "soldados". Sin duda, son tus soldados —comenté con una sonrisa, pero Arthur me miró con expresión sombría. Me imaginé que todavía estaría furioso porque Alexei me había llevado. Busqué un tono seductor—. Diles a tus subalternos que retrocedan. Alexei no nos va a seguir. Hay mujeres y niños. No quiero que se asusten.

—Si Alexei no quería que se asustaran sus mujeres y niños, no debería haberte secuestrado a punta de pistola. —Se dibujó una mueca desdeñosa en la cara de Arthur—. ¡Las nieblas no son mis subalternos!

Extendí la mano y la apoyé sobre el hombro de él.

—Espántalas, Arthur. Ya estoy contigo. —Le sonreí con la dulzura que solo usaba por las noches, en privado, en nuestra tienda. Sus ojos se encendieron.

—Mi ejército está cerca, de lo contrario podríamos saludarnos como dios manda.

—Ese beso fue más que adecuado.

—Puedo esforzarme más —afirmó, con una mirada cálida y franca—. Lo haré pronto.

—¿Te aprovecharás de mí en los arbustos? —pregunté entre risitas.

—No me tientes, descarada. —Sonrió y su mirada se posó en la distancia, donde varias decenas de caballos se acercaban en formación—. Lo mataré, ¿sabes? No hoy, pero lo haré.

—Te devolvió a tu caballo, y a mí.

—Por eso no lo haré sufrir primero —afirmó Arthur, en tono de desdén.

—Si yo tuviera un hijo como Mikhail, también habría secuestrado a una sanadora —le dije—. Es un chico especial.

—Todos son especiales, ahora más que nunca.

—Sí, pero para un padre . . .

—Ser padre no le da derecho a secuestrarte.

Lo miré de soslayo.

—¿Has tenido hijos?

—Todavía no, pero espero que sí algún día. —Me levantó una ceja.

—Nació un bebé en el campamento de Alexei. Me hizo entender . . . Ellos son lo que queda de bondad en el mundo. La bondad que siempre nos acompaña, cuando pensamos, respiramos y sentimos, la bondad que hace lo que sabe hacer y nos usa como herramientas. Eso son nuestros niños. Incluso cuando son malos, y todos los chicos son malos de vez en cuando.

—Pero bellos —murmuró Arthur. Su mandíbula se endureció—. Alexei se lo buscó; créeme.

—Ustedes tienen una historia en común.

—Yo ya no tengo una historia en común con nadie. Nadie tiene historia. Solo tenemos el presente y el futuro. Un futuro que es nuestra responsabilidad crear. Es nuestra única responsabilidad; el pasado ya no está.

Con más razón no hay que guardarle rencor a nadie, pensé.

—Alexei dijo que le pediste que consiguiera algo, pero que ya era demasiado tarde.

—Es irrelevante. —Sonrió—. Viniste a mí, hace dos noches. —Hizo una pausa, y sus ojos me miraron inquisitivamente. Asentí—. Te sentí, en mis brazos. Fue delicado, casi imperceptible, como si las alas de una mariposa me rozaran la piel. Pero eras tú, no hay duda. Tu esencia; nunca sentí algo así.

—Tú me abrazaste.

—Me gustó.

—A mí también. —Le sonreí.

—¿Por qué tardaste tanto? —me preguntó, y su voz estaba colmada de un dolor que evocaba un dolor semejante en mí.

—El peso de mi carga —le dije.

—Sé de qué hablas —respondió Arthur en tono sombrío—. Siento que llevo una piedra enorme, una piedra blanca gigantesca, y que he proyectado su sombra sobre todo el planeta.

Pero no pudo explicarme más, porque los jinetes de nuestro campamento galopaban hacia nosotros en estrecha formación en forma de cuña. Theo estaba a la cabeza, luego Robert y Vasily, con Shinji y Pyotr y Michio siguiéndoles los pasos y muchos más hombres detrás, todos armados hasta los dientes. No eran solo hombres: Jeannie, del campamento de las mujeres, cabalgaba con varios cinturones de balas cruzándole el pecho, como un comando. Luego vi a James y Nwokocha también. Por encima del estruendo de los cascos, grité:

—¿Vinieron todos?

—Casi —afirmó Arthur, también gritando—. No te preocupes; quedaron suficientes personas para proteger a los chicos.

Y eso fue todo lo que dijo, porque nos habían rodeado. Theo se deslizó del caballo, y me hizo bajar de Rosie para abrazarlo. Luego todos los demás se amontonaron a mi alrededor, y hubo gritos y exclamaciones, gran parte de los cuales provenían de mi persona. A James y Robert se les humedecieron un poco los ojos, pero todos fingimos no darnos cuenta. Sin embargo, me hizo resplandecer por dentro.

Unos minutos después de partir rumbo a nuestro campamento, cabalgaba al lado de Arthur y lo miré. Él sabía lo que yo quería. Detuvo el caballo y les hizo un gesto a los demás para indicarles que continuaran. Cuando todo el grupo nos pasó, no sin comentarios pícaros sobre nuestras intenciones, Arthur me dirigió una sonrisa irónica. Hizo girar al caballo para que mirara en la dirección por donde habíamos venido.

—¿Estás segura? —me preguntó. Yo asentí.

Arthur levantó las manos. Sus ojos se entrecerraron y se alisó la expresión de su rostro, incluso las patas de gallo alrededor de sus ojos grises. Abrió las palmas en dirección al cielo.

Después de un minuto, a la distancia, vi que cinco nubes esféricas gigantes se elevaban. Siguieron subiendo hasta que estuvieron muy por encima del suelo.

Luego Arthur cerró las manos, como un director que hace callar a su orquesta. Las nieblas se esfumaron.

—Aterrorizante y maravilloso al mismo tiempo —observé. Casi no podía respirar.

—Algún día lo haré para todo el mundo. Las enviaré lejos para siempre —prometió—. Las que vemos y las que no podemos ver. —Se inclinó hacia mí y me besó—. Lo haré por ti, Emma. Llegará ese día.

Debíamos cabalgar varios días hasta llegar al campamento. Comenzamos a paso rápido y nos mantuvimos firmes. El primer día, solo paramos a comer. Los hombres querían saber cómo era el campamento de Alexei, y si me habían hecho daño. Les conté que no me habían lastimado y no sentí que mentía, porque las costras de mi espalda y del brazo ya estaban cicatrizando, y podría haber sido mucho peor.

—Alexei dice que esa pandilla que se ha congregado del lado occidental del campamento es peor que su grupo —expliqué. Estábamos comiendo una especie de carne seca en trozos. Esperaba que fuera venado o cerdo, pero no pensaba preguntar. Si era rata disecada, bueno, era proteína absorbible. Comíamos lo que había; la devastación que habían causado las nieblas en el mundo implicaba que no podíamos darnos el lujo de ponernos selectivos.

Luego recordé las palabras de Alexei: el grupo de bandidos al oeste comía carne humana. Se me revolvió el estómago. No podíamos permitir que los niños cayeran en sus manos.

Los ojos de Arthur se encendieron, pero no dijo nada acerca de la pandilla. Eso me confirmó que la situación era tan seria como había mencionado Alexei. Cuando Arthur se dirigió a los arbustos para aliviar sus necesidades, busqué a alguien a quien hacerle preguntas. James estaba cerca, examinando el casco de un caballo, mascullando algo acerca de que desearía que Torsten estuviera allí. Theo estaba de espaldas, sin ocupación aparente, así que lo acosé para sonsacarle algunas palabras.

—Son salvajes; nos atacarán —dijo Theo—. Matarán a todos, se quedarán con algunas mujeres. Y tenemos otro gran problema.

—Emma no necesita escuchar nuestros problemas en este momento —intervino Arthur, que llegó a mis espaldas—. Por ahora, lo importante es regresarla sana y salva.

—¡Arthur, no puedes ocultarme información! —espeté.

—Mírate, eres un encanto cuando te pones juguetona. —Me envolvió entre sus brazos, aplastándome la espalda contra su pecho, y apoyando la barbilla sobre mi coronilla. Encajábamos a la perfección, como si nos hubieran cortado con torno para entrelazarnos.

Pero hoy yo tenía otras cosas en mente.

—¿Se han puesto en peligro ustedes o al campamento por venir a buscarme? —exigí saber, tratando de apartar a Arthur. Era un tipo grandote, así que no era sencillo empujarlo.

—Soy cauteloso, ya lo sabes. Nos fuimos hace una semana, de noche, cubiertos bajo una nube, y cabalgamos hacia el sur para despistarlos.

—Espero que hayan engañado a sus vigías. Arthur, ¿por qué no les mandas las nieblas y ya?

—Lo he pensado —admitió Arthur, rascándose la sombra de barba recién crecida que le cubría el mentón—. Pero nuestras misiones de reconocimiento dicen que tienen mujeres y niños. No estoy dispuesto a ser culpable de esas pérdidas. Todas las vidas son importantes.

—Así que se siguen acumulando allí, y habrá un enfrentamiento —masculló—. Esperemos que no ocurra mientras todos ustedes están aquí buscándome a mí.

Theo me apretó el brazo.

—No te preocupes. Torsten dispara muy bien.

—Laurette tiene excelente puntería y Will es un francotirador experimentado —afirmó Arthur—. Claude es un buen hombre. Incluso Bojana sabe cómo manejar un rifle.

—Si es que suelta a Dragomir lo suficiente como para levantar un arma —murmuré.

—No, pone el bebé en la cadera, así, y el arma con la otra mano —intervino Theo, sacando la cadera en una exagerada curva en forma de S y haciendo un gesto con la otra mano, como si tuviera un arma. No pude evitar reírme.

Desde luego que eso era lo que haría Bojana. No dejaría a Dragomir en el suelo hasta que el chico la superara en altura.

—¿Cuándo vinieron Laurette y Jeannie del campamento femenino?

—Las fuimos a buscar hace dos semanas –dijo Robert. Sonriente, caminó hacia nosotros–. Esa Jeannie es un deleite para mirar. –Sus ojos pasearon hasta donde se encontraba Jeannie, que se vertía agua de una cantimplora sobre el cuello y la cabeza. El brillo del agua la convertía en un busto bellamente esculpido, con sus pómulos altos y cuello largo, una Nefertiti de ébano. Robert suspiró.

—¿Vinieron Caris y Ginny? –pregunté.

Arthur me apretujó más contra su pecho, como si me quisiera proteger de un golpe.

—Laurette pensó que era demasiado peligroso.

Sentí una oleada de desilusión, pero la sofoqué rápidamente.

—Claro; tiene razón. Lo primero es la seguridad de las chicas.

—Es bueno que contamos con Jeannie; es una guerrera eximia –afirmó Arthur, con tono de admiración–. Es tan competente como cualquiera de mis hombres, al igual que Laurette.

—Jeannie puede dispararle al culo de una mosca a cincuenta metros –dijo Robert con una sonrisa picarona–. La vi disparar, cuando disfrutaba de la hospitalidad de Tara.

—Hikaru y Kimiko tienen armas –afirmó Arthur–. Y también Marco y los chicos mayores y algunos refugiados nuevos; hacen patrullas a pie. Las mujeres refugiadas que dejaste entrar se turnan para vigilar. –Estaba tratando de reasegurarme de que el campamento estaba protegido aunque no estuvieran los hombres. Qué dulce.

—¿Laurette está en el campamento hace dos semanas? Me da miedo preguntar qué estará haciendo. –Alcé las manos en un gesto de fingido horror.

—El campamento está reluciente –dijo Robert, al tiempo que sacudía la cabeza.

—La verdad es que le gusta mucho el orden –dijo Arthur, en tono seco–. Pero es excelente con las hierbas, hace que los niños se porten bien, y muchas de sus ideas, aunque algo extrañas, son útiles.

—¿Cómo hace para que los niños se porten bien? –quise saber–. ¿Los asusta?

—Con yoga —respondió Arthur—. Parece contener el miedo.

—A mí me da miedo —confesó Theo.

—A mí también —le dije.

—Creo que le gusta Nwokocha, y él la va a ablandar si logra ponerle las manos en las carnes —afirmó Robert. Hizo un gesto sumamente obsceno. Theo y yo estallamos en carcajadas, y hasta Arthur soltó una risita. Robert sonrió—. ¿Entonces, le contó el secreto a la señorita pródiga?

—¿Qué secreto? —pregunté, ansiosa por saber.

—Es un secreto —dijo Robert.

—Muchachos, ¿cómo pueden ocultarme un secreto? —escupí—. ¡Estuve secuestrada por un ruso psicótico! Deberían mostrar algo de consideración y contarme ya mismo.

—Yo te mostraré consideración —dijo Arthur, en un tono que era apenas menos sugestivo que el de Robert. Theo y yo nos ruborizamos, aunque Robert se rió estrepitosamente. Arthur me besó en la coronilla—. Bebe un poco más de agua, y luego monta. Esta noche cabalgaremos toda la noche. Dormiremos mañana.

Al mediodía del tercer día, Arthur envió a Theo y a Shinji derecho al campamento. El resto dimos una vuelta para regresar desde el sur, lo que nos llevó algunas horas más. Ya era la hora de la cena cuando la tierra rocosa y verde se abrió paso y dejó ver el campamento.

El paisaje de los campos verdes salpicados con lavanda, los muros rectangulares que rodeaban tiendas multicolores, y el corral vacío me llenaron de júbilo. Por fuera de los muros habían aparecido nuevas casuchas. Hacia el límite este, había un grupo de personas de baja estatura lavando ropa en el arroyo: ¡mis niños! Me incliné sobre Rosie y la azucé con los talones. La yegua se lanzó hacia delante. Hice mi inepta imitación de pulpo y me aferré con fuerza. La risa de Arthur me siguió varios metros.

Rosie llegó hasta los niños y, resoplando con indignación, se detuvo de golpe. Salí despedida sobre su cuello. ¿Pero qué me importaban algunos machucones más cuando de repente estaba en medio de una bienvenida de cachorritos? Mandy, Newt, Shoshana y Felix se arrojaron encima de mí. Nos reímos y gritamos de alegría. Me puse de pie, con los críos pegados a mí. Hoshi se quedó apartada a un costado, con las manitos entrelazadas tímidamente en la espalda. La alcé, y le di un beso por si acaso. Todos querían saber si estaba bien, si me habían lastimado. Les aseguré que estaba bien.

—Estás muy flaquita, mami —me dijo Mandy, ocultando la cara detrás del pelo rojizo. Y luego no pudo más y comenzó a llorar con lágrimas de terror y pérdida, que le estremecían todo el cuerpo. La levanté y la apreté con fuerza contra mí, murmurando palabras para reconfortarla. Newt se puso de pie cerca de mi codo, y se frotó la frente contra mi brazo. Dejó un rastro de lágrimas saladas sobre mi piel hasta que la incorporé junto a Mandy en un abrazo más estrecho. Shoshana le acarició la cabeza a Feliz cuando de algún modo logré abrazarlos a ellos también.

Finalmente Mandy terminó de temblar. Hundió la nariz y la boca en el hueco del cuello con el hombro que, pensé, debía oler a sudor de caballo mezclado con mocos infantiles. A Mandy pareció calmarla.

—¿Dónde está Marco? —pregunté.

—Ahora es grande; está patrullando —dijo Shoshana. Puso los ojos en blanco por un momento para indicar cómo había crecido el ego de Marco con la tarea asignada.

En ese momento apareció Laurette, que se me acercó. Puse a Mandy sobre la cadera para poder devolver los besos cálidos de Laurette en ambas mejillas.

—¡Bienvenida a casa! Te ves para el carajo —dijo Laurette alegremente. Mandy levantó la vista para mirarla y soltó una risita y pronto todos la imitamos.

—Yo la veo bien —dijo Arthur al pasar, apareciendo de la nada. Tomó la rienda de Rosie y me dedicó una mirada voraz—. ¿Por qué no entran todos para cenar?

—Arthur, ¿no le vas a mostrar? —preguntó Mandy, en tono bajo y trémulo.

—¿Mostrarme qué cosa? —exigí.

—Después de cenar —prometió Arthur.

—¡Ahora! —grité. Los niños se rieron. Mandy se bajó de mis brazos y me tomó de la mano, mientras que Newt me tomaba la otra. Un poco me condujeron, otro poco me arrastraron hasta el pozo. En el borde de la plataforma había una pequeña choza de madera. Shoshana abrió la puerta de un empujón. Adentro había dos cubículos, cada uno con un grifo colocado un poco más alto que a la altura de la cabeza.

—¿Duchas? —pregunté, maravillada.

—¡Mira: funcionan! —Shoshana entró en el cubículo y accionó una palanca. El agua brotó del grifo.

Los niños se volvieron para ver qué haría. Me quedé anonadada. Arthur me empujó hacia el cubículo, debajo del chorro de agua. Grité ante el contacto con el agua fría, y luego me reí, sin poder creerlo. Luego él se metió a mi lado, abrazándome y besándome con tanto entusiasmo que los niños chillaron y Laurette silbó.

—¡Oh lá lá! —chifló.

—Tú y tus temas anticuados de higiene personal —afirmó—. Pensé que esto te gustaría.

Estaba empapada, temblaba a pesar de la calidez de los brazos fuertes de Arthur, pero en ese momento me sentía tan feliz que no me importó.

Después de cenar, a pesar de las insinuaciones poco sutiles de Arthur de encontrarnos en la tienda, fui directamente a buscar a Marco, a quien aún no había visto. Lo encontré recorriendo el lado norte del campamento. No estaba solo; lo acompañaba todo un grupo, dos mujeres, tres hombres y seis niños, todos balbuceando en italiano.

La cara de Marco se iluminó al verme.

—¡Emma! —gritó, al tiempo que corría y saltaba para abrazarme—. ¡*Grazie dio*!

—¡Mírate un poco, armado y todo! —Me reí y di una palmadita al arma que llevaba en la cintura. Al muchacho se le infló el pecho, y se paró un poco más erguido. Le despeiné el pelo, aunque ahora medía casi lo mismo que yo. ¿Cuándo había sucedido eso, en el transcurso de los últimos nueve meses? ¿Acaso no le llevaba una cabeza cuando lo encontramos, entre Orleans y Bourges?—. ¿Creciste en mi ausencia? —le pregunté-

—¡Tonta! —me dijo, pasando el brazo por el mío—. Emma, estoy tan contento de que hayas vuelto. Ven, tienes que conocer a mis primos. *Magari*, no son realmente mis primos, pero vienen de mi pueblo. Y una de las mujeres es hermana del cuñado de mi madre. —Me presentó a los italianos, que habían llegado al campamento justo después de que Arthur saliera a buscarme, hacía una semana. Estaban delgados y cansados, y parecían tener varias heridas, pero sus ojos eran alegres como los de Marco. Me rodearon estrechamente, y Marco quedó en el medio. Eso lo puso contento, y ellos evidentemente estaban felices de haber sobrevivido y encontrado una zona segura. Hablaban muy poco inglés, pero sus rostros decían mucho.

—Podemos dejar que las patrullas de siempre se ocupen ahora, ya que han vuelto los hombres —dijo Marco, y todos salimos hacia las tiendas.

Pasé un brazo por los hombros de Marco, que eran musculosos y fuertes. Ya no era el chico esmirriado que entretenía a los demás con su optimismo constante. Se estaba convirtiendo en hombre.

—Marco —le dije—. Tuve un sueño cuando estaba en el campamento ruso. Bueno, dos sueños en realidad.

Su mirada se puso seria. Miró por sobre el hombro a sus nuevos primos, que lo saludaron con alegría.

—No les dije . . . —empezó a decir.

—¿Que puedes interpretar los sueños? Es algo para enorgullecerse.

Se encogió de hombros.

—*In fatto*, me da vergüenza.

—Es un don, Marco—. Pero nadie tiene que enterarse, si no quieres.

—Nosotros lo sabemos —susurró. Enarcó sus cejas oscuras, con un gesto pícaro y misterioso, y al mismo tiempo melancólico.

—Nosotros, tú y yo, y los chicos —dije—. Somos una familia. Nadie dirá nada.

—Es cierto, Emma; tengo que contarte algo. —Me apretó el brazo—. Me quedo en la tienda con mis primos.

Sentí un respingo, y luego me relajé. Lo besé en la mejilla.

—Entiendo, Marco. Debe ser maravilloso estar con parientes.

—Sí, y hablamos mucho. Nos gustaría que Felix viniera con nosotros. Lo vamos a adoptar, si te parece bien. —Sus vivaces ojos oscuros se posaron en mí con intensidad. Estaba esperando mi respuesta, casi sin respirar. En verdad adoraba al francesito.

Yo también lo adoraba. Todos lo queríamos, pero uno a uno, se estaban marchando. Primero Dragomir, luego Caris y Genevra; ahora Marco y Felix. Desde luego, solo Mandy era mía realmente. A los demás solo los había tenido en préstamo. Pero después de todo lo que habíamos pasado juntos, no podía evitar sentirme posesiva hacia ellos.

—Siempre fuiste como un hermano mayor para Felix. Le hará bien —respondí, en tono calmo.

Entonces me dio un beso con su forma impulsiva y despreocupada de siempre.

—Siempre eres tan maravillosa, Emma. Gracias. Ahora cuéntame del sueño, pero en voz baja.

En un susurro, le conté acerca del sabio y alegre Rastafari en el campo de lirios. Le repetí sus preguntas: "¿Por qué tardaste tanto?" y "¿Qué es el tiempo?".

Cuando terminé, Marco se quedó sorprendido y dijo, en tono de incredulidad:

—¿Te vas?

—¿Qué? —exclamé.

—¿Te vas a Canadá a encontrarte con el papá de Mandy? ¿Cómo es eso? ¡Los hombres solo hicieron funcionar la radio por un rato y luego se rompió, y la tienen que arreglar!

Lo tomé de los hombros.

—Marco, ¿de qué hablas?

—Pensé que lo sabías. Theo y los otros armaron una cosa mecánica. —Marco hizo un gesto con sus manos expresivas, mostrándome lo grande que era la "cosa"—. La conectaron a una radio y hablaron con Canadá.

—¿Qué? ¡Nadie me dijo nada!

Marco se encogió de hombros.

—Arthur no querrá preocuparte. También hablaron con un barco grande en el Mediterráneo. La gente no tiene comida y debe desembarcar. No quiso ayudarlos hasta que tú volvieras. ¡Emma, espera!

Pero yo ya estaba corriendo de vuelta al campamento.

Capítulo 14

Vi la nueva tienda, que habían erigido para albergar los experimentos, de inmediato. Estaba junto a la entrada del muro más corto, la puerta pretoriana. Para hacer lugar para esta enorme tienda, que era un armatoste amarillo y blanco con toldo, y un logotipo que, por más que fuera una incongruencia, decía "Kodak", habían trasladado otras tiendas de allí. De un orificio del techo sobresalía una especie de antena de varias puntas.

El anochecer arrojaba sombras ciruela y lavanda sobre los callejones y patios del campamento. La gente se movía más lentamente, sentada al frente de sus tiendas o chozas, conversando en una mezcla de idiomas, holgazaneando en la tienda comedor, haciendo fila en uno de los nuevos cubículos para ducharse. Bajo las instrucciones de Laurette, los niños se estaban limpiando y lavando los dientes, preparándose para irse a la cama. Se escuchaban los ruidos habituales de un campamento pacífico; charlas, discusiones y risas, el estrépito de platos y sillas, el relincho de los caballos, el mugido de una vaca y, en alguna parte, Vasily a cargo de un juego de naipes y la guitarra y la voz de Robert.

Llegué al trote a la tienda y escuché sonidos amortiguados que provenían del interior. Me detuve de repente, preocupada de que estuvieran lastimando a alguien, pero luego oí el inconfundible sonido del goce de una mujer. Oh. Apresuré el paso, pero no sin escuchar un gruñido con claridad suficiente como para identificar a Torsten. Bojana salió de la tienda y pasó por detrás de mí, con el pelo desaliñado. No podía creer que hubiera dejado solo a Dragomir, o que lo hubiera bajado de sus brazos, para el caso. No era asunto mío, pero les deseé lo mejor.

Llegué a la entrada de la nueva tienda. En el interior resplandecía una luz blanca artificial. Era mucho más intensa que las velas o linternas, y me sobresaltó.

—¡Emma! —dijo Pyotr, quien sonó igualito a Theo. Abrió la solapa de la entrada y me hizo un ademán de que entrara. Entré en puntitas de pie. Will, Shinji y Theo estaban allí, manipulando distintos equipos esparcidos por todas partes. Todos levantaron la vista a modo de saludo y luego volvieron a las pilas de cables, tubos, bobinas, discos de acero rotatorios, varas de metal y tubos de vidrio, junto con todo tipo de artefactos electrónicos descuartizados: viejas tostadoras, ventiladores, televisores de tubo. En el centro del ambiente había un gran cono metálico, del que salían unas extrañas hebras de luz, que parecían pelusas, y bailoteaban descontroladamente desde la parte superior del cono. Hacía mucho que no veía luz artificial. Las linternas que usaba se habían quedado sin pilas hacía mucho tiempo, y nunca pensé en buscarlas. Pero esta luz extraña era diferente de cualquiera que hubiera visto antes, y me dejó maravillada.

—No podía esperar a hacerla funcionar otra vez —afirmó Theo, alegremente.

—Nos extrañó —admitió Pyotr.

—*Hai* —dijo Shinji en voz bien alta, lo que al parecer era algún tipo de broma, porque los demás hombres se rieron con satisfacción como si siguieran un guión. Una enorme sonrisa se dibujaba en el rostro de Shinji.

—¿Cómo lo hicieron? ¿Dónde encontraron todas estas cosas? —me pregunté en voz alta.

—Siempre estuvo aquí. Arthur se estaba preparando, y nosotros juntábamos cosas —dijo Will con una mueca—. En realidad, debería decir que Arthur mandó a los hombres a buscar cosas mientras a mí me comían unos bichitos por dentro.

—Marco dice que hicieron funcionar una radio —dije.

—Solo por unas pocas horas —dijo la voz de Arthur, sobresaltándome. Abrió la solapa de la tienda con el hombro y se paró a mi lado. Me miró de soslayo—. ¿No tienes deberes que cumplir?

—¿Me voy dos semanas y ustedes construyen una fuente de energía, la conectan a una radio y se comunican con Canadá?

—Te fuiste por tres semanas, cuatro días y dieciséis horas —respondió Arthur, con tono sombrío y quebrado, como un automóvil con el mofle roto. Lo miré intensamente: ¿había estado contando el tiempo? ¿Y qué era el tiempo ahora? Solo el amor era real. Le apoyé la mano en el brazo y le sonreí. Él me pasó el brazo por alrededor de la cintura y me acercó a él.

—Comenzamos a hacer planes ni bien me empecé a sentir mejor —dijo Will, sentándose en un banquito cerca de Shinji, y tomó un pequeño rotor, un frasco de aceite y un trapo. Comenzó a lubricar el rotor—. Empezamos a probar antes de que te marcharas a devolver a Laurette al campamento de las mujeres.

—Trabajamos bien y rápido juntos —agregó Shinji—. Tenemos conocimientos que se complementan.

—Un poco más que eso —dijo Will. Él y Shinji intercambiaron una mirada inescrutable. Shinji asintió como dando permiso y Will continuó—: Pasa algo de lo más raro. Cuando trabajamos los cuatro juntos, es como si se unieran nuestras mentes. Todo lo que sabe uno es accesible a los demás, pero solo cuando estamos en el mismo lugar.

—¿Telepatía? ¿Resonancia mórfica? —pregunté—. ¿Un don dejado por las nieblas a su paso, como mis habilidades de sanación?

—Las nieblas operan sobre la biomente, y eso no está bien delimitado —dijo Arthur, con su tono docente—. ¿Quién sabe de qué es capaz la mente humana, con la biomente activada? Es fascinante. Nwokocha es un observador e historiador brillante. Le voy a pedir que inicie un estudio.

—Alguna gente ve el futuro, como Nostradamus —dijo Theo—. ¿Quién necesita una clarividente o el tarot ahora?

Shinji inclinó la cabeza.

—Mi esposa oye cosas, como música, que sale de los árboles y las piedras, de las estrellas, a veces, de otras cosas.

—Todos somos diferentes ahora, para mejor o peor —dijo Arthur.

—Pyotr ahora tiene memoria fotográfica, recuerda todo lo que ve en libros —dijo Theo, orgulloso—. ¡Así que ahora todos lo vemos! —Pyotr se puso de pie e hizo una reverencia, haciendo girar la mano con gesto teatral, como un actor en el escenario. Will aplaudió.

—La memoria de Pyotr ha sido de gran ayuda para nuestra mente grupal —reconoció Will—. Además, teníamos de todo para trabajar. En términos de piezas y equipos para jugar. Arthur siempre estuvo bien equipado.

—También sacamos cosas de la École Centrale de Lyon —agregó Arthur, con impecable acento francés—. Los edificios no estaban intactos, pero obtuvimos más de cincuenta cargas de restos útiles. Hicimos varias expediciones a las ruinas para juntar cosas. Yo tenía la sensación de que todas esas cosas nos servirían.

—Me acuerdo —dijo Theo—. Mi caballo me pateó en las bolas el primer día. —Se dobló en una pantomima, y chilló con voz de soprano. Shinji estalló en carcajadas.

—¡Vaya, tenemos luz! —dije.

—Tenemos bien la oscilación, vamos a tener buena bola relámpago de luz, estable —dijo Pyotr.

—Vamos a nuestra tienda así lo charlamos —sugirió Arthur. Me tomó la mano y se la llevó a los labios, y me besó la palma. Sus ojos se fijaron en mí; quería estar a solas conmigo.

Pero yo tenía mis propios intereses.

—¡Quiero saber qué dijeron de Canadá! —exclamé—. Tuvieron contacto con la civilización por primera vez en nueve meses. ¡Es extraordinario! ¡Quiero saber!

—El mundo está en ruinas, casi toda la gente ha muerto a causa de las nieblas, Columbia Británica y Alberta no sufrieron ningún daño, aunque nadie comprende por qué —me informó Arthur, mientras se movía, impaciente, sobre la planta de los pies—. Nos confirmaron todo lo que ya sabíamos. ¿Ahora podemos irnos?

Pero en ese momento entró James y se me puso del otro lado.

—¡Encontraste el lugar donde todo sucede del campamento! —Se ruborizó un poco, y su rostro se iluminó con una expresión que casi nunca le había visto en todos esos meses: esperanza.

—Somos muy populares —dijo Theo.

—¡Sin duda; son muy populares! —admití. Todavía estaba azorada por el logro que habían alcanzado: comunicarse con Canadá—. Quiero saber acerca de la conversación por radio. ¿Con quién hablaron? ¿Qué más se dijo? ¿Cuánta gente tienen y qué queda de la civilización? ¿Pueden venir a buscarnos?

—¿Por qué querríamos eso? —me preguntó Arthur, sorprendido. Los hombres me miraron como si mis preguntas los espantaran.

—Bueno, ya saben; Canadá es un lugar seguro . . . —Mi voz se fue apagando bajo sus ojos curiosos. No compartían mi meta de llegar a Canadá, de algún modo, por algún motivo. Arthur había inspirado su visión de la reconstrucción en sus hombres. Y ahora habían tenido cierto éxito en hacer funcionar la radio. Estaban en otra sintonía que yo.

Cambié de tema.

—¿Y qué hay del buque que necesita ayuda?

Arthur gruñó.

—Que sea breve, por favor.

—Primero hablamos con un técnico electrónico del ejército de Calgary, que supervisaba las frecuencias para encontrar sobrevivientes. Salió corriendo y encontró al jefe de gobierno actual —afirmó James.

—Estaba complacido de hablar con nosotros; fue el primer contacto con Europa desde diciembre —dijo Arthur—. Salvo por el crucero en el Mediterráneo y un grupo familiar en Le Havre.

—No sé cómo el barco sobrevivió a las nieblas en alta mar —dijo James, sacudiendo la cabeza—. Es un milagro. Hay más de cuatrocientas personas con vida. Se comunican con Calgary frecuentemente.

—Volveremos para seguir conversando —dijo Arthur, que me alzó y me apoyó sobre el hombro—. Quiero estar con mi mujer.

—¡Arthur, basta!

—Cabalgué varios días por ella, la rescaté; es mía —respondió Arthur. Los otros hombres asintieron.

—¡Bájame ya mismo!

—En un par de horas —respondió él—. Nos vemos luego.

—¿Un par de horas? —me reí—. Diez minutos, a lo sumo.

—Pagarás por eso, ya verás —dijo Arthur.

Finalmente, tenía razón. Y después estaba demasiado cansada para hacer cualquier cosa, salvo dormir.

Me levanté incluso antes de que Arthur o los chicos se despertaran a la mañana siguiente, y me dirigí a la tienda de Kodak. El día estaba fresco y húmedo por el amanecer y solo unos pocos rayos cremosos y pálidos aparecían en el horizonte. Shinji ya estaba allí, jugueteando con unos cables, y anotando cosas en un cuaderno con espiral que tenía en el regazo. Su pequeño hijo estaba apoyado en el suelo a su lado, moviéndose alegremente y jugando con los deditos diminutos de sus pies. Me acerqué y levanté al bebé, lo arrullé durante unos minutos y luego lo acomodé en la falda.

—Seguro se pusieron contentos al hablar con Canadá —dije.

—Sí, y nos sorprendimos. Encendimos la radio civil para ver si sintonizábamos algo. Luego escuchamos una conexión de larga distancia y estábamos usando 27.55. De repente escuchamos una voz. ¡Theo casi se cae de la silla! —Shinji sonrió, y me dio la impresión de que Theo le parecía divertido. Le devolví la sonrisa; Theo tenía cosas raras a veces.

—¿Vamos a poder comunicarnos otra vez? —pregunté. Apoyé al bebé acostado sobre mis piernas y le hice cosquillas en la pancita, le hice aplaudir, hacer tortita con las manos. Él gorgoteó con gran encanto e inteligencia. Me complació ver que estaba poniéndose regordete. La menuda Hikaru tendría que sacar músculos para llevar a este gordito de un lado a otro.

—Sí. Tenemos que modular la energía del aparato de Tesla —respondió Shinji—. Will está trabajando en eso.

—Y . . . cuando hablaron con ellos, ¿preguntaron quién estaba aquí?

Shinji me miró de soslayo, haciendo cálculos rápidos con la mirada.

—Anoche preguntaste si vendrían a buscarnos. ¿Tienes conocidos en Canadá? —Yo asentí y él frunció el ceño—. Arthur dio una lista de todos los habitantes del campamento. Están buscando a los parientes.

En ese momento entraron Theo y Pyotr con tazas de té.

—Emma —canturreó Theo—. El Cocinero te busca. Tiene algo especial para ti.

—Sí, seguro —susurré, porque no quería perturbar al bebé que tenía en el regazo.

—De verdad —afirmó Theo.

—¿Es comestible? —quise saber.

Se encogió de hombros.

—No es veneno —respondió, aferrándose la garganta con una mano, mientras hacía ruidos de ahogo, lo que le valió una sonrisa de Shinji.

Le entregué el bebé a Theo y salí, llena de preguntas sin respuesta.

¿Podría averiguar qué habría sido de Haywood y Beth? ¿Podría hacerles llegar un mensaje, para decirles que Mandy y yo estábamos vivas? ¿Debía hablarle a Mandy de esta posibilidad, o sería intolerable para una nena de cinco años saber que quizás podría tener noticias de su padre y de su hermana, pero quizás no? Por mutuo y tácito consentimiento, habíamos evitado cuidadosamente hablar de ellos. ¿Acaso podía yo romper ese acuerdo ahora, o era demasiado pronto, dada la vulnerabilidad que nos unía? Estaba tan inmersa en mis pensamientos que no vi a Arthur hasta que estuvo frente a mí, y me apoyó las manos en las mejillas.

—Hola, hermosa, no estabas cuando me desperté. —Me besó, en los labios y luego en la frente. Olía a cedro y cuero, aire libre, caballos y pino, su perfume personal que, últimamente, me hacía perder el equilibrio y fundirme contra su pecho. Me rozó la oreja con los labios—. Te estaba buscando.

—Necesito saber más acerca de la comunicación con Canadá. —Le olisqueé el cuello.

—Ya tienes la idea general —dijo Arthur. Dio un paso atrás y me miró con curiosidad—. Ahora que te recuperamos, tenemos que ocuparnos del crucero. Se están quedando sin alimentos. Tienen miedo de desembarcar por los bandidos. Perdieron a un grupo que desembarcó en la costa hace unos meses.

—¡Mami!, ¡Mami! —chilló Mandy, que venía corriendo hacia mí, escoltada por Newt y Hoshi. Me arrojó los brazos al cuello. Newt la imitó y Hoshi adoptó su postura tímida, con los brazos entrelazados en la espalda, así que le acaricié el pelo—. Tu hermanito es muy lindo —le dije y apareció su sonrisa con el diente roto.

Laurette nos siguió a paso más lento.

—Hola, Emma. El Cocinero te busca —dijo.

—La pregunta es, ¿quiero que me encuentre?

—¡Mejor que la señora vaya con el Cocinero o el tipo se puede poner de mal humor y ponerle algo asqueroso a su festín matinal! —Ahora Robert venía hacia nosotros. Caminaba con el brazo alrededor de los hombros delgados y musculosos de Jeannie. Estaba rodeado de niños que hurgaban en sus bolsillos para ver si tenía golosinas, que siempre parecía tener de sobra. Se rió, bromeó y luego repartió caramelos de mantequilla y pastillas de menta. Me ofreció un caramelo y lo acepté con ganas. El caramelo se me disolvió en la lengua y me dio una explosión de azúcar mantecosa.

—Necesitas recuperar fuerzas —me dijo Laurette, observando mi cara al chupar el caramelo—. Te preparé algunos tónicos, frambuesa y berro. —Las cuatro niñas comparaban los caramelos delante de nosotros. Al mismo tiempo, Arthur mencionó algo de un desayuno rápido y me encontré intentando participar de tres conversaciones diferentes a la vez.

—Jefecito —dijo Robert, con un caramelo en la mano para Arthur, que negó con la cabeza. Robert tragó con cierta dificultad—. Señor, Jeannie y yo queremos hablarle. —Tomó la mano de Jeannie, y ella asintió para alentarlo. Luego se volvió a Arthur con aire decidido.

—Continúa —dijo Arthur.

—Nos gustaría casarnos —declaró Robert—. Queremos que usted realice la ceremonia.

Todo el mundo hizo silencio. Nos dimos vuelta para mirar. Robert se irguió con precisión militar, mientras Jeannie levantaba el mentón.

—¿Casarse? —Arthur parecía perplejo.

—Sí, señor —afirmó Robert—. Jeannie y yo, no queremos separarnos.

—Estamos enamorados —dijo Jeannie—. Me quedaré a vivir aquí. Soy buen soldado, usted mismo lo dijo; puedo ser una mujer útil para este campamento.

—Vamos a formar una familia —dijo Robert, llevándose la mano de Jeannie a los labios, y besándole los nudillos—. Vamos a estar juntos mientras la gracia de Dios lo permita. ¡Quiero una docena de críos!

—Empezaremos con uno —aclaró Jeannie, con una mirada afectuosa a su caballero pelirrojo.

—Bueno, seguro, no tengo ninguna objeción a . . . eh . . . a que estén juntos —dijo Arthur, que tenía las mejillas teñidas de un suave rubor rosado. Era la primera vez que lo veía atribulado, y me dio un perverso placer.

—¿Entonces lo hará?

—¿Nos casará? —preguntó Jeannie con expresión trémula y esperanzada.

—¿Yo? —dijo Arthur.

—Ahora usted es la ley, y no tenemos un sacerdote en el campamento —dijo Robert. Él y Jeannie miraron a Arthur con ojos expectantes. Él asintió lentamente.

—Oficiaré la ceremonia —afirmó. Laurette vitoreó y Robert y Jeannie se besaron, y luego repartieron besos al resto. Jeannie estaba resplandeciente y Robert parecía conmovido y a punto de llorar. Torsten se acercó a saludarme y a preguntar por qué tanto lío. También se acercaron otras personas. Éramos una banda ruidosa, entre las felicitaciones y bromas a Jeannie y Robert, en medio de la planificación de una fiesta para todo el campamento. Alcé la vista y me encontré con los ojos hambrientos e intensos de Arthur, fijos en mí como antorchas grises. Le dediqué nuestra sonrisa íntima.

Allí fue cuando empezaron los verdaderos problemas.

El desayuno consistió en un verdadero omelette *aux fine herbes* que el Cocinero me presentó con exagerada ceremonia. Revoleé los ojos y le informé que era una diva de primera clase. Pero hacía meses que no comía algo tan delicioso; humeante y vaporoso, sazonado con eneldo, perejil y sal. Tal vez era lo más rico que había comido en mi vida. Sentí tanto agradecimiento que le di un beso en la mejilla sudada. Me respondió pegándome con una cuchara de madera y gritándome que dejara de insultarlo, lo que les pareció sumamente gracioso a Arthur, Laurette y Mandy.

—Ahora tenemos veinticuatro gallinas —afirmó Laurette—. Un *grand-père* llegó en bicicleta con un carro lleno de gallinas, cuando tú no estabas. Nunca vi al Cocinero tan feliz.

—*Grand-père* solo tiene un brazo —ofreció Mandy . . . Se ata la manga de la camisa en una pelota. Pero lo hizo bien, mami; pedaleaba con un brazo y con todas esas gallinas.

—Va a tener una vida larga —dijo Newt—. Le gustará la mujer portuguesa. —Me sonrió y luego tragó otro bocado de sus huevos revueltos. Arthur la miró con los ojos entrecerrados; no había ninguna portuguesa en el campamento. Bueno, no todavía. Arthur sintió mi mirada posada en él y enarcó las cejas. Oh, oh.

Pero lo que había captado la atención de Arthur no era el don de Newt, sino yo. Laurette quería que la acompañara, después del desayuno, para beber los tónicos, pero Arthur le informó, con cierta severidad, que quería hablar a solas conmigo. Ella levantó la nariz con la dignidad herida, pero se llevó a las chicas.

Arthur y yo avanzamos detrás. Marco, Felix y su nuevo grupo entraron en la tienda comedor cuando estábamos por salir, lo que me dio oportunidad de saludar a mis muchachos y recordarles que se siguieran cepillando los dientes.

—Hay algo en la tienda; ya vuelvo —dijo Arthur en forma críptica. Se marchó, y me dejó en la tienda comedor, cuando entraron James y Torsten. Torsten me vio e hizo una mímica de vómitos, con un gesto especialmente grandilocuente y ostentoso. Me estaba cargando por haber vomitado después de la amputación que habíamos realizado hacía unos meses. Levantó la mano haciendo una forma parecida al cuchillo de castrar corderos. Él y James se desternillaron de la risa, pero yo no me digné responder.

Cuando volvió Arthur, yo seguía sermoneando a Marco y a Felix, esta vez acerca de sus estudios.

—Vamos —dijo Arthur, arrastrándome con él—. Están en el mismo campamento. Ya tendrás oportunidad de darles lecciones. Deja que vayan a desayunar; quiero hablar contigo.

—Sí, tengamos una charla tranquila —dije, con cierta alegría. Me miró seriamente—. Solo decía, ya sabes, después de lo de anoche, no pensé que te quedara algo de energía.

—Volvamos a la tienda. Te mostraré lo que es la energía —me dijo, con expresión ofendida. Me reí con ganas y deseché su sugerencia—. Yo no soy el que se queda sin energía —dijo—. De todos modos, tengo algo para ti. —Estaba envuelto en una funda de almohada y lo tenía aferrado debajo del codo.

—¿Un Corvette?

—No sabía que querías uno —murmuró—. Pero si lo quieres . . .

Tuve una imagen repentina de Arthur enviando a sus hombres a rastrillar el campo, a buscar un Corvette intacto. Aquí, en lo que alguna vez fuera Francia, de todos los lugares posibles. A veces este hombre no entendía mi sentido del humor, así que me apresuré a agregar—: ¡Es broma!

Sonrió con un lado de la boca.

—Acerca de Robert y Jeannie.

Suspiré.

—Es muy dulce lo que quieren hacer. Qué acto de fe en un mundo sin esperanzas.

—¿Por qué dices eso? —me preguntó Arthur, asombrado—. Tenemos buena gente; hemos recreado la tecnología de Tesla, bueno . . . al menos hemos empezado. Hemos construido una zona segura. —Extendió las manos, señalando todo el campamento—. Tenemos esperanza. Diablos, ¡tenemos veinticuatro gallinas, dos vacas y casi cien caballos! Poco antes de que partiera, llegó una familia de refugiados con una maleta llena de semillas. La próxima primavera, prepararemos el área circundante y plantaremos huertos. Estamos reconstruyendo, y recién empezamos. Vamos a crear algo mejor a partir de las cenizas del viejo mundo.

—Sé que piensas eso.

—Tú también deberías pensar así —me dijo con firmeza—. Tenemos mucho que esperar. Y Emma, quiero compartir eso contigo.

—Desde luego —murmuré—. Ese omelette estaba riquísimo. ¿Te parece que el Cocinero me preparará otro algún día de estos, o que solo fue una excepción, porque acabo de volver del campamento de Alexei?

—No cambies de tema —me dijo Arthur en tono ronco. Me llevó a lo largo del arroyo rocoso, donde tantas veces habíamos caminado—. Siempre haces lo mismo, pero esta vez, no. Quiero hablar acerca de nosotros.

Habíamos llegado a la gran piedra donde nos solíamos sentar a conversar. Me subí hasta la cima y estiré los brazos, alzando la vista hacia un cielo azul infinito. El azul era algo más intenso que antes, y el aire se sentía más fresco. El otoño estaba llegando. ¿Qué mes sería? ¿Septiembre, octubre? Yo ya no llevaba registro. ¿Qué era el tiempo? ¿Por qué tardé tanto?

"Esto es para ti —me dijo Arthur, entregándome el paquete.

—¡Una funda de almohada! —canturreé, todavía reclinada. Él asintió. Metí la mano en la funda, que tenía la textura sedosa de una sábana de muchos hilos. Sería bueno conservarla; probablemente pasarían unos cincuenta años hasta que tuviéramos la tecnología con la que recrear las sábanas lujosas. Si es que estábamos aquí en cincuenta años.

Luego toqué algo de madera con la punta de los dedos; una superficie pintada con relieve, con las inconfundibles grietas finas y el diseño reticulado del *craquelure*. Me senté con un vuelco y lo saqué de la funda: era un pequeño panel de madera. Ya no estaba enmarcado.

Me quedé sin habla.

—¿Te gusta? —preguntó Arthur con tono despreocupado y un poco burlón—. Uno de los amigos de Marco me lo dio cuando les permití quedarse en el campamento.

—Es *La Anunciación* de Fra Angélico —susurré. Tenía una belleza deslumbrante y preciada, y había pensado que nunca más vería algo así. Se me cerró la garganta, y todo me dio vueltas. Arthur extendió el brazo detrás de la espalda, para que me apoyara contra él.

—Entonces está bien —dijo en un tono que solo él podía usar, que incluía escepticismo y certidumbre a la vez, todo salpicado de humor. Yo asentí. No podía quitar los ojos del pequeño panel. Nunca había leído sobre él y no lo conocía, aunque eso no significaba nada. El artista renacentista, un monje dominicano al que habían llamado Fray Juan toda su vida, había pintado muchas obras religiosas privadas, además de los frescos y retablos que lo habían hecho famoso. Pero yo conocía la mano de Fra Angélico casi tan bien como la mía y sin duda le pertenecía: simple, con claridad de formas y un espacio arquitectónico definido con elegancia. Usaba los azules, dorados y rojos del mercado florentino, junto con una lucidez brillante de rosado, bermellón y lila.

Si hubiera sido capaz de llorar, lo hubiera hecho ante la belleza de ese panel. Pero las lágrimas ya no me servían de nada, sin importar qué.

—No tengo un anillo, así que esto tendrá que ser mi promesa ante ti. Si es que alcanza —dijo Arthur—. Estuve pensando, si mejor dejarlo para más adelante, pero ya que Robert y Jeannie sacaron el tema, me di cuenta de que no quiero esperar. Casémonos.

Desvié la vista del panel. Arthur me estudiaba con una expresión peculiar en su apuesto rostro. Me llevó un momento entender qué era: anhelo. Me sentí profundamente conmovida. ¿Qué me había dicho Vasily? Que Arthur se las arreglaba con las mujeres que lo rodeaban.

Todavía no podía hablar y negué con la cabeza.

"Dale, nos casaremos con ellos —dijo Arthur.

Así que, después de todo, habíamos llegado a esto. Yo había evitado este momento por tanto tiempo, y finalmente me había atrapado en sus colmillos.

—No me puedo casar contigo, Arthur —dije suavemente.

—¿Qué quieres decir? ¿Por qué no? —Me miró con expresión atónita.

—Estoy casada.

—¡No llevas alianza!

—La canjeé por mochilas la primera semana del Después —respondí. Una gitana harapienta, como las que solían mendigar en las estaciones del metro, se había mostrado deseosa de hacer el intercambio: mi alianza por seis mochilas escolares. Yo había visto su utilidad de inmediato y había aceptado, sin arrepentirme nunca de la decisión.

Pero el estruendo de Arthur interrumpió mi recuerdo.

—¿Tienes esposo? Debe de estar muerto. ¡Ningún hombre las hubiera dejado solas a ti y a Mandy!

—Mi esposo estaba en Edmonton, visitando a su madre, cuando sucedió todo.

—Tu esposo está vivo. ¡La puta madre! —Arthur saltó de la roca y pateó una piedra, que surcó el aire haciendo un arco y chocó contra el tronco de un árbol. Arthur levantó otra piedra y la arrojó con fuerza, de modo que al chocar contra la roca sacó una chispa. Giró sobre sus talones para mirarme—. ¡Divórciate! Yo soy la ley aquí. Por el presente, te concedo el divorcio. Estás divorciada de tu esposo anterior de manera plena y definitiva. Yo lo ordeno.

—No funciona así, Arthur. —Sentía una enorme pesadez en el corazón.

—Sí, funciona así. Yo soy la ley; ya escuchaste a Robert. El mundo terminó y volvió a empezar, y los viejos sistemas de gobierno han desaparecido. Ahora, yo soy lo que hay. No pedí esto, pero acepté la responsabilidad. Tengo la facultad de disolver tu matrimonio y lo hago, a partir de este mismo momento. —Dio un paso hacia mí. Estaba tenso por la emoción.

—No puedo hacerlo así, Arthur. Tengo que hablar con él.

Inclinó la cabeza. Su piel se veía tensa contra las estructuras cigomáticas de su rostro simétrico. Tenía los ojos enardecidos, pero también pensativos—. Eso suena justo. No me agrada, pero es honorable. Esperaremos hasta que Will haga funcionar la radio otra vez. Luego buscamos a tu esposo y se lo dices. —Me apoyó las manos en los hombros—. Te casarás conmigo. No puedes escaparte de mí; te conozco demasiado. Conozco todos tus secretos, los secretos de tu cuerpo, de tu corazón, los que crees que nadie sabe. Yo los sé. —Me aferró.

Abracé el panel contra el pecho. No lo dije en voz alta, pero sabía que nunca pondría fin a mi matrimonio con Haywood por la radio. Era el padre de mis hijas. El recuerdo de él y de Beth me había ayudado a sobrellevar la desesperanza más profunda e intensa que jamás hubiera imaginado Antes; la desesperanza de ver morir a millones de personas, la mayoría en una agonía terrible. Estaba viva ahora gracias a Haywood y a Beth. Dejar a Haywood era algo que debería hacer en persona. Esta conversación entre Arthur y yo no había terminado.

Capítulo 15

Había demasiadas personas en el buque crucero como para no ir en su ayuda, y Arthur hizo los preparativos de rescate. Envió a Claude y a Michio hacia el sur, a Toulon, para intentar comunicarse con el crucero, hasta que Shinji y Will lograran hacer funcionar la radio otra vez.

—Si nos dividimos a la mitad, ambos grupos se convierten en presa —decía Arthur—. Yo puedo invocar a las nieblas si nos atacan en el camino y tenemos algo de tiempo, pero eso no ayudará al campamento. —Tenía los brazos cruzados sobre el pecho, con los bíceps abultados, mientras examinaba el enorme mapa desplegado sobre la mesa donde llevaba a cabo sus reuniones estratégicas. Habían llevado la mesa a un claro frente a la tienda de Kodak donde hacían los experimentos de Tesla, junto a la puerta pretoriana, que se había convertido en el centro del campamento.

—Es una cabalgata dura hasta la costa —dijo Vasily—. Va a ser brutal.

—No para nuestros caballos. Están en excelente estado —afirmó Torsten.

—La mayoría de los habitantes del campamento también está bastante bien —agregó James. Estaba de pie a mi lado, jugueteando con una herramienta de Torsten que había tomado prestada. No me molestaba eso, siempre que no fuera el cuchillo de castrar corderos. James continuó—: Los refugiados que llegaron últimos están enfermos, pero puedo hacer que puedan caminar. Estarán bien como para usar armas; me ocuparé de eso.

—La última misión de reconocimiento informó que hay casi trescientos tipos en la pandilla del oeste. Si salimos, atacan el campamento —dijo Jeannie. Me miró brevemente—. Me sorprende que no lo hicieran antes, cuando la fuimos a buscar a ella. Tuvieron la oportunidad.

—No estaban listos —observó Arthur con calma—. Pero se están preparando. Lo hemos visto.

—¿Preparando para qué? —quiso saber Torsten—. ¿Para que quedemos totalmente expuestos? —Arthur y Jeannie fruncieron el ceño y se encogieron de hombros. Arthur pasó el peso de un pie al otro, inquieto, y Jeannie apoyó la mano en la empuñadura del cuchillo, a través de la presilla del cinturón.

—¿Entonces cómo hacemos? —preguntó James—. ¿Llevamos a todos con nosotros?

—No podemos abandonar el campamento. Lo que dejemos sin protección desaparecerá antes de que regresemos —argumentó Vasily—. ¿Qué les podemos ofrecer a los refugiados del crucero si perdemos nuestro campamento? Y además, necesitamos todo lo que hemos juntado. Es esencial para nuestro futuro y debemos cuidarlo.

—Dejamos algunos soldados entrenados, les damos armas a las mujeres y los niños, cerramos el perímetro, cavamos más fortificaciones deprisa —sugirió Arthur. Me miró rápidamente de soslayo con los ojos entrecerrados, como si estuviera calculando. Le podía leer la mente; se estaba preguntando con qué rapidez yo podía disparar y recargar el arma, cuán certera era mi puntería, cuántos hombres podría derribar de ser necesario.

—Eso nos deja medio justos para nuestra cabalgata hacia la costa —dijo Jeannie—. Somos noventa y cinco soldados, como máximo, contándome a mí y a los chicos de trece años. Los bandidos nos pueden sorprender con una emboscada por ambos flancos, norte y sur, nos matan, y luego vuelven por el campamento. —Su alegre acento de Liverpool no condecía con la letalidad de las palabras que pronunciaba—. Eso es lo que yo haría si fuera ellos.

—Tienes una mente taimada y letal —le dijo Vasily—. Estoy comenzando a entender por qué Robert te encuentra tan atractiva.

—Gracias, Vas. Mi hombre dice que tienes buena puntería para disparar —sonrió Jeannie.

—Yo no voy a poder invocar a las nieblas para que los ataquen si nos sorprenden. No tendré ni el tiempo ni la concentración que necesito —dijo Arthur, arrastrando las palabras—. Además tenemos que regresar al campamento con los pasajeros del barco.

—Cuatrocientos veintisiete hombres, mujeres y niños, según lo último que nos dijeron en Canadá —intervino James—. Desnutridos, débiles; la mayoría necesitará atención médica.

Arthur hizo una mueca.

—No podemos contar con ellos para que ayuden con la defensa.

—Empaquemos el campamento y lo llevamos —sugerí—. Eso hacían en el campamento de los rusos. Instalar un nuevo campamento. —Todos se volvieron a mirarme. Yo crucé los brazos sobre el pecho, imitando la postura de Arthur—. Ponían todo en carretillas y lo trasladaban. Toda la gente marchaba hacia un lugar diferente. Avanzaban en caravana.

—No podremos volver —dijo Arthur—. Sería un viaje de ida hacia un nuevo campamento.

—Tendremos que cavar otra vez las fortificaciones —masculló Vasily—. Cavar y cavar. Diablos, otra vez ahí afuera con el cincel y el zapapico. Me dolieron los brazos durante semanas. Creo que los antiguos romanos la pasaron mejor que nosotros.

—Emma te ayuda con el hombro —dijo Theo a Vasily.

—Tendrá que trabajar de tiempo completo en mi cuerpo decrépito —dijo Vasily, pero hubo un destello en sus ojos al pasarse la mano por el rebelde cabello blanco.

—No estás tan decrépito —gruñó Arthur—. Emma no tiene por qué tocarte.

—Estoy dispuesta a ayudar como pueda —dije, con suavidad. Arthur me miró, escéptico. No estaba celoso de Vasily, ¿o sí? Sacudí la cabeza con la mirada fija en él.

James tosió para aclararse la garganta.

—Igual necesitamos un campamento más grande. Y de este modo, los pasajeros enfermos no tendrán que hacer todo el recorrido de regreso hasta aquí.

—Esto sin duda atraerá a la pandilla errante; seremos un blanco irresistible —ofreció Jeannie.

—No llevaremos carretillas sino carretas —sugirió Torsten—. Tenemos caballos fuertes; pueden tirar de las carretas. Los puedo entrenar.

—Yo las construyo —se ofreció Theo.

—Dos o tres días para construir las carretas, unos días más para empacar. Mientras tanto podemos enviar un par de francotiradores para que se ocupen de algunos de sus hombres —dijo Arthur—. Será una maratón de trabajo, pero nos permitirá llegar a los pasajeros para salvar a la mayoría.

—Iré con los francotiradores. Puedo ocuparme de los vigilantes, para que no sepan qué estamos haciendo —dijo Jeannie—. No quiero que puedan pasar el informe a sus secuaces.

—Claude tiene bastante puntería; Will es un excelente tirador, aunque detesto sacarlo de nuestro proyecto de energía de Tesla —dijo Arthur.

—No sería por mucho tiempo —observó Vasily—. ¿Cuántos vigilantes vimos?

—Cuatro, y si lo programamos bien, lo tenemos que hacer cuando cambien de guardia, así matamos a dos de una vez. —Arthur asintió—. Tengo que enviar un grupo a la costa para hacer un reconocimiento y encontrar un lugar dónde asentarnos. Que se pueda defender y tenga agua potable.

—Vamos a perder las duchas —suspiré. Estaba deleitada con poder estar limpia; era un lujo tan preciado.

—Vamos a construir otras —me dijo Arthur con una sonrisa. Me tocó la mejilla.

—No me molestaría tener agua en el hospital, cuando lo instalemos en el nuevo campamento —agregó James—. Solo quería mencionarlo.

—Estaremos expuestos durante toda la marcha —dijo Jeannie—. Pero podemos mantener un pequeño grupo atrás, oculto, que flanquee a los bandidos cuando nos ataquen y los acribille por la espalda. Así estaremos parejos.

—Brillante —observó Arthur, que asintió con respeto—. Tenemos que tener varias sorpresas preparadas.

—¿Cuánto tiempo nos llevará alcanzar la costa? —quiso saber Torsten.

—Serán unos ciento cuarenta kilómetros, así que si avanzamos a treinta y cinco kilómetros por día, nos llevará cuatro días —dijo Arthur—. Tendremos que avanzar bajo presión.

—Este es el momento en que nos vendría bien un Lear Jet o cualquier cosa con un piloto privado experimentado —dije, en tono despreocupado. Otra vez me gané las miradas recelosas de los demás, y el rostro de Arthur se cubrió de una máscara extraña y apesadumbrada. No tuve oportunidad de preguntar por qué, porque en ese momento apareció Laurette. Me hizo un gesto, señalando un tazón que tenía en la otra mano; sabía lo que contenía: su té profiláctico especial. Cardo, persicaria y algo más. Hasta ahora había sido eficaz, y yo lo tomaba agradecida. Hice un saludo militar rápido y me marché. No me necesitaban en la reunión.

—¿Cómo está tu período? —me preguntó Laurette en voz baja, mientras yo tomaba el tazón de su mano—. Todavía estás al principio de tu ciclo, ¿oui?

—¿Por qué querrías saber algo tan íntimo? —quiso saber Arthur. Laurette y yo giramos sobre nuestros talones, sorprendidas. Se movía con tanto sigilo para un hombre tan fornido. Estaba de pie frente a nosotros con las manos apretadas en puños al costado del cuerpo.

—Emma padeció una terrible experiencia en el otro campamento; tiene que recuperar fuerzas —afirmó Laurette.

—Emma es fuerte como un buey. Extraordinario, para una mujer tan delgada —dijo Arthur. El tono de su voz se hizo sombrío y beligerante—. ¿Qué tiene el té?

—Arthur, esto no es asunto tuyo, por favor —respondí.

—Es un tónico diseñado específicamente para la nutrición femenina —respondió Laurette, haciéndome un gesto para que me callara.

—Es para prevenir la concepción —me dijo Arthur. Vibraba con excesiva rigidez con alguna emoción feroz contenida, como la cuerda demasiado afinada de un instrumento musical—. No quieres tener un hijo conmigo.

—Este no es un mundo . . . —comencé a decir.

—Después de toda esa cháchara sobre que los niños son la bondad de la vida, y lo feliz que te hizo el nacimiento en el campamento de Alexei, ¿por qué no quieres tener un hijo conmigo? —preguntó. Hizo un gesto de desestimación—. No hagas de cuenta que tiene que ver con el estado del mundo. No me lo creo.

—No es que no quiera . . .

—¿Es porque quieres irte a Canadá a encontrarte con tu esposo? —me interrumpió Arthur—. ¿Es por eso que no dejas de mencionar los aviones? ¿Porque quieres dejarme e irte con él?

—¡Arthur! —dije—. No se trata de dejarte. Canadá es un lugar seguro . . .

—Estás segura aquí. Yo mantengo lejos a las nieblas. Te rescaté de los rusos. Tienes duchas; hay comida de sobra.

—Haywood y yo estamos casados hace nueve años . . .

—¿Y? ¿Qué es el tiempo? —exigió saber—. Una convención, un continuum que se ha dividido en dos en forma irreparable: Antes y Después. Hace cinco meses que estamos juntos ahora, en el Después. Eso es lo que importa.

—Haywood . . .

—¿Qué tiene él que no tenga yo? ¿Qué lo hace tan especial?

Retrocedí, trastabillando, abatida.

—No lo veo de ese modo. No hay comparación. Por favor, no es así, Arthur.

Arthur dio un paso hacia mí.

—No tienes que estar casada con él. Estamos en un nuevo mundo, un nuevo orden, con nuevas leyes. Cásate conmigo. Cásate conmigo hoy.

—No voy a casarme contigo hasta que termine con Haywood —le dije, llorando. Me sentía indignada, desorientada, aterrorizada y angustiada, todas esas sensaciones a la vez. ¿Acaso no entendía Arthur lo que me estaba pidiendo?—. ¡No está bien!

—¿Pero entregarte a mí en primer lugar sí estuvo bien? —me gritó. Laurette retrocedió deprisa. Las personas que rodeaban la mesa parecieron querer desaparecer. Vi que Vasily metía la cabeza entre las manos.

—No tuve opción —le dije, cerrando los ojos—. Ya no se trataba solo de mí.

—Siempre hay opciones. Te iba muy bien con tu precioso grupo.

—Necesitaban más de lo que yo podía darles.

—Yo también necesito más de lo que das.

—¡Te lo he dado todo!

—Mentirosa —dijo—. Siempre estás reticente, siempre buscando en tu interior cosas que no están aquí. Eso impide que estés conmigo. —Tenía las mejillas teñidas de rojo intenso—. La radio volverá a funcionar en los próximos días. ¡Terminarás tu relación con tu ex marido cuando eso suceda!

"Necesito las cosas que busco en mi interior. ¿Por qué no puede entenderlo?", pensé.

Desesperada, di un paso atrás.

—Es el padre de mis hijas . . .

—Yo quiero ser el padre de tus hijos —dijo Arthur—. Ya estoy harto de que te cierres a mí. ¡Deja de beber esa cosa que hace que no concibas un hijo mío!

Inhalé profundamente.

—Debo hablar con Haywood en privado, para decirle que conocí a otra persona. Le debo eso.

Arthur dio un respingo. Me dirigió una mirada de furia y desdén, mezclada con algo más, que pensé que era tristeza.

—En persona. ¿De verdad, Emma? Porque no tendremos forma de ir a Canadá por *años*.

—Quizás sea antes —le dije, en tono poco convincente—. Quizás tengan aviones que funcionan, un piloto que esté dispuesto a arriesgarse . . .

—¿Cuál es el tema que tienes con esa obsesión con los pilotos privados? ¡Nadie en su sano juicio arriesgaría sobrevolar el Atlántico en este momento!

—En algún momento habrá medios de transporte. Hasta entonces, las cosas pueden seguir como están . . .

—No te esperaré diez años —me dijo—. Esto termina acá. Es él o yo. Toma una decisión.

—¡Deja de acosarme! ¡Tú estás acá y él está allá!

—Exacto. ¿Entonces qué decides? ¿Vas a aferrarte a un pasado que ya no existe con la esperanza de un futuro que quizás nunca llegue, o vas a estar aquí, ahora, conmigo?

—¡No es tan simple! —grité, desconsolada—. ¡Esto no es justo! —Los párpados de Arthur se cerraron sobre sus ojos grises. Por un instante, por su rostro pasó una sombra de dolor, vulnerabilidad e incredulidad. Luego negó con la cabeza y se marchó caminando.

Un poco más tarde encontré mi ropa y mi mochila en la tienda de los niños, junto con el panel de Fra Angélico.

El campamento burbujeaba con actividad furiosa como nunca antes. Jeannie y Will caminaban con el rifle al hombro y llevaban latas de comida en riñoneras que llevaban a la cintura. Extrañamente, hacían una pareja perfecta: la mujer negra alta y delgada, con el británico de huesos finos que se apoyaba en su bastón. Hablaban de la velocidad del viento y sobre miras, y debatían sobre técnicas de camuflaje y técnicas de infiltración. Will se despidió de Laurette con una sonrisa tierna y un ramo de margaritas, pero ella simplemente se encogió de hombros. James se mostró complacido de tenerla para él solo, pero ella parecía más interesada en Nwokocha. Sería interesante observar cómo se desarrollaba ese cuadrilátero, ya que Laurette ahora parecía considerarse una integrante permanente de nuestro grupo. Yo no creía que fuera a regresar al campamento de las mujeres pronto, y también creía que eso no tenía nada que ver con la mudanza del campamento.

Vasily y Shinji emprendieron la cabalgata hacia el sur para encontrarnos un nuevo hogar. Escuché decir a Arthur que buscaran una buena ubicación, y que él se ocuparía de las nieblas cuando llegáramos. Sabía cómo crear una zona segura. Yo tenía la sensación de que había ganado aún más confianza desde ese día en el cañón. Me preguntaba si alguna vez recordaba cómo hicimos el amor sobre el borde del acantilado. Ahora se negaba a hablarme o mirarme.

Torsten y los siempre habilidosos Theo y Pyotr se dedicaron a enseñarles a los demás hombres cómo construir vagones rústicos pero fuertes, con madera, metal, tiendas, mesas, camastros, y cualquier otro resto que encontraran, o ramas de árboles que pudieran cortar. Los niños, las demás mujeres y yo nos dispusimos a organizar y empacar. Nuestro campamento no era itinerante; Arthur no lo había planificado así. Había muchas cosas y eso significaba mucho trabajo de desarmar cosas. No dormíamos mucho, y trabajábamos hasta bien tarde a la luz de las antorchas, porque Theo y Pyotr no querían hacer funcionar el aparato de Tesla sin Shinji y Will. Todos recibimos lecciones sobre armas, aunque no practicamos disparando. Arthur no quería malgastar las balas, que eran limitadas. Nos enseñó a arrojar cuchillos y las lanzas que estaban fabricando los muchachos de trece años.

Estábamos esperando que Jeannie y Will regresaran al campamento cuando se me acercaron James y Newt, tomados de la mano. Los ojos de Newt estaban abiertos de par en par y brillosos con alguna profecía. Yo reconocía esa mirada, que últimamente aparecía cada vez más, y la dejaba con fiebre y menos palabras racionales. ¿Qué haría cuando Newt ya no pudiera salir de uno de sus trances? Le toqué suavemente la mejilla, esforzándome por hacerla regresar al aquí y ahora.

—Em, creo que será mejor que vengas con nosotros —dijo James, en voz baja. Yo estaba ocupada martillando un clavo para fabricar una caja a partir de planchas de madera recuperadas de un edificio colapsado, pero aparté el martillo con un puntapié y me fui con ellos, con un gesto en dirección a Bojana para indicarle que me iba. Mandy me vio irme y le soplé un beso.

Salimos de los gruesos muros que rodeaban el campamento. Me di cuenta de que extrañaría esos muros, que me habían hecho sentir segura por primera vez desde Antes.

—¿Qué está pasando? —quise saber. James apoyó el dedo sobre los labios. Pasamos por donde estaba Arthur y un grupo de hombres, que armaban un vagón, y debatían sobre los ejes. Arthur ni me miró, pero supe que sabía que estaba allí. Se le ruborizaron las mejillas y se puso más tenso. Podía sentir la tensión de su cuerpo como si me pasara a mí.

Subimos por el mismo sendero al norte que yo había tomado para buscar a Marco en su patrulla, cuando había regresado del campamento de los rusos. James y Newt guardaron silencio hasta que estuvimos bien arriba, desde donde podíamos ver una amplia expansión de campos de lavanda y árboles tupidos, rocas esparcidas y casas derruidas.

—Vienen desde allí —dijo James. Newt señaló.

—¿Quiénes? —quise saber.

—Tus amigos, los rusos —respondió James. Newt sonrió con expresión ida.

—Mierda. —Me pasé las manos por la cara.

—La pregunta es por qué —dijo James—. Newt dice que no vienen a atacar.

—¿Quieren que vuelva con ellos? —pregunté.

—No. Sí, pero quieren ayudarnos. —Newt habló por primera vez—. El hombre alto de pelo amarillo te busca y te busca. Busca en mí para verte a ti. Puedo sentirlo en mi mente.

James y yo intercambiamos una mirada significativa, y ambos abrazamos a Newt. Después de unos instantes, James habló en tono sombrío:

—Me cuesta creer que ese ruso . . .

—Alexei —lo ayudé.

—Que quiera ayudarnos, después de lo que nos contaste de él. Es un sociópata peligroso.

—Vienen a ayudar —insistió Newt.

—¿Los escuchará Arthur, o simplemente ordenará que les disparen cuando se acerquen? —quiso saber James—. Ya los quería matar cuando te encontramos. ¿Qué hará cuando los vea llegar? No les dará ni un segundo para explicar sus intenciones.

—Mierda, mierda, mierda. —Pensé por un momento—. Buscaré un caballo, y saldré a su encuentro.

—Arthur te podría matar por eso, y no en el sentido de dejarte gritando en su tienda —dijo James, arrastrando las palabras. Newt soltó una risita y se tapó la boca con la mano.

—Ya está enfadado de cualquier modo; qué importa —le dije, molesta. Regresamos caminando por donde habíamos llegado. El velo que le cubría los ojos a Newt se levantó, me tomó de la mano y comenzó a saltar y cantar como cualquier niña.

Cuando llegamos al campamento, le di un beso y le dije que buscara a Mandy y la ayudara a empacar. James me dio un apretoncito en el hombro y volvió a entrar al campamento para dirigirse a la tienda que funcionaba como hospital. Fui rápidamente al corral y ensillé a mi caballo. Ahora ya podía colocar una manta y ajustar la cincha de un caballo casi con la misma destreza que Arthur, aunque todavía era una jineta dubitativa.

Monté y cabalgué en silencio en la dirección que había indicado Newt.

Me oculté, avanzando entre los árboles, donde recibía los golpes de las ramas y los arañazos de los arbustos bajos. Estaba refrescando y el aire estaba cargado del aroma de pino, lavanda y tomillo. Se escuchaban ruiditos de pequeños animales y el canto de los pájaros.

Escuché a los jinetes antes de poder verlos. Dejé que Rosie avanzara hacia el camino. Llegamos hasta un grupo de hombres a caballo; serían unos treinta y pico, y estaban a la distancia de una cancha de fútbol americano. Alexei me vio y avanzó a toda velocidad hacia mí. Su risa estridente llegó hasta mis oídos desde lejos.

—¡La tenemos! Ahora vamos a casa, muchachos —gritó.

—No viniste aquí para llevarme contigo —le dije, al tiempo que su caballo frenaba donde estaba yo.

—Te voy a llevar de vuelta. ¡Me lo vas a pedir!

—No va a suceder.

—Lo he visto. En mi mente y a través de los ojos de tu pequeña soñadora en el campamento. Me gustaría conocerla en persona; conozco su pequeña mente.

Negué con la cabeza. No pensaba hablar de Newt con él. Podía no ser seguro para ella. Tendría que advertirles a los demás que la mantuvieran lejos de Alexei cuando volviéramos al campamento.

—¿Cómo están todos en el campamento, Alexei? —le pregunté—. ¿Cómo está Mikhail?

Al mencionar a su hijo, el rostro de Alexei se transfiguró. Por un segundo, tuvo el mismo resplandor que siempre iluminaba a Mikhail. Luego regresó la vieja expresión torcida de cautela que caracterizaba sus rasgos curtidos.

—Está bien, fuerte y saludable. Te envía su afecto y buenos deseos. Marina también. Al igual que tu prostituta tailandesa.

—Dales mis cariños cuando regreses —le dije.

—Vienes conmigo y lo haces tú misma —dijo, con certeza implacable. En ese momento, Dmitri llegó hasta donde estábamos, con una enorme sonrisa ladeada por la gruesa cicatriz. Me gritó varios saludos y me abrazó, estirándose sobre el cogote de los caballos. Reconocí a algunos de los otros hombres, que reían y me saludaban con palmaditas en la espalda y los hombros. Este reencuentro iba a dejar sus magullones. ¿Acaso no era así siempre, ahora?

—Estamos aquí para ayudarlos a pelear —dijo Dmitri—. Alexei dice que se viene una batalla. Debemos ayudarlos. —Me volví en la montura para mirar a Alexei, que me guiñó el ojo. Pero sus ojos azules reflejaban nubes de ira. ¿Por qué había venido? Newt dijo que quería ayudar, pero había algo más en todo este asunto de lo que podía predecir mi amada vidente.

Arthur y un grupo de hombres avanzaban al galope hacia nosotros a toda velocidad. No me sorprendía que Arthur hubiera percibido mi ausencia. Me podía echar de su tienda, pero no podía romper la conexión que nos unía. Lo sabía porque yo tampoco era capaz de hacerlo. Lo había intentado en estos últimos días en la tienda de los niños. Pensaba en Haywood con todas las fibras de mi ser, tratando de sentirlo a él y a la calma familiaridad de nuestro vínculo. Todo había sido en vano. Mi matrimonio se sentía tan frío y ausente como el antiguo mundo de Antes.

—¡Emma! Ponte detrás de mí —ordenó Arthur. Apuntó su arma a la cabeza de Alexei, que dejó caer las riendas y levantó las manos: paz. Ninguno de los hombres de Alexei levantó un arma, a pesar de que los hombres de Arthur habían amartillado las propias. Todos inhalaron profundamente y yo contuve el aliento. Guié mi caballo hasta ponerme delante de Alexei, interponiéndome entre los dos hombres. La boca de Arthur se tensó en una fina línea. No bajó la mano.

—Arthur, han venido a ayudar.

—No necesitamos su ayuda.

—Sí, la necesitamos. Se viene una batalla. ¿Por qué no escuchas lo que tienen para decir? —Miré a Arthur directamente a los ojos, y luego sonreí con la sonrisa leve y algo irónica que compartíamos en nuestras tantas conversaciones tranquilas en su tienda, a la luz de la vela. Se puso pálido, le tembló la mano de manera casi imperceptible. Solo yo pude haberlo visto.

Por un momento, el tiempo se congeló.

Luego, con un movimiento ágil, guardó el arma.

—Habla, Alexei —dijo Arthur, mirándolo a Alexei, pero no a mí.

—Arthur, ¿es esa manera de saludar a un viejo amigo? —le dijo Alexei, en tono de reprobación. Azuzó al caballo y pasó por al lado de Rosie y de mí—. Nos conocemos hace mucho, ¿no hay un abrazo? —Alexei me sonrió con una mirada por sobre el hombro—. Después de todo lo que hice para conseguir lo que necesitabas. Moví cielo y tierra por ti.

—No sirvió de nada —murmuró Arthur. Azuzó a su caballo con los talones. Alexei lo siguió, y pronto estuvieron lejos como para escuchar la conversación.

—Tengo curiosidad por conocer su campamento —me dijo Dmitri, acercando su caballo hasta ponerlo paralelo a mi yegua—. ¿Podré conocer al médico de animales que usó un cuchillo de castrar para amputar un pie?

—Te va a caer bien, Dmitri —le dije—. Estará encantado de conocerte.

Capítulo 16

Se hizo silencio en el campamento cuando llegamos al corral. Todo el mundo dejó lo que estaba haciendo y se amontonó para mirar por sobre los muros al extraño grupo de jinetes. Esperé, pensando en unirme a la conversación entre Alexei y Arthur, pero Arthur me hizo una seña con la mano de que no me acercara. Sus ojos estaban negros como el carbón por la ira. Me dispuse a seguir empacando. Esa noche, Alexei y sus hombres nos acompañaron en la tienda comedor.

—Arthur nos dio tiendas —dijo Alexei, a unos centímetros de distancia. Yo no lo esperaba y me sobresalté. Mandy estaba a mi lado y ella también se sorprendió.

—No sabía que quedara alguna de sobra —le dije. Traté de apartarme, pero Alexei se mantuvo cerca.

—Trasladó a alguna gente —dijo Alexei, encogiéndose de hombros—. Tenemos buenas tiendas, cerca de la suya.

—Para poder tenerte a punta de pistola toda la noche —respondí, secamente. Esto lo hizo reír. Del otro lado de la tienda comedor, Arthur nos dirigió una mirada gélida.

—¿Dónde está la pequeña soñadora? —preguntó Alexei. Sus ojos recorrieron la tienda, pero Newt no estaba allí. Le había pedido a James que se quedara con ella en la tienda hospital. Tenía toda la intención de mantener a Alexei y a Newt lejos el uno del otro.

—Mami, ¿este es el ruso que te llevó lejos? —preguntó Mandy, con su bella voz ronca. Fulminó a Alexei con la mirada.

—Tu mami volvió —dijo Alexei, que se quedó mirando a Mandy—. Eres bonita. Yo tengo un hijo hermoso.

—Mami me contó; se llama Mikhail —respondió Mandy, con total naturalidad—. Pero no te deberías haber llevado a mami; eso no se hace.

Alexei se agachó y le susurró algo en el oído. No pude escuchar qué le dijo, pero el rostro de Mandy se iluminó. Él asintió con gesto solemne, y luego avanzó en la fila para cenar.

—¿Qué te dijo? —le pregunté a Mandy.

—¡Me dijo que la próxima vez, nos llevará a ti y a mí a encontrarnos con papá! —Mandy estaba encantada. Yo me quedé perturbada. Alexei se volvió y me dirigió una mirada cargada de significado. Pude sentir la mirada de Arthur quemándome la espalda y simplemente sacudí la cabeza en dirección a Alexei. ¿A qué estaba jugando? ¿Por qué le hablaría a Mandy sobre su papá? ¿Cuáles eran sus verdaderos planes aquí?

Al día siguiente, Jeannie y Will regresaron al campamento, cargados de ropa y armas que les habían quitado a los vigilantes muertos. Y traían algo más: *walkie-talkies*. Arthur tomó uno y lo encendió. Se oyó un zumbido y un graznido. Arthur levantó la ceja y lo volvió a apagar, tirándolo al suelo con desdén. Luego lo volvió a levantar y le pidió a Claude que revisara los aparatos, para rastrear las comunicaciones de la pandilla errante. Los rusos observaban la escena con interés, desde cierta distancia. Arthur los había puesto a construir carretas y armas, al igual que a los demás.

Will no se detuvo a almorzar, sino que se dirigió directamente a la tienda de Kodak. Le pedí a Laurette que le llevara un plato de comida, porque sabía que comería si ella insistía.

—¿Por qué no puede ocuparse de buscar su propia comida? ¿Te parezco una sirvienta acaso? —me preguntó Laurette con aspereza, poniendo los brazos en jarras.

—Te ves como un delicioso pastel francés —afirmó Alexei, que se había acercado y estaba detrás de mí. Miró a Laurette de arriba abajo, con aprobación. Ella alzó la nariz y se marchó pomposamente, pero lo miró con ojos entrecerrados, por lo que me pareció que le agradaba su atención. A pesar de su locura, Alexei tenía aspecto muy viril.

—¿Qué quieres, Alexei? —le pregunté.

—¿Adónde va William? —me preguntó—. ¿Qué hay en esa tienda?

—Allí hacen los experimentos de Tesla. ¿De dónde conoces a Will?

—Trabajaba con Arthur cuando hacen experimentos, Antes —respondió—. No puedo creer que Arthur todavía hace experimentos. Qué cojones tiene.

—Lo lograron una vez. Hicieron funcionar la radio, por eso sabemos lo del crucero. La gente que vamos a rescatar.

—Sé del crucero —sonrió Alexei—. Yo hago experimentos. Tenemos mucha gente lista, pero todavía no necesito a Tesla. Encontré una familia con generador en funcionamiento. También hablamos con Canadá.

—¿Hablaron con Canadá? ¿Lo sabe Arthur? —exclamé.

—¿Necesita saberlo? —Alexei se rió, con un atisbo de locura en sus ojos azules. Su rostro se endureció con expresión vengativa, lo que me congeló por dentro.

—¿Estás planeando hacerle daño, Alexei?

—Sí, lo haré. Lo dañaré como él a mí . . . —Los ojos de Alexei se pusieron brillosos, como una marea que retrocede. Se había ido a un lugar muy, muy lejano. Luego su mirada se hizo sólida y volvió al presente como una banda elástica, con la misma rapidez y con el mismo dolor. Apoyó sus grandes manos en mis hombros y me acarició el cuello y la espalda—. Estás demasiado tensa, Emma. No tienes que estresarte tanto. Te matará. No te preocupes; no lastimaré a tu hombre. Voy a pelear junto a él, lo haré bien. Quizás, con nosotros, podemos ganar y la milicia de bandidos no nos mate y nos coma después. Eso espero; no quiero que me coman. Tengo una pequeña sorpresa para esos caníbales hijos de puta. Lo lamentarán.

—Suéltame, Alexei —susurré.

Me acercó la boca a la oreja.

—¿Por qué te preocupa Arthur? Ni siquiera te deja dormir en su tienda. ¡Si fueras mi mujer, no te dejaría salir de mi tienda!

—Nunca voy a ser tu mujer, Alexei.

—No, porque eres de otro hombre: de Haywood Anderson. —Alexei pronunció el nombre muy despacio, con cuidado. Nunca le había mencionado el nombre de mi esposo. Y desde Después, nunca había pronunciado el apellido de Haywood ante nadie. Alexei me dio una palmadita en la mejilla y se marchó, silbando una alegre melodía rusa.

Debió haber percibido que lo observaba, porque hizo unas cuantas acrobacias cosacas, con saltos, giros y los brazos cruzados sobre el pecho.

Vasily y Shinji regresaron cuando terminábamos de empacar. Casi no habían dormido; encontraron un lugar que podía servir y se dieron la vuelta para volver. Shinji hizo un saludo general con la mano y se metió en la tienda de Kodak. Theo y Pyotr corrieron tras él, y dejaron que el resto de los hombres terminara de construir las carretas, con ayuda de los rusos. Se restableció la conexión telepática que compartían Will, Shinji, Theo y Pyotr.

Dos días después, la radio se volvió a encender. Los gritos de Theo perforaron todo el campamento. Dejé caer la caja de libros y papeles que estaba ordenando y corrí a ver qué pasaba. Las niñas me siguieron. Entramos trastabillando a la tienda, donde Shinji escribía algo furiosamente en su cuaderno y Will hablaba en el micrófono negro brillante de la radio ciudadana.

—¡Lo tengo! —Theo cantaba y danzaba por la tienda, tropezando con las vísceras mecánicas tiradas por todo el suelo. Me tomó entre sus brazos y comenzamos a girar en un vals, lo que me hizo reír. Arthur y Vasily entraron en la tienda. Los ojos de Arthur se entrecerraron al verme en los brazos de Theo, pero ni siquiera me dirigió una mirada de reconocimiento. Me rozó al pasar hacia la radio, y me llegó su aroma personal de viento, cedro, caballos y cuero, al igual que lo había olido en mis pechos y en mi abdomen tantas veces en los últimos meses. Me conmovió profundamente. Arthur tomó el receptor.

—Me llamo Arthur; estoy a cargo de un campamento ubicado en la zona anteriormente conocida como el sudeste de Francia, cerca de donde estaba Valensole.

—¡Me alegro de volver a escucharlos! —dijo una voz rasposa del otro lado—. Hablamos con un grupo ruso, les pedimos que los ayudaran mientras esperábamos que se comunicaran de nuevo—. Los pasajeros del crucero están desesperados.

—¿Hablaron con Alexei? —preguntó Arthur en tono brusco.

—Son amigables. Encontraron una radio alimentada con generador en Le Havre —dijo la voz—. ¿Llegaron a su campamento?

—Sí —respondió Arthur, y la palabra pareció un ladrido. Se produjo silencio del otro lado. Luego se abrió la solapa de la tienda y Alexei y Dmitri asomaron la nariz—. Alexei y sus hombres están aquí. No mencionaron que hablaron con ustedes. —Su rostro se puso tenso. Alexei se encogió de hombros.

—Siempre que los ayuden —dijo la voz del otro lado—. Nos han dicho que las cosas están terribles por allá, por la demencia generalizada y los violentos ataques. Los pasajeros tienen miedo de bajar del barco, pero no se pueden quedar abordo por mucho tiempo más. Ya no les quedan alimentos. Están enfermos y se van a morir de hambre.

—Hoy terminamos de empacar; salimos esta noche para rescatarlos —dijo Arthur—. Avanzaremos rápido. Dígales que esperen cuatro días más. Que estén preparados en la mañana del quinto día. Tienen que estar en el puerto de Toulon. Los encontraremos y los llevaremos a un lugar seguro.

—¿Hoy? ¿Escuchaste eso, mami? —Arthur me hizo una seña para que las niñas y yo saliéramos. Las escolté hacia el exterior, agradecida de apartarlas de la tensión que crecía entre Arthur y Alexei. A Arthur no le gustaba que lo engatusaran. Alexei le caía mal, y eso tenía que ver en igual medida con la historia que compartían y conmigo.

Cuando pasamos al lado de Alexei, el enorme ruso estiró la mano para aferrar a Newt. El rostro de ella se iluminó con deleite al reconocerlo y luego se transformó con la capacidad de profecía catalizada por las nieblas, desenrollándose ante mis ojos. El rostro de Alexei era un espejo del de Newt. Se fundieron como en ósmosis. Pero yo me llevé a la niña, y apuré a mi grupo hasta el otro lado del campamento. Había algún tipo de conexión entre Newt y Alexei, pero no podía hacerle bien a mi pequeña Newt. No lo permitiría.

—¡Mami; están hablando con Canadá! —Me entrelazó los bracitos alrededor la cintura—. ¿Crees que estén hablando con papi? ¿Crees que vamos a volver a hablar con él? ¿Será como dijo Alexei? ¿Vamos a volver con papá?

—Algún día, Mandy, mi amor —le prometí.

No me daba cuenta de cuán pronto podía llegar ese día.

La tienda de Kodak fue lo último en empacarse. Pyotr y Will tuvieron varias rabietas supervisando la operación. Theo no dejaba de hacer bromas. Shinji se convirtió en Samurái, sin expresar emoción ni intención alguna, con graciosa contención. Todos los rusos miraban en un grupito amontonado. Arthur le había echado la bronca a Alexei delante de todo el campamento. A modo de respuesta, Alexei había sonreído y bromeado. Pensé que su descaro llevaría a Arthur al borde del asesinato, pero necesitábamos a los rusos si queríamos sobrevivir el viaje a Toulon y rescatar a los pasajeros del crucero.

La mano de Arthur descansaba sobre el mango de su cuchillo, pero nunca lo desenvainó.

Yo estaba a mano para ayudar, tanto en empacar como en calmar los ánimos. Cuando la tienda estuvo casi vacía, miré alrededor y vi el cuaderno de Shinji en el piso, debajo de un reproductor de CD descuartizado. Me lo guardé en la mochila. Luego los hombres me gritaron que saliera para poder desarmar la tienda. En una hora, al atardecer, estábamos en camino: los ciento noventa y siete habitantes del campamento, además de treinta y dos rusos. Cuando los niños y yo llegamos, el campamento era menos de la mitad de su tamaño actual, y yo era la única mujer.

Nuestro camino estaba iluminado por la luz de linternas, lámparas de aceite, y la luna llena. Contra mi mejor juicio, yo conducía una pequeña carreta. Torsten me había enseñado cómo llevar las riendas y había decretado que me las podía arreglar, así que estaba a cargo de un tambaleante armatoste improvisado tirado por Rosie. La carreta en sí estaba hecha de un tronco sujeto a una mesa de cocina dada vuelta, y las ruedas, todas dispares, provenían de restos de bicicletas. Era un cacharro que chirreaba por todos lados, pero Theo juró que no se desarmaría y que serviría para llevar la carga. Laurette se había empecinado en conducir una carreta propia, insistiendo en que además fuera grande. La vi examinando la mía para asegurarse de que la suya fuera de mayor tamaño.

Torsten tenía un carro de gran tamaño tirado por dos caballos, y era tan diestro con las riendas que insistí en que Mandy, Newt y Shoshana fueran con él. Allí estarían más seguras. Bojana y Dragomir iban en el mismo carro, y eran un grupo muy alegre. Arthur estaba al mando de una carreta pesada que arrastraban su gran ruano y el caballo picazo que tenía cuando me fue a buscar al campamento de Alexei. Los caballos de Arthur avanzaban rápido, y me pasó a paso rápido. Me dirigió una mirada al pasar, pero no hizo contacto visual. Y no dijo nada tampoco.

Varias personas iban en bicicleta. Entre ellas estaba el anciano de un solo brazo que había traído las gallinas. El carro adosado a su bicicleta estaba lleno de jaulas de metal con las aves graznando. La mitad de las jaulas parecía estar hecha para periquitos, no para gallinas ponedoras. Las gallinas cacareaban ante semejante ofensa. Era increíble observar cómo el anciano mantenía el equilibrio en ese terreno tan irregular, entre la bicicleta, el carro y las gallinas. Hasta tenía una linterna atada al manubrio.

Robert iba a caballo y arriaba a las dos vacas, un chivo y tres ovejas, que avanzaban delante de él, lo que me dejó pensando cuándo habíamos adquirido los otros animales. Un perro pastor hubiera sido de gran ayuda, además de una mascota amigable para el campamento. Había visto muy pocos perros el primer mes del Después; las nieblas parecían haberlos matado masivamente, aunque probablemente muchos habían servido de alimento para los sobrevivientes ante la desesperación del frío invierno. Claude, Will, Shinji, los rusos y dos docenas de personas más iban a caballo en un círculo irregular que rodeaba la indisciplinada caravana. Tenían las armas preparadas. No vi a Jeannie, y supuse que venía detrás, oculta, liderando a un grupo para defendernos por la retaguardia en caso de un ataque.

La primera noche avanzamos sin detenernos, al igual que todo el día siguiente. No nos preocupaba el ruido porque no tenía sentido. Las carretas improvisadas eran ruidosas; avanzaban a los tumbos. Los caballos relinchaban y hacían ruido con los cascos, los niños se peleaban y Robert nos entretenía con sus canciones. Los rusos entonaban canciones populares rusas con tanta armonía que parecían un coro profesional. Cuando se terminaban las canciones, se contaban bromas y anécdotas. Vasily nos contó un chiste malo sobre una aventura por las alcantarillas de París con un grupo de estudiantes de la Universidad de Cambridge, y estaba segura de que por lo menos la mitad era pura ficción. A ver, ¿acaso esperaba que creyéramos en hombres topo que vivían debajo de la Ciudad de las Luces?

Al segundo y tercer días, el cielo se encapotó y se escuchó el rugido de truenos. El diluvio se turnaba con una leve llovizna. El otoño estaba llegando. Vasily me alcanzó un impermeable de hombre y un sombrero. Los niños tenían ropa para la lluvia en la mochila. Se la pusieron y se acurrucaron debajo de las lonas. Los adultos tapamos nuestra carga con lonas, bolsas de basura plásticas, abrigos y tiendas de nylon plegadas, cualquier cosa que nos ayudara a evitar que todo se mojara. El viaje era arduo y penoso, y avanzábamos con gran esfuerzo por colinas rojas de lodo decoradas con piedras redondeadas, pero ninguno se quejó. Estábamos vivos. Teníamos alimentos, y Arthur podía espantar a las nieblas. Estaba segura de que todos estábamos deseosos de encontrar un nuevo hogar. Los dos días, el Cocinero insistió en parar a almorzar sopa caliente, pero de igual manera algunos niños y varios hombres contrajeron tos. Laurette preparó un brebaje maloliente y obligó a todo el mundo a tomarlo. Era popular entre los rusos y pasaba mucho tiempo con ellos.

Hacia la tarde del cuarto día, la lluvia fue cesando hasta que salió el sol. Nos detuvimos debajo de unos árboles, donde la tierra no estaba tan empapada. Todos bajaron y se quitaron las ropas mojadas, para colgarlas en las ramas más bajas a fin de que se secaran. Tuve una imagen rápida de los árboles de la memoria del campamento de las mujeres, con sus adornos de artefactos de un mundo que ya no estaba. Robert y Torsten y Dmitri se encargaron de los caballos. El Cocinero y sus asistentes encendieron dos grandes fogones.

Yo estaba acurrucada con Mandy, Newt, Shoshana, Marco, Felix y los primos italianos de Marco, además de Laurette, cuando una ráfaga repentina de aire nos hizo llegar el aroma de lilas y azufre. Una enorme nube, como una esfera blanca gigantesca, rodaba hacia nosotros. Los niños gritaron y se aferraron a mí. Los rusos se pararon hombro contra hombro, como una hilera de esculturas silenciosas. Todos tendrían oportunidad de ver a Arthur en acción.

Con total aplomo, Arthur se interpuso directamente en el camino de la niebla. Levantó las manos con las palmas hacia arriba; la enorme esfera pulsante y fulgurante se detuvo. Abrió y cerró los puños, y la nube se difuminó en millones de gotitas inofensivas, que luego desaparecieron por completo.

Se produjo un momento de silencio. Luego todo el grupo prorrumpió en expresiones de alegría y aplausos, al grito de "¡Bravo, Arthur!". Hasta los rusos silbaron y patearon con el pie, con excepción de Alexei, que se limitó a observar.

Al principio, Arthur pareció sorprenderse ante la ovación. Luego se le dibujó una expresión complacida en el rostro, que suavizó la simetría perfecta que en los últimos tiempos parecía tan tensa. Me buscó con los ojos. Le sonreí, pero él se puso tenso y se dio vuelta.

El Cocinero envió a Claude y a Will con algunos rusos a cazar, y volvieron con dos docenas de faisanes y perdices, seis conejos y dos cerdos salvajes. El Cocinero untó la carne de faisán y de conejo con aceite de oliva y romero, que los niños habían juntado. Luego los asó sobre los fogones. Hizo que sus asistentes carnearan los cerdos, y rostizó las patas traseras, frió unos filetes que parecían bistec del lomo, y puso a hervir los hombros en una cacerola para guiso, con vino tinto y caldo de lata. Como acompañamiento, teníamos puerros salteados, deliciosamente tiernos pero sin perder el sabor. El exquisito aroma nos hacía salivar, y los niños se pusieron algo fastidiosos por el hambre. Sin que nadie me viera, robé una lata de galletas para darles. Si me hubiera visto, el Cocinero me hubiera golpeado con la cuchara de madera, con más ferocidad que Alexei.

El sol seguía cayendo en el oeste, y el aire se hizo más denso y fresco. El cielo se cubrió de una brumosa luz violeta. La tierra olía a romero, pino, lavanda y tomillo. Todos nos concentramos en los fogones. Robert se me acercó y me apoyó la mano en el hombro.

—Le vamos a pedir que lo haga ahora —me dijo—. Ya mismo. —Tenía una expresión soñadora en los ojos. Me llevó un momento comprender, y luego lo tomé del brazo y lo abracé.

—¿Se van a casar ahora? —le pregunté, emocionada, pero en voz baja.

—¿Por qué no? ¿Qué mejor festín de bodas que éste, según me dice el olfato? —agregó Jeannie, acercándose—. ¡Todos podemos morir mañana y no voy a conocer a San Pedro sin casarme nunca!

—Todo va a salir bien —le dije, con un abrazo—. Pensé que ustedes se quedaban detrás, en la retaguardia. No sabía que tu grupo cenaría con nosotros.

—Sentí el olor de la carne y tuve que venir —dijo—. ¡Hace meses que no huelo algo tan rico! —Hizo una pausa, y su voz se volvió un susurro—. Creo que deberías patear al tipo de Canadá y quedarte con Arthur. ¿Qué significa el pasado cuando tienes amor aquí, ahora? ¿Por qué tardar tanto? —Sus ojos intensos y aterciopelados buscaron los míos. No le pude responder, y ella sonrió y tomó la mano de Robert. Mientras se alejaban juntos, traté de sacarme el nudo que tenía en la garganta.

Los vi hablar con Arthur, que se caminaba de un lado al otro, con las manos en las caderas. Inclinó la cabeza, los novios le dijeron algo más que no llegué a escuchar, y finalmente él asintió. Corrí a reunir a los niños y los demás.

Poco después, estábamos todos alrededor de los fogones. Yo estaba sentada adelante, con Mandy y Newt en el regazo y Shoshana apoyada sobre el brazo. Marco y Felix, y los italianos, estaban sentados cerca. Laurette, con James de un lado y Will del otro, estaba frente a nosotros, y Bojana,

Dragomir y Torsten justo detrás. Los rusos se habían agrupado a un costado. Frente a todos estaba Arthur, con Jeannie y Robert a su derecha y Vasily a la izquierda. Cuando se hizo un silencio alegre y expectante en todo el grupo, Arthur le hizo un gesto afirmativo a Vasily, que cantó *All Things Bright and Beautiful* a cappella. El dulce himno nos dejó solemnes, con la alegría sagrada del momento.

Arthur dejó transcurrir unos momentos antes de hablar.

—Hace diez meses, el mundo llegó a su fin. Lo único que yo quería era vivir, y mantener vivos a mis amigos. —Apretó el hombro de Vasily y asintió en dirección a Will—. A medida que pasaban los días, resultó evidente que podría hacerlo. Luego Vasily y Will encontraron a otros hermanos con una interesante provisión de armas y una bolsa llena de chistes, y Theo y Pyotr se unieron al grupo. —Arthur hizo una pausa para permitir que varios miembros de la congregación profirieran unas cuantas *bons mots* dirigidas a Theo y Pyotr. Cuando cesaron las bromas, Arthur continuó—. A Theo casi le disparan cuando un muchacho irlandés medio bruto lo encontró hurgando en las reservas escondidas de un supermercado.

—¿A quién le dice bruto? —dijo Robert, con fingida indignación, y todos estallaron en carcajadas—. ¡Esas malditas provisiones eran mías!

—Me disparó, pero tenía mala puntería y le dio a un árbol —exclamó Theo, lo que generó más risas.

—La próxima voy a dar en el blanco —prometió Robert, lo que le ganó una palmada y una mirada de reproche de Jeannie.

—Si Robert hubiera dado en el blanco, y no estoy diciendo que no sea capaz de hacerlo —dijo Arthur, haciendo otra pausa para dar pie a las risas—, no hubiera habido problema, porque para la misma época encontramos un dermatólogo. Un médico que sabía hacer mucho más que diagnosticar una urticaria.

—¡No me encontraron; me salvaron de las nieblas! —gritó James. Todos asintieron, incluido Arthur. Los rusos observaban y escuchaban.

Vi que Alexei se abría paso entre la multitud, acercándose a mí. Se agachó a mi lado. Newt se retorció en mi falda. Ella y Alexei intercambiaron una mirada fija. Ella estiró la mano para tocar la de él. Me hizo sentir incómoda, pero no sabía qué hacer sin causar un escándalo.

—Así fue, un hombre por aquí, otro por allá. Llegamos a un establo que seguía en pie y así nos hicimos de nuestros primeros caballos, unos doce.

Encontramos un lugar fácil de defender y construimos un campamento. Salíamos en misiones para conseguir ropa, alimentos, objetos para usar. La vida tuvo una rutina; era salvaje y peligrosa, pero seguía un ritmo perceptible. Y luego, un día, llegamos a un pueblo donde la mitad de los edificios permanecía intacta. —Los ojos de Arthur recorrieron la multitud hasta posarse en los míos—. Allí encontramos a una mujer rubia con la banda de niños más dulces y listos que he conocido. —Hizo una pausa.

—Son dulces, pero Marco hace trampa en el fútbol —gritó Theo, lo que hizo que todos rieran. Marco hizo un ruido burlón con la lengua.

—Sí, estoy seguro de eso —dijo Arthur—. La mujer me siguió a una casa y me dijo—: "Estoy aquí y ahora, así que ¿qué tienes para perder?" Con eso me convenció. No debería haberlo permitido porque, aunque en ese momento no lo sabía, lo tenía todo para perder: mi corazón.

Un silencio profundo descendió sobre la multitud. Yo quería apartar la mirada, pero no podía. Casi no podía respirar. A mi lado, Alexei asentía, complacido. La voz de Arthur era profunda y suave.

"Mi vida, que me había preocupado tanto, no significaba nada comparado con eso. No pasó mucho tiempo hasta que me di cuenta de que estaba hasta el cuello. Esta rubia, con sus manos sanadoras y su lengua sabelotodo, que quería que todos estuviésemos limpios y oliéramos bien, se me había metido bajo la piel de un modo que nunca hubiera podido imaginar Antes. Ella es lo primero que busco a la mañana, lo último que quiero ver a la noche. Hay miles de momentos en el día en que quiero hablarle, tocarla y ver cómo se le iluminan los ojos. Siempre estoy ansioso de conversar con ella, para saber qué se le cruza por la mente. Los momentos que he pasado a solas con ella han hecho que esta vida del Después valga la pena. Me ha hecho sentir vivo de una manera totalmente nueva. Nunca podré estar agradecido por el apocalipsis, con todo el sufrimiento y muerte y destrucción que nos trajo, pero a su paso, me dejó un regalo increíble: ella. Y por eso, estoy agradecido.

Laurette se volvió hacia mí, con los ojos llenos de lágrimas. Otras personas también se volvieron a mirarme. Arthur inhaló profundamente.

"Por eso, cuando Robert y Jeannie me dijeron que estaban enamorados y querían casarse, que querían comprometerse seriamente, me conmoví y sentí un poco de celos. Pero principalmente, sentí admiración por ellos. Este mundo obliterado que hemos heredado es el mayor desafío que los seres humanos hemos experimentado en milenios. Las nieblas siguen ahí, acechando, matando todo a su paso. La mayor parte de los habitantes del planeta están muertos. De los que quedan, muchos han perdido la cordura. Otros han formado pandillas letales. Los alimentos y las necesidades básicas de la vida son la prioridad. Cualquier día podría ser el último.

"No es fácil comprometerse en estas circunstancias. Se necesita fe y coraje, cualidades que no abundan por estos días, con razón. Todos hemos perdido demasiado, sufrido demasiado y visto demasiado. —El rostro de Arthur adoptó una expresión de intenso pesar—. Lo que hace que el deseo de Jeannie y Robert de querer casarse sea aún más increíble. Nosotros, como comunidad, debemos brindarles nuestro apoyo. —Apoyó una mano en el hombro de cada uno de los novios—. Tienen mi bendición. ¿Quieren pronunciar sus votos?

Asintieron. Jeannie habló primero, y comenzó a llorar al decir que había amado a Robert desde el primer momento en que le había asestado un golpe con la culata del revólver. Luego le tocó el turno a Robert. Para cuando llegó el momento de prometer amarla y ser uno para siempre, sin importar que el apocalipsis hubiera destruido el mundo, todos lloraban. Hasta los rusos. Todos menos yo, es decir. Las lágrimas no me salían; ni siquiera en un momento de felicidad tan grande como ese.

En ese momento, observé que había otra persona con los ojos secos: Alexei. Su rostro mostraba una intensa concentración. Sus manos estaban entrelazadas con las de Newt.

Arthur les preguntó sobre los votos tradicionales:

"Jeannie, ¿aceptas por esposo a Robert, en lo próspero y en lo adverso, en la riqueza y en la pobreza, en la salud y en la enfermedad, para amarlo y respetarlo, hasta que la muerte los separe?

Jeannie aceptó, y luego Robert hizo lo mismo. Y Arthur los declaró marido y mujer.

Jeannie apoyó las manos a cada lado del rostro de Robert, y se besaron en medio de los gritos y el vitoreo de los demás. Vasily intentó volver a cantar, pero todo el campamento se puso de pie, a los gritos, para besar a la novia y abrazar al novio. La voz rica de Vasily quedó sofocada por el clamor de tanta algarabía y buenos deseos. El Cocinero eligió el momento para distribuir los platos llenos de comida. De repente, el fogón se convirtió en una fiesta, en la que los invitados se deleitaron con un festín de carnes suculentas y puerros dulces y tiernos. Vasily le insistió y acosó al Cocinero hasta que aparecieron varias botellas de vino tinto, y Dmitri sacó una botella de vodka de algún lado. Vasily pasó las bebidas para que todos pudieran degustarlas. Alexei se marchó a beber con sus hombres.

Me aseguré de que los niños tuvieran comida y luego comí yo. Cuando terminé, me acerqué al círculo ruidoso y feliz que todavía rodeaba a Robert y a Jeannie, a quienes aún no había felicitado. La gente seguía comiendo y tomando sorbos de vino, felicitando a los recién casados, sin dejar de hacerles sugerencias subidas de tono para la noche de bodas, pronunciadas a voz en cuello. Yo pensaba abrirme paso entre la multitud con los hombros para poder abrazarlos.

Sentí que algo me tironeaba. Me volví sobre los talones y me encontré con la mirada de Arthur. Estaba de pie a unos diez metros, con los brazos a los costados del cuerpo. Su bello rostro demostraba vulnerabilidad absoluta. No tenía defensas. Me deseaba y su rostro lo delataba de manera evidente.

No me pude resistir; sentí una atracción magnética hacia él. Al devolverle la mirada, me sentí expuesta en forma absoluta y exquisita. No podía esperar a estar entre sus brazos, donde pertenecía. Quizás siempre había pertenecido allí, incluso antes de conocerlo.

Ya no podía luchar contra eso; no quería hacerlo.

¿Por qué había tardado tanto?

Alguien me tomó de la mano. Newt.

Siempre me pregunto qué habría pasado si no le hubiera prestado atención a la niña, si me hubiera rendido por completo e ido hacia Arthur en ese momento. Si lo hubiera abrazado y dejado que me tomara entre sus brazos. ¿Estaríamos juntos ahora?

¿Seguiríamos vivos? ¿Estaría vivo alguien de todo el campamento, si me hubiera librado de Newt y hubiera seguido avanzando los últimos pasos que me separaban de Arthur?

Pero se trataba de Newt, que había perdido la memoria, a quien yo había bautizado. Newt, con su perturbadora conexión con Alexei, Newt, que era como mi propia hija. No podía ignorarla, incluso en el momento más importante de mi vida. Me volví hacia ella.

—Emma, espero que sigan vivos mañana —me dijo, con expresión sombría en sus ojos color almendra—. Están tan contentos ahora.

Esto era serio. Me volví hacia Arthur, para indicarle que debía hablar con Newt, y que volvería a buscarlo en un momento, pero se había marchado.

Me sentí desolada, frustrada, irritada, dolida, confundida y perdida. ¿Pero de qué servían esos sentimientos, o cualquier otro sentimiento que yo pudiera tener, cuando una niña me necesitaba? Esa pregunta había sido como un mantra para mí desde ese Día. Arthur decía que el tiempo ahora se había bifurcado en el Antes y el Después, pero yo reproducía el Día una y otra vez en mi mente. "¿Qué es el tiempo?", me había preguntado el Rastafari del sueño. La respuesta era: el tiempo era lo que me atormentaba.

"¡Emma! —dijo Newt.

Aparté a un costado mi desazón. Me arrodillé y la tomé por los hombros.

—¿Qué quieres decir con que ojalá que estén vivos mañana?

—Vienen —dijo—. Vienen. Son dos en un caballo.

—¿Quién viene? ¿Qué significa, dos en un caballo? —Aparté un mechón del cabello greñudo de Newt y se lo puse detrás de la oreja. Pero el rostro de Newt ahora estaba relajado y los ojos vacíos. Dejó caer las manos a los costados del cuerpo, fláccidas. Era una cáscara, vacía de la conciencia que la convertía en ella misma—. ¡Newt! ¿Qué quieres decir con dos en un caballo?

—No puede oírte —intervino Alexei, apoyando las manos en la cabeza de la niña.

—¿Sabes lo que vio?

—Una mujer cabalga adelante, para recibir bala —dijo Alexei—. Un niño adelante, si es alto y el soldado es bajo. Protege al soldado. —Alexei acarició la cabeza de Newt—. Viene una horrible pandilla. Llegan antes de la mañana. Escuchan a Arthur por la radio y saben su plan.

—¿Por qué se va de este modo? —exclamé—. ¿Lo sabes, Alexei?

—¿Por qué no se lo preguntas a Arthur? —me dijo—. Él lo sabe todo. Sabe mucho más de lo que te dice.

—¡En este momento le tengo que avisar que viene esta pandilla!

Corrí en busca de Arthur. Estaba de pie con Vasily y otros. Me vio acercarme y volvió el rostro, cruzándose de brazos. Vasily lo miró con lástima.

Pero esto no tenía que ver con Arthur y conmigo, sino con la seguridad del campamento.

—Arthur, están viniendo. La pandilla errante al oeste de nuestro viejo campamento.

Se le tensó la espalda.

—¿Están viniendo ahora?

—Llegarán por la mañana —le dije—. Escucharon nuestra conversación con Canadá. Saben que nos encontraremos con el crucero mañana. —Arthur comenzó a ladrar órdenes, y los hombres que lo rodeaban se pusieron en marcha. Los rusos ensillaron sus caballos tan rápido que pareció que nunca hubieran desmontado. El festín de boda había terminado.

Le toqué el hombro a Arthur. Me dirigió una mirada airada y me apartó la mano del cuerpo, como si estuviera envenenada. Por supuesto, estaba herido porque no me había acercado a él. ¿Pero por qué no entendía?

Tragué con dificultad.

—Arthur, usan a las mujeres y a los niños como escudo. —Su rostro se oscureció con una expresión de desprecio—. Una cosa más: son caníbales. Si ganan, no solo nos matarán; nos van a comer.

Capítulo 17

LA PANDILLA ATACÓ AL ALBA. PARA ENTONCES habíamos ocultado a los niños en las ramas más altas de los árboles más altos que encontramos y enviamos un grupo para que se escondiera, que incluía a la mitad de los rusos. El plan era que flanquearan a los atacantes. Jeannie y Robert iban a la cabeza; se podría decir que esa era su luna de miel. El resto nos subimos a las carretas, esperando, medio adormecidos, aburridos en un instante y aterrorizados al siguiente, haciendo de cuenta que no sabíamos lo que sucedería, pero con las armas ocultas sin el seguro puesto.

Con los primeros rayos color salmón que se filtraron sobre las verdes colinas llegó un ulular que helaba la sangre. Cientos de caballos galopaban hacia nosotros desde el oeste; una docena de motocicletas los acompañaban con el rugido de sus motores. Las capas rojas flameaban al viento como estandartes de guerra. Los jinetes disparaban armas de fuego y flechas, y arrojaban lanzas sin siquiera aminorar la marcha. El aire estaba denso por el repiqueteo de las ametralladoras y los proyectiles de madera que volaban por el aire. Me llevó unos momentos ver que Newt y Alexei tenían razón; cada soldado de la pandilla cabalgaba con una mujer adelante para que recibiera el impacto del fuego enemigo.

El siguiente lapso de tiempo, que no supe cuánto duró, fue una bruma de brutalidad y confusión, sangre y el olor acre de municiones, gruñidos, improperios y aullidos. El tiempo se aceleró y se detuvo al mismo tiempo. Los caballos llegaron como trueno, levantando una polvareda roja. Explotaron los gritos, había balas por doquier, y sobre el suelo llovían coágulos de sangre, trozos de carne escarlata y casquillos de proyectiles. Fue una vorágine letal de confusión mortífera. Yo estaba agazapada detrás del tronco que había sido el asiento de mi carreta, disparando con cuidado una pistola Kahr. Siempre me había parecido confiable; nunca me había decepcionado.

Varios caballos cayeron al suelo. Vi que a Theo, que estaba a unos metros de distancia, le habían disparado en el costado. Se cayó, esparciendo sangre en todas las direcciones, y hubiera recibido otro disparo, pero centré mi pistola en la frente del soldado pandillero que le apuntaba; el caníbal había echado atrás la cabeza, dejando unos centímetros entre su cuerpo y el de la mujer que le servía de escudo, y lo derribé.

Su corcel, un caballo árabe de cuello fornido, siguió de largo a toda velocidad cuando el cuerpo de su jinete se desplomó al suelo, a mi lado. Le saqué la metralleta, que no sabía cómo usar. El hombre gimió un poco y vi que solo lo había rozado en el cuello. Un buen tiro, pero no el que yo había planeado. El siguiente, a quemarropa, fue más certero.

Luego me pasé la tira de la ametralladora por el hombro, me tiré panza abajo y me deslicé hacia donde estaba Theo; no pensaba dejarlo expuesto.

—Emma, ¡qué diablos haces! ¡Cúbrete! —jadeó Theo cuando llegué hasta él. No tuve tiempo de responder, porque cuatro cascos cubiertos de hierro resonaron sobre nosotros. Que nos aplastara un caballo sería tan letal como una bala. Rodeé sobre la espalda y disparé casi en sentido vertical. La bala atravesó el hombro de la mujer y dio en el jinete ubicado detrás. Lo lamentaba por ella, pero tenía la esperanza de que la herida no fuera mortal. Podríamos atenderla después. Metí otra bala en el pecho del jinete, que se sacudió con un gruñido.

—Theo; no sé cómo usar esto —le dije, al tiempo que apoyaba la ametralladora en sus manos color carmesí y pasaba el brazo alrededor de su fornido pecho, por debajo de las axilas. Traté de arrastrarlo, pero no pude.

Alexei corrió hacia nosotros, disparando en forma aleatoria haciendo un círculo; esperé que no le diera a uno de los nuestros. Pasó la mano izquierda debajo del hombro de Theo, sin dejar de disparar. Alexei me hizo un gesto con la cabeza, así que tomé a Theo del otro hombro. Lo arrastramos hasta mi posición.

En ese momento, oí que Bojana gritaba y dejé que Alexei se ocupara de Theo. Corrí hacia la mujer, que no estaba herida. Señaló a Vasily, que tenía una flecha en la pantorrilla y la mitad del cuerpo debajo de un caballo. De algún modo, logré sacarlo y lo empujé hacia Bojana.

¿Qué había dicho Arthur? ¿Que era fuerte como un buey? Me alegró poder demostrar que estaba en lo cierto. Debió de haberme leído los pensamientos porque apareció a mi lado en el preciso instante en que dos jinetes llegaban hasta mí. Hubiera muerto tratando de decidir a cuál dispararle. Arthur tenía un rifle en una mano y una pistola en la otra, y les dio a ambos. Luego se volvió con la gracia de un bailarín para dispararle a otro pandillero que yo ni siquiera había visto. Tres hombres se desplomaron al suelo y las mujeres, ilesas, seguían de largo montadas en los caballos, que protestaban con sus relinchos. En ese momento observé que las mujeres estaban atadas y amordazadas.

—¡Cúbrete! —ladró Arthur. Y luego desapareció.

La parte más intensa de la batalla tenía lugar a unos cien metros al sur de donde me encontraba, junto a las carretas de mayor tamaño. Me arrastré boca abajo hasta donde estaban Theo y Alexei. Alexei empujó a Theo debajo de mi carreta, y yo me arrastré detrás.

—Emma, no te mueras —me dijo Alexei lacónicamente, y desapareció. Escuché un gemido de Rosie. Le habían asestado una flecha en la pata izquierda y estaba tirada en el suelo, cerca de allí.

—Yo, bien —dijo Theo. Rodó hasta estar boca arriba, dejando charcos de sangre, y disparó la ametralladora—. Lo siento, caballito —dijo—. Un caballo negro se desplomó al lado nuestro y le disparé al jinete en la garganta. Mientras se retorcía, agonizante, me arrastré y desaté a la mujer que estaba sentada delante de él, cuya pierna ahora había quedado aplastada debajo del caballo. Tenía cabello negro, pero tez muy blanca, y los rasgos bellos y fuertes que yo solía asociar con las romanas. La ayudé a quitarse la mordaza y luego a zafarse del peso del caballo herido. No esperó a que la invitara para arrojarse debajo de mi carreta, junto a Theo y a mí. Le entregué el arma de más que tenía. Ella sonrió en forma voraz. Un segundo después me alegré de haberlo hecho, porque le disparó a un caníbal, que se desplomó de espaldas con una bala en la pierna. Su rifle me apuntaba a la cabeza y yo ni siquiera lo había visto.

La segunda oleada vino inmediatamente después de la primera. Había más soldados. ¿De dónde provenían? Los tres estábamos debajo de mi carreta. Yo estaba apretada contra Theo. La mujer romana estaba casi encima de nosotros, con los pies a la altura de nuestra cara, porque miraba en dirección opuesta. El ataque era pesado, pero en ese momento entraron en escena nuestros mejores tiradores. Claude y Will estaban ocultos en los árboles cercanos y sus disparos se volvieron certeros de repente. Al menos diez hombres cayeron de la montura. Theo, la romana y yo les disparábamos en la cabeza, asegurándonos de que estuvieran muertos. Los jinetes enfundados en capas rojas aullaban al avanzar sobre nuestras carretas, pero los hombres de Jeannie los siguieron y lograron diezmar la cantidad.

Se produjo un breve respiro, y Alexei se arrodilló al lado de la carreta.

—Emma, ¿estás bien? —me preguntó con un guiño.

—Estoy bien —le respondí—. No me dieron.

Pareció complacido.

—Se va a poner peor, pero no te preocupes; tengo sorpresa: linda sorpresa. A Arthur le gustar.

—¿Qué sorpresa, Alexei? —exclamé.

—Mi hermana Marina es mejor peleando que tú, casi tan buena como yo —afirmó. Quise preguntarle qué había querido decir, pero la tranquilidad del momento se hizo trizas y Alexei volvió a salir corriendo.

La riña se hizo más intensa; llegó otra estampida de jinetes que llegaron en medio de aullidos. En los primeros segundos, una bala le dio a Pyotr en el abdomen. También les dispararon a Bojana y a una de las mujeres turcas. Torsten corrió hacia donde estábamos Theo y yo, apuntando a un par de jinetes que teníamos detrás. Torsten les dio, pero una bala fue a parar en el muslo del veterinario. Se dobló en una sola pierna, maldiciendo en un idioma que ni siquiera conocía. Yo también maldije, y volví a arrastrarme sobre la panza. ¿Cómo diablos iba a llevar a Torsten a un lugar seguro? Era un hombre robusto, delgado como lo éramos todos ahora, pero de la misma estatura que Arthur. Torsten me llevaba unos veinte centímetros y veinte kilos.

Torsten disparó sobre mi cabeza y recibió una flecha en el otro muslo. Se desplomó de espaldas, sin dejar de disparar. Un jinete pasó al lado nuestro, con la pistola humeante. Le metí una bala en el cerebro. Luego me quedé sin nada, sin balas, sin cartuchos para recargar. Traté de pasar el brazo alrededor de la axila de Torsten como había hecho Alexei con Theo, para poder arrastrarlo. La romana gateó deprisa hasta donde estaba para ayudarme. Torsten se rio.

—Ya no tengo más —dijo, todavía riendo. Parecía encontrar la situación de lo más divertida—. Ustedes dos no van a poder levantarme. Soy grandote —exclamó, y su voz cantarina me retumbó en los oídos.

—Yo tampoco tengo nada, y que no te quepa duda de que te vamos a levantar —le dije, sin reírme.

En ese momento escuché el gruñido de Claude. Había caído del árbol, no muy lejos, y parecía una madeja de extremidades y sangre. No pude evaluar sus heridas porque nos aproximaron cuatro caballos al galope. La mujer sentada frente al jinete principal claramente estaba muerta; le habían disparado unas diez veces y solo se sostenía en su lugar por las ataduras y el movimiento del caballo. El jinete apuntó la mira a mi cabeza. En mi mente aparecieron Mandy y Arthur. Lamentaba abandonarlos.

Y allí fue que se produjo el milagro: otro grupo entró a caballo, gritando algo que no comprendí. El hombre que me apuntaba para volarme la cabeza desmontó y rodó hasta ponerse a unos centímetros de donde estaba yo.

El pandillero tenía los ojos bien abiertos, azules y profundos, desbordados de odio descontrolado. Tenía un rostro pálido de facciones simétricas enmarcado en una maraña de pelo castaño y llevaba una vincha roja sobre la frente. Sacó una pequeña pistola brillante del cinturón y me apuntó. Sonrió y pude ver que tenía los dientes limados para que parecieran filosos colmillos triangulares. El momento estaba cargado de una inevitabilidad nauseabunda.

En ese momento, sentí algo duro en la mano: el cuchillo castrador de Torsten. Lo enterré en la garganta del jinete. Torsten se volvió a reír, y luego guardó silencio. La mujer romana y yo lo arrastramos, inconsciente, hacia la carreta lo mejor que pudimos. Nos movíamos muy despacio, pero las balas que silbaban por encima de nuestras cabezas nos hicieron apurar la tarea. Finalmente, cuando estuvimos lo suficientemente cerca, Theo estiró los brazos y nos ayudó a arrastrar a Torsten debajo de la carreta.

Entonces tuve la primera oportunidad de ver qué pasaba. El nuevo grupo estaba formado solo por mujeres, liderado por Tara . . . y Marina. Marina tenía una ametralladora y disparaba con la misma frialdad que su hermano, que corrió detrás de ella y montó en el mismo caballo, sin dejar de disparar en ningún momento.

Después de ese momento, el fuego se volvió medido y eficaz. El grupo del campamento femenino, que estaba a solo cuarenta kilómetros del campo de batalla, hizo desastres entre las filas de los soldados pandilleros que quedaban. Al mismo tiempo, nuestro bando se recuperó. Theo tomó el arma de un soldado caído y la disparó con movimientos rápidos y ágiles. Nwokocha, que estaba en el suelo al lado de Claude, se incorporó y se arrastró de espaldas para apoyarse contra un árbol, desde donde podía disparar con perfecta puntería a pesar de tener una herida en el brazo. Desde debajo de la carreta, vi que Arthur estaba boca abajo. Estaba salpicado de sangre, pero tenía dos armas cargadas y disparaba con certera precisión. Jeannie, que se había caído del caballo, tosía sangre y se arrastraba para tomar el subfusil Uzi de un muerto, y usarlo contra sus compinches. Shinji pasó a caballo, disparando directamente al centro del último grupo de soldados pandilleros, matando a por lo menos siete antes de que su caballo se desplomara al suelo.

De repente, cesó el fuego y se hizo silencio.

—Theo, ¿tienes un cuchillo? —le pregunté. Theo se rió, con un sonido enfermo y acuoso, y sacó una hoja larga y delgada de una vaina que llevaba en el muslo. Me arrastré desde debajo de la carreta y me acerqué a cada jinete pandillero derribado pero aún vivo para degollarlos uno a uno. Había que hacerlo porque los que quedaban vivos intentaban llegar a sus armas, trataban de arrojar un cuchillo. Me incliné sobre un hombre corpulento que parecía español. Levanté la mano, pero Laurette me tomó de la muñeca.

—Ahora me toca a mí —canturreó y le hizo un tajo en la garganta con una navaja propia de aspecto terrorífico. Me dedicó una sonrisa beatífica—. Maté a siete, ¿y tú?

—Si tú mataste a siete; yo a ocho —dije.

—Yo nueve —me retrucó. Nos abrazamos y continuamos en dirección a los demás jinetes caídos.

Un rato más tarde, Arthur estaba de pie en el centro del campo de batalla, ladrando órdenes, llamando a la gente para que se reportara. Nos recordó que debíamos llegar a Toulon para ayudar a los pasajeros del crucero. Teníamos que reagruparnos, vendar a los heridos a toda prisa, y seguir adelante para prevenir más muertes; la vida de toda persona viva y cuerda era preciada. Además, podía haber más pandillas, o los restos de la misma, esperando atacar.

Robert, Laurette, Kimiko y yo estábamos ilesos. James no estaba lastimado, pero estaba cubierto de la sangre de otras personas. Laurette, él y yo nos pusimos a trabajar clasificando la gravedad de los heridos. Nos ayudaron dos mujeres de Tara que eran enfermeras calificadas. Claude había muerto.

La mujer turca a la que le habíamos amputado el pie también. Torsten, Theo, Nwokocha, Jeannie, Bojana, Hikaru, Vasily y Arthur estaban heridos, junto con varias otras personas, incluido el abuelo de las gallinas. Shinji estaba lesionado porque su caballo le cayó encima, pero por lo demás, estaba bien. Pyotr estaba malherido.

Torsten era el que estaba más grave. Había perdido mucha sangre, porque una de las heridas le había dado en una arteria del muslo. Estaba al borde de la muerte. Le apoyé las manos, dejando que la corriente sanadora cerrara el géiser de sangre que brotaba de él, mientras James lo cosía. No teníamos suero endovenoso, transfusiones de sangre, ni medicamentos. Laurette trajo vinagre y un frasco de sus infusiones de hierbas, para lavar las heridas y enjuagar las manos de James entre un paciente y otro.

—Primero detengamos la hemorragia —dijo James, en tono sombrío. Una vez que suturó varios puntos algo rústicos, le pidió a una de las mujeres de Tara que presionara sobre las heridas y lo observara. Pasamos a Pyotr. Luego a Nwokocha, que tenía un agujero en la carne de la parte superior del brazo. James le indicó a Laurette que encendiera un fuego y calentara su cuchillo para cauterizar la herida de Nwokocha. Sin hacer una pausa, pasó a Theo. Íbamos de un herido al siguiente, tratándolos a todos al mismo tiempo. Yo bombeaba la ligera corriente sanadora para detener el flujo de sangre, y James cortaba, extraía, suturaba y vendaba las heridas. Tenía algunas de las herramientas de Torsten, un fórceps y una pinza retractora, para ayudarse. Laurette se ocupaba de las cauterizaciones, después de que nosotros habíamos visto al paciente. Su rostro era la misma imagen de la eficiencia, pero yo estaba bastante convencida de que el olor de la carne quemada le daba náuseas. A mí me pasaba. Pero con un poco de suerte, ella vomitaría y yo no, y podría fastidiarla para siempre.

Las mujeres de Tara persiguieron y mataron a los últimos soldados pandilleros. Luego volvieron para ayudar con los caídos. Las dos enfermeras de Tara ayudaron a contener la sangre, vendar heridas y ayudar a la gente a recuperarse. Otras mujeres ayudaron a las mujeres cautivas que habían servido de escudo humano. Las cautivas se mostraban agradecidas por ser liberadas. El campo verde estaba resbaladizo por la sangre, y el aire estaba cargado del olor a cordita, pero el ánimo mejoró cuando nos dimos cuenta de que la mayoría de nuestra gente estaba viva. Habíamos salido bastante bien de la lucha.

De hecho, después de ocuparnos de las peores heridas, una sensación de ligereza inundó a todo el grupo. Theo contó una broma malísima, que hizo que Vasily hiciera lo propio. Dos de las mujeres cautivas comenzaron a cantar, al principio en voz baja y luego con más energía. Era un himno conmovedor en italiano. Una de las enfermeras lo conocía y se unió, y pronto otros también lo hicieron. Torsten se despertó y se acurrucó contra Bojana, que tenía una leve herida por una bala que le había rozado la caja torácica, pero que por lo demás estaba sorprendentemente bien.

Finalmente James y yo llegamos hasta Arthur. Tenía una bala en la cadera izquierda y otra en el bíceps derecho. Se apoyó contra su carreta, limpiándose la sangre con una camisa, inspeccionando el daño que había sufrido en el cuerpo. James enjuagó las dos heridas con alcohol y metió el escalpelo. Vi que Arthur cerraba los ojos y que apretaba los labios hasta que se pusieron lívidos. El corazón me dio un vuelco, y le apoyé las manos en el hombro desnudo, con la esperanza de aliviarle el dolor.

Arthur abrió los ojos. Me tomó la mano, con el pulgar en el centro de la palma y fijó su mirada en mí. Eso fue todo . . . solo me miró. Sus ojos grises recorrieron toda mi cara. Yo dirigí la corriente sanadora para que fluyera por la otra mano, la que seguía apoyada sobre su hombro tibio. Arthur no emitió sonido alguno mientras James trabajaba, aunque el dolor debía de ser intolerable. James murmuró algo acerca de la buena suerte de Arthur y de las heridas superficiales. Casi no escuché lo que dijo, porque lo único que podía hacer era concentrarme en los ojos abrasadores de Arthur que me recorrían entera. No pude leer su expresión, ni apartar la mirada.

—Terminamos aquí, Emma. Sigamos —dijo James. Aparté la mano de Arthur y di un paso atrás para seguir a James.

Arthur no me soltaba la otra mano. Me retuvo allí, frente a él.

Fue la última vez que lo toqué.

—¡Emma, te necesito! —me gritó James. Incliné la cabeza a modo de disculpas. Arthur me apartó la mano de un empellón, con desprecio y rechazo, como la noche anterior. Yo proferí una exclamación, dolida, pero me dio la espalda. Lentamente, seguí a James. Al espiar por sobre el hombro, vi que Tara se acercaba a hablarle a Arthur, y le apoyaba una mano en el pecho desnudo.

—Encontramos a William en un árbol, vivo —escuché que le decía Tara a Arthur.

Comenzó a incrementarse un murmullo en varios idiomas, en forma de conversación, canciones y bromas alegres. La gente había empezado a empacar sus carretas, ya que debíamos llegar a Toulon para ayudar a los pasajeros del crucero, que estaban tan necesitados. Otras personas se pusieron a trabajar en los caballos. Ahora había varios cientos de bestias sin jinete por ahí, pastando o sacudiendo la cola con incertidumbre. En el suelo había unos cien; habría que sacrificarlos. Otros caballos podrían recuperarse. Una de las enfermeras de Tara, al inspeccionar a Rosie, dijo:

—Esta se puede salvar. —Le extrajeron la flecha de la pata delantera. Me alegró ver que la enfermera vendaba a Rosie, que tenía más corazón que destrezas.

James llegó a un hombre que tenía una bala en la entrepierna. Era uno de los italianos de la familia de Marco.

Marco. Lo habíamos dejado en el árbol, cuidando a los otros niños. El corazón casi me da un vuelco. ¿Los niños estarían bien? ¿Los habría encontrado la pandilla errante durante la batalla? ¿Mandy estaría bien?

—James, tengo que ir a buscar a los chicos —le dije, en tono de urgencia. No importaba cuántos heridos me necesitaran. Los niños me necesitaban más. James asintió sin mirarme. Salí corriendo, me monté a un caballo y salí en busca de los chicos.

Estaban a dos kilómetros de distancia, parapetados en dos robles enormes y muy añosos, desde donde tenían una vista de trescientos sesenta grados de las verdes colinas, el bosque, el río y el cañón, hacia el norte. Me vieron acercarme al trote y bajaron de una rama a la otra, saltando y balanceándose como monitos. Mandy, Newt, Marco, Felix, Shoshana, Dragomir y Hoshi con su hermanito bebé en el portabebés, Kei, Kimi, el chico suizo, los dos chicos de trece años del campamento femenino, los seis primos italianos de Marco y algunos niños más que habían llegado con los refugiados. Todos estaban bien. Veintiséis personitas, cada una inmensamente valiosa y preciada. El futuro de la raza humana, si es que teníamos un futuro. Según Arthur, lo teníamos; yo no estaba tan segura.

—¿Ya terminó? ¿Ganamos? —quiso saber Mandy, arrojándome los brazos al cuello ni bien desmonté. Con un gritito, la alcé para besarle la carita dulce.

—Claro que ganamos, Mandy. Íbamos a ganar siempre —dijo Newt, con su tono de superioridad—. Algunas cosas no se pueden cambiar, aunque trates. Aunque de verdad lo quieras. Tienen que pasar. El tiempo ya se decidió por esas cosas.

Shoshana saltaba arriba y abajo y luego me acercó la cabeza.

—Emma, Newt dice que en el barco hay una mujer que es pariente mía, y que me encontraré con ella —me susurró al oído—. ¿No es emocionante?

—Qué bueno, Shoshana —le respondí, alisándole el grueso cabello negro y apartándoselo de la cara, feliz y agradecida de que una de mis discípulas se reencontrara con alguien cercano, y un poco triste por perder a una más.

A Shoshana le brillaron los ojos.

—Debe ser la prima de Ema, que estaba en el ejército y justo estaba de vacaciones con el novio.

Newt no paraba de hablar. Marco me dio un golpecito con el codo.

—No se calla —me dijo—. ¡Hace una hora que habla y habla! No para de hablar acerca de las mujeres que envió el ruso.

—Me las mostró en mi mente —dijo Newt—. Todos salieron juntos del campamento y luego él envió a su hermana al de las mujeres. Me pregunto si las vio a Ginny y a Caris. —Hablaba tan deprisa y sin hacer una pausa para respirar que la abracé. Siguió hablando entre mis brazos. Esa veta melancólica que estaba adoptando provenía de alguna ansiedad no expresada.

Pero yo estaba demasiado ocupada como para insistir, demasiado ocupada abrazando a los chicos y preguntándoles por las horas que habían pasado en los árboles. Querían saber qué había pasado, así que les tuve que explicar que fue una batalla dura y que mucha gente estaba herida, pero que habíamos salido victoriosos. Ahora continuaríamos el viaje rumbo a Toulon par rescatar a los pasajeros del crucero, que estaban en malas condiciones. Le di la rienda del caballo a Shoshana y tomé al bebé de brazos de Hoshi. Comenzamos a caminar hacia las carretas, con paso jovial y conversando.

Los chicos me presionaron con preguntas; querían saber quién estaba herido, cuántos soldados había, cómo fue todo. Les di una versión resumida de los acontecimientos. Después de todo, eran niños. Newt ya sabía que las mujeres de Tara habían llegado en el momento crucial.

—Alexei es muy astuto —dijo Newt, todavía balbuceando—. Me mostró los planes en su cabeza cuando vio que estaba preocupada.

—¡Miren la enorme mariposa azul! —gritó Mandy, señalando una mariposa que aleteaba hacia la cima de una colina, alejándose. Mandy se rió y la persiguió. A la distancia, vi un caballo que galopaba hacia nosotros a toda velocidad, y en mi interior creció un mal presentimiento, como un jinete fantasma. Se me revolvió el estómago. Desabroché el soporte del bebé deprisa. Me temblaban las manos.

—¡Mandy, regresa! —grité, ansiosa. Había desaparecido de mi vista, del otro lado de la colina. No la oía y probablemente ella tampoco a mí—. ¡Mandy! —grité—. ¡Ven ahora mismo!

—La voy a buscar —me gritó Marco. Lo único que vi fue la suela embarrada de sus zapatillas porque ya estaba corriendo hacia la colina. Pero Newt le había ganado. Ya casi estaba allí. Finalmente logré sacarme el soporte del bebé del pecho y alguien más lo tomó en sus brazos. Cada vez con más aprensión en el estómago, salí corriendo detrás de Mandy, Newt y Marco.

Estaba llegando a la cima de la colina cuando empezaron los gritos. En ese momento me invadió el olor: azufre y lilas. Al pie de la colina, de una hendidura de una saliente rocosa brotaba una niebla algo cuadrada del tamaño de un camión, blanca y destellante, a solo centímetros de Mandy, sobre la pendiente. Mandy no se movía; estaba congelada del miedo. Percibí que estaba aterrorizada, estremeciéndose con los gritos.

—¡Mandy! ¡Mandy, ven aquí! —grité, pero ella estaba enloquecida por el terror, y gritaba demasiado fuerte como para oírla.

En ese momento Newt llegó hasta ella, la aferró y la empujó cuesta arriba, alejándola de las nieblas. Al hacerlo, perdió el equilibrio. Estiró los brazos para balancearse, se tambaleó sobre los talones y luego cayó de espaldas sobre la niebla. Marco llegó hasta Mandy, la abrazó y salió disparado hacia la cima, donde estaba yo.

"¡Llévatelos1 —le grité. Él asintió, no detuvo la marcha, y siguió corriendo con Mandy hacia los demás. No tenía que volverme a mirar para saber que los alejaría de la zona, hacia las carretas y la seguridad de Arthur.

Observé a Newt con el corazón destrozado. Cayó de rodillas en el interior de la nube, que no era demasiado densa, y por eso no la había disuelto al instante hasta convertirla en agua y arenilla. Era una de las nieblas menos viscosas. Igual la iba a matar; solo que lentamente. Disolvió partes de su pelo y le reventó un ojo. Newt había permanecido en silencio, pero ahora gritó de dolor. Dos caballos llegaron al galope: Shoshana estaba sobre mi caballo. Alexei en el otro. Pero ya era demasiado tarde. Newt había inhalado con un estremecimiento. Además, los cascos de dos caballos no alcanzaban para influir en las nieblas. La cara y los pulmones de Newt ahora estaban llenos de sangre y niebla.

—Emma —dijo Shoshana. Alcé la mirada. Su expresión era solemne y tenía el rostro bañado por las lágrimas—. Hazlo. —Tiró de las riendas para hacer girar el caballo y se marchó. No podía quedarse a mirar, y tenía buenas razones para no hacerlo. Alexei desmontó y caminó hacia mí. Su enorme cabeza desaliñada se movía de un lado al otro, como la de un ovejero alemán.

Me acerqué lo más que me animé al cubo blanco pulsante. Saqué mi arma y recordé que no tenía balas. Solo quedaba el cuchillo de Theo. Me lo había atado a la cintura con una correa de cuero que le había arrancado a un pandillero caído. Newt tosió sangre, gimiendo y gritando. Una de sus manos se había desintegrado parcialmente, a la altura de los nudillos. Estaba encorvada sobre sí misma, formando una especie de caparazón con la espalda, para proteger las partes vulnerables de su cuerpo. No podía clavarle el cuchillo en esa posición acurrucada.

Tenía que captar su atención, pero no podía hablar. Extendí el cuchillo.

Fue Alexei el que la llamó:

—¡Pequeña soñadora! —Ella levantó la vista, y su garganta quedó expuesta. Arrojé el cuchillo, con fuerza pero con control, como nos había mostrado Arthur. Puntería perfecta.

Alexei me volvió a arrastrar hacia la cima de la colina cuando me derrumbé. Nos sentamos en la cima, observando el cubo pulsante, que ahora se condensaba lentamente. En poco tiempo, la niebla se absorbería y se deslizaría otra vez hacia las rocas. Newt habría desaparecido, disuelta. Solo quedaría un puñado de arena de mi dulce pequeña clarividente, que había caminado a mi lado en los últimos diez meses, confiando en que la cuidara y protegiera.

—Newt, Newt . . . —dije—. ¿Por qué? —Me hamaqué hacia delante y hacia atrás, casi sin poder respirar por el dolor que sentía en las costillas y en el pecho. Solo podía pensar en Arthur. Iría a buscarlo. Le pediría que me abrazara. Me entregaría a él del modo en que él quisiera. Anhelaba eso de manera feroz. Al diablo con Haywood. ¿Quién sabía cuándo lo volvería a ver, si es que alguna vez lo volvía a ver? Amaba a Arthur. ¿Por qué había tardado tanto en verlo?

—¿Por qué? Porque Arthur fue demasiado lejos —dijo Alexei—. Pobre niñita soñadora. Su mente era dulce como el néctar de flor. La echaré de menos. Arthur nos quita tanto.

—Sé que odias a Arthur, ¿pero qué tiene que ver él con esto? —Hablar me raspaba dolorosamente la garganta.

Alexei se me quedó mirando. Sus ojos azules eran crudos y claros.

—Nunca te dijo. Claro, tiene vergüenza.

—¿Decirme qué cosa? ¡Deja de hacerte el tímido y dilo de una vez!

Alexei me miró un momento antes de hablar con tono solemne.

—Arthur inventó nieblas —dijo—. Eran su proyecto. Trataba de crear un nuevo tipo de arma para distraer la mente de los soldados y destruir municiones, armas, y edificios militares, sin matar gente. Un nuevo tipo de guerra, sin víctimas. Las nieblas alcanzan victoria por derrota psicológica. Las nieblas disuelven balas, misiles y tanques. —Hizo una pausa—. Pero Arthur hizo lío.

—¿Qué? —exclamé—. ¿De qué hablas? ¡Qué ridículo! ¡Arthur no inventó las nieblas! Nadie las inventó. Son un . . . un . . . extraño fenómeno natural.

—No, Emma.

—¡Eso dijeron todos los científicos!

—Los científicos son mentirosos. El gobierno miente. Arthur es un mentiroso . . . y un asesino.

—Alexei, estás loco. Estás loco del odio. ¡Arthur no le hizo esto al mundo!

—Arthur fue demasiado lejos. Su ambición destruyó mundo. Quiere salvarlo, pero todo se va al diablo. Aplastó el mundo bajo una enorme piedra blanca de muerte con las nieblas.

—¡No! ¡Basta! ¡No digas más eso!

—Cuando ver su error, me vino a ver. Pidió un dispositivo nuclear; una bomba. Para destruir su laboratorio y así destruir las nieblas. Es irónico, ¿no? —Alexei se rió—. Arthur el buenito cumple el sueño de los terroristas: detonar bomba nuclear en medio de Inglaterra, en las afueras de Londres. Las personas que quería derrotar; cumplió sus objetivos. Mucha gente iba a morir, pero no tanta como en este apocalipsis, ¿no? Cientos de miles, en comparación con miles de millones. Tomó buena decisión, pero las nieblas quieren otra cosa.

—¡Basta! —Me puse de pie.

—No supo de qué otra manera destruir nieblas, cuando ver que tienen voluntad propia. Quiere asegurarse de que nadie continúe sus experimentos, y por eso quería volar su propio laboratorio.

—¡No es posible!

—Le conseguí bomba nuclear, oh, sí. Soy Alexei; consigo todo. Pero demasiado tarde. —Alexei volvió a reírse—. Él llegó demasiado tarde. Las nieblas escaparon contención. Se volaron. Por unos meses, hay silencio. Luego salen, en Antártida, en otros lugares. Muere gente, mi esposa, la mamá de Mikhail, todos los demás.

Seguía hablando, pero yo salí corriendo.

Pasé a los niños al acercarme al campamento. Lloraban y se lamentaban por Newt. Se aferraron a mí, aunque yo estaba consternada, congelada y casi no podía respirar. Llegamos a las carretas, donde las personas se reían, cantaban y estaban ocupadas empacando y poniéndoles los arneses a los caballos. El Cocinero estaba salpicado de sangre y tenía un vendaje en un brazo, pero repartía comida. Los heridos fueron acostados sobre la carga de las carretas. A los muertos se los despojó de sus equipos y ropa, y se los apiló a un costado, sobre pilas de ramitas. Nuestra partida sería iluminada por la luz de las piras funerarias.

Laurette vino deprisa.

—¿Qué pasó? —exigió saber, sin aliento. Sus ojos agudos recorrieron el grupo de niños.

—¿Dónde está Newt? —Yo negué con la cabeza y ella se cubrió el rostro con las manos. Luego cayó de rodillas para abrazar a todos los niños que pudo. Al menos una docena se apretujaron entre sus brazos delgados. Alguna parte de mi mente traumada registró que Laurette siempre lograba sorprenderme. El resto de mí estaba en estado de consternación.

—¿Dónde está Arthur? —pregunté, como anestesiada.

—Está haciendo rondas con Tara, Vasily y Dmitri, para reconstruir las carretas y verificar las provisiones. Quiere partir lo antes posible y . . .

Salí a buscarlo; tenía que hablar con Arthur.

Lo encontré a unos doscientos metros, al lado de la carreta donde estaba el equipo de los experimentos de Tesla y la tienda de Kodak, que ahora estaba plegada. No estaba solo. Estaba junto a Tara, y Vasily estaba sentado en el suelo, a su lado. Estaba de espaldas, y no llevaba camisa. Unos manchones oscuros de sangre seca, a la altura de las costillas y los riñones, marcaban dónde había sangrado. Corrí hasta él, lo tomé del brazo y tiré con fuerza para que se volviera.

—Cuéntame de las nieblas y de la biomente y de un arma que disuelve el metal, Arthur —le dije, con un estremecimiento en la voz—. Cuéntame de cómo las nieblas consumen el hierro, el cobalto, el níquel, el cobre y el zinc. Cuéntame cómo es que sabes tanto. ¡Cuéntame!

—Te lo he dicho . . .

—¡Mentiroso!

Arthur empalideció hasta los labios.

—Las nieblas atacan la biomente.

—¿Y qué mas?

Arthur se volvió y se marchó. Lo seguí. Giró sobre sus talones con agilidad, como si estuviera en una práctica militar. Su actitud cambió. Se convirtió en el brillante profesor de matemáticas, lleno de palabras intelectuales engreídas y frases formularias para ocultar la dolorosa verdad de la muerte y la destrucción. No era el hombre que me abrazaba y me amaba por las noches. Era un extraño de semblante arrogante y brutal.

—La biomente es el sistema perceptual agudizado de una persona. Es el que recibe y sintoniza los campos mórficos, que operan a través de la resonancia mórfica. El estado de receptividad de la biomente es la medida del campo psi de la persona. Se puede influir en la biomente para inhibir o permitir una mayor sintonía con la resonancia mórfica, lo que puede hacer que un individuo sea susceptible al control psicológico. También aumenta el campo psi, mejorando las habilidades psíquicas. Yo diseñé los experimentos y usé los datos de la biomente y los campos mórficos para crear artillería contra el personal y las armas. —Sus ojos parecían carbones encendidos en su rostro pálido.

—Habla como una persona normal —le dije. Me sentía rota por dentro.

—Creé un arma para controlar la mente de los soldados enemigos y desintegrar los instrumentos de guerra. Se suponía que erradicaría la guerra.

Vasily se había acercado y estaba detrás de Arthur. Se abrazó el abdomen con los brazos y le dijo, suavemente:

—Arthur; no. No tienes que hacer esto.

—Se suponía que traería la paz.

—Han muerto millones —dije.

—Estaba tratando de terminar definitivamente con las guerras —dijo Arthur, en tono angustiado—. Trataba de ayudar a las personas, de poner fin a la amenaza de la guerra nuclear. De salvar el mundo. Mis intenciones eran puras; pensé que le podría dar el mejor regalo a la humanidad: una paz duradera. Tienes que entender, Emma.

—¡Era un objetivo honorable! ¡El objetivo más supremo e importante de todos! —estalló Vasily, pero se aferraba el abdomen cada vez con más fuerza, conteniendo una herida imaginaria. Tara se estremeció con lágrimas, con su adorable rostro arrugado y sombrío.

—Newt está muerta —dije suavemente. Me di vuelta, atontada. Caminé hacia las carretas, sin poder respirar. No recuerdo haber caminado hasta allí ni el camino que tomé.

De algún modo, me encontré en la carreta. Alexei estaba allí. Con un brazo sostenía a Mandy y en el otro, tenía mi mochila.

—Emma, cuando hablamos con Canadá, pregunté por esposo. Hablé con Haywood Anderson —afirmó Alexei—. Dice que es piloto, que irá en avión a Le Havre. Ven, te llevo con él.

Finalmente, alguien ponía en palabras lo que había esperado secretamente, pero había temido expresar todo ese tiempo: que Haywood, que era piloto, vendría a rescatarnos a Mandy y a mí. Haywood era piloto privado con amplia experiencia en el aire, la que incluía una década con la patrulla aérea civil. Era abogado de profesión, pero tenía casi el mismo entrenamiento que un piloto comercial. Busqué el panel de Fra Angélico en la carreta, me quedé mirándolo, y luego lo dejé allí.

Asentí con la cabeza en dirección a Alexei. Él me entregó la mochila, y luego subió a Mandy a su caballo y montó detrás. Yo saqué una Walther ppk de la mano de un cadáver, hurgué más allá de la capa roja para sacar los cartuchos que le sobraban en el cinturón. Ajusté los estribos de un caballo que pastaba por ahí, me subí y tomé las riendas.

Emprendimos la marcha. Theo gritó mi nombre algunas veces y Laurette corrió detrás de nosotros, gritando:

—¡Emma, por favor espera!

Pero yo ya no quería estar allí.

Capítulo 18

EL TIEMPO Y EL ESPACIO SE CONVIRTIERON en un recuerdo borroso, que pasaban a mi alrededor como los hilos de un telar, enredándose alrededor del ojo de una pluma de pavo real. Alexei, Mandy yo cabalgábamos al norte. Apenas podía respirar, y casi no observaba lo que nos rodeaba.

Pasaron unas horas. Vente kilómetros después, hallamos un campamento. Alexei frenó su caballo. Silenciosamente, me señaló el lugar donde se habían cavado paredes de tierra. Más allá de las paredes, había unas chozas burdas y tiendas derruidas. El suelo estaba lleno de fémures y calaveras humanos. Al lado de pilas de estiércol, había brazos de mujer a medio devorar.

—¡Alexei, no avances! —le grité, pues no quería que Mandy viera eso. Azucé a mi caballo y avancé en forma temeraria, arriesgándome a ser el blanco de una bala de la pandilla. Vi un viejo fogón con un asador, de donde colgaba un tórax humano. Había mujeres mutiladas atadas a los postes; tenían alguna extremidad cortada y les habían colocado un cinturón improvisado para detener la hemorragia. Se las comían presa por presa, y las mantenían vivas durante todo el proceso.

El cuartel de la pandilla. ¿Pero qué me importaba? Entré directamente por el terraplén de tierra. Un hombre alzó la pistola, pero se movió despacio, como si estuviera debajo del agua. Le disparé, al igual que al tipo que tenía al lado. Detrás de ellos, había varias decenas de mujeres y unos cien niños, la mayoría, atados y amordazados. Habría unas veinte mujeres que no estaban atadas. Ni bien disparé, saltaron sobre varios otros hombres que estaban desenfundando sus armas.

—La pandilla errante está muerta —dije. Se hizo silencio total. Luego se oyó el grito victorioso de una mujer y la siguieron varias voces, repitiendo la misma frase en otros idiomas. Les quitaron las armas a los hombres, los ataron juntos, mientras las mujeres liberaban a otras mujeres y niños. En unos minutos, los prisioneros liberados se arrojaron sobre los hombres. Vi puñados de tejido sanguinolento que flotaba como confeti en el aire. Me quedé sobre mi caballo y me incliné para tomarle el brazo a una mujer de cabello castaño que recolectaba las armas de los hombres plácidamente.

—Vayan al sur —le dije—. Hay un grupo que se dirige a Toulon; el grupo de Arthur. Estarán seguros con él. Estarán felices; quieren crear algo mejor.

—¿Felices? ¿Estás loca por las nieblas? —Se rió—. ¿Qué es la felicidad ahora? —Tenía un buen argumento, y me encogí de hombros. No esperaba volver a ser feliz.

—Tú y los niños estarán seguros allí —le prometí. Ella me entregó una de las armas y regresó a trabajar. Cabalgué hacia donde estaba Alexei con Mandy, y le arrojé la pistola. No me había ido más de media ahora. ¿Pero qué importaba el tiempo ahora?

—Tenemos ochocientos kilómetros hasta Le Havre —dijo Alexei, que rompió en un galope, protegiendo a Mandy entre sus brazos. Yo lo seguí.

Los tres cabalgamos casi cuarenta kilómetros por día. Un día nos detuvimos a buscar comida donde alguna vez estuviera Moulins, y Mandy y Alexei se metieron en el río Allier para lavarse y bañar a los caballos. Yo caminé río abajo hasta el otro lado de la base de un puente de piedra para aliviar mis necesidades. Cuando terminé, me senté en la roca y apoyé la cabeza en los brazos. La imagen de los últimos meses se reprodujo en mi cabeza como una película, con las mismas escenas repitiéndose una y otra vez: Arthur y sus hombres cuando salvaron a Mandy de las nieblas; Arthur cuando disolvió las nieblas del cañón de Verdon, y luego haciéndome el amor en las alturas; Arthur gritándome que bajara los talones al andar a caballo; Arthur dándome la pintura de Fra Angélico; la muerte de Newt. Arthur metamorfoseado en un estricto profesor militar al tratar de explicar lo inexplicable.

De repente, no escuché más las risas y el ruido a salpicaduras de agua río arriba. Se hizo un silencio repentino. Alcé la cabeza. Ni un sonido. No era buena señal. Alexei y Mandy eran un dúo bastante ruidoso. Mandy estaba ansiosa por ver a su papá y Alexei, por sus propios motivos, estaba feliz de llevarnos a Haywood. Me levanté lentamente y luego maldije cuando vi que no tenía ni el arma ni el cuchillo. Ni siquiera llevaba zapatos. Me los había quitado para refrescarme los pies en el agua; los últimos días había hecho mucho calor.

Avancé en puntillas de pie por la ribera y luego me agaché detrás de un árbol. Espié desde detrás del tronco y vi a Mandy y Alexei de pie en el río. En la orilla, había cinco hombres con capa roja, apuntándoles. Mandy le tomó la mano a Alexei.

Me hinqué de rodillas en el suelo de lodo y piedritas. ¿Habíamos llegado tan lejos solo para que todo terminara así? ¿Debería salir corriendo hasta allí y dejar que me dispararan junto a Alexei y Mandy? ¿Nos comerían después de matarnos?

No. No me rendiría sin intentarlo al menos. Tenía que haber algo que pudiera hacer. ¿Arrojarles piedras? ¿Distraerlos? Alexei tenía el arma en la cintura, ¿pero podría el artero ruso dispararles a cinco hombres con la suficiente rapidez, antes de que les dispararan a él y a Mandy?

¿Qué hubiera hecho Arthur? Pero me recorrió un estremecimiento al recordar su discurso frío e intelectual acerca de la biomente. Lo detestaba.

La biomente. Esos hombres eran parte de ella, y todos habíamos salido afectados por las nieblas. Las nieblas atacaban la biomente. Las nieblas se habían desarrollado como arma para ablandar la biomente, para exponer a los soldados a la influencia psicológica. Deseé poder influir en ellos de ese modo.

Quizás podría. Yo tenía un don: la corriente sanadora que fluía por mi cuerpo. Quizás la podría usar para afectar a esos hombres. Quizás pudiera influir en ellos para que se apartaran de mi hija y de Alexei.

Sentí que martillaban un arma. Ahora era el momento; de lo contrario Mandy moriría. Inhalé profundamente y me obligué a entrar en el estado de concentración que había usado para sanar a Pyotr y Mikhail. Ahora tenía práctica, así que me invadió al instante. Entonces me sentí abierta, expandida, y pude sentir a los cinco pandilleros como cinco acordes diferentes de música, cada uno con su cadencia salvaje y con una melodía desenfrenada.

Salí de mi escondite hasta ponerme detrás de ellos. Se volvieron lentamente, con los movimientos deshilvanados de un robot.

—¿Mami? —susurró Mandy. No le respondí; no podía hacerlo, porque había atrapado la mente de los cinco hombres en la mía. Era como juntar cinco hebras de hilo en la mano. Cuando la mirada de los hombres se posó en la mía, sus ojos se vaciaron en mí. Se quedaron inmóviles y derritiéndose, como esculturas de hielo, a medida que su forma se disolvía en la corriente que fluía hacia ellos y luego volvía a mí. Sabía lo que debía hacer: tenía que saltar a la madriguera del conejo, al pozo del terror y la pérdida en mi interior, y llevarlos allí conmigo. Tenía que rendirme ante la locura.

No me llevó demasiado.

En Le Havre, los hombres de Alexei nos estaban buscando. Lo que quedaba de la ciudad estaba en ruinas, pero había gente. Al principio parecieron solo los puntos coloridos que se mueven en forma de espiral en la pantalla de un caleidoscopio. Luego se volvieron siluetas definidas. Yo estaba arriba de un caballo. Habíamos avanzado un poco a lo largo del Sena hacia las ruinas, cuando Kulap, que venía en bicicleta, nos llamó. Se había cortado el cabello negro y tenía un gran abrigo, que casi la hacía parecer un muchacho, hasta que me miró con su rostro radiante. Casi se trepa a mi caballo para abrazarme. Se mostró recatada con Alexei y generosa en sus elogios para Mandy.

—Hay un avión que llegó esta mañana —dijo. Sus palabras estaban dirigidas a Alexei, pero sus brillantes ojos negros estaban fijos en mí.

—Un avión —dije, como anestesiada. Eran las primeras palabras que pronunciaba en días. Las primeras palabras que comprendía en días.

—Mami, ¿ahora estás bien? —preguntó Mandy en tono ansioso. Alexei se inclinó para tocarme la mejilla.

—Valiente Emma, ¿has vuelto con nosotros? —preguntó.

—¿Qué les pasó a los hombres? —pregunté—. ¿Los que estaban en el río?

—Se sentaron a llorar en el suelo. Alexei los mató —respondió Mandy, con voz despreocupada.

—Ven, te llevamos con tu esposo —dijo Alexei—. Te vas con él; nunca tienes que volver.

Desmontamos y me sorprendí al ver que tenía piernas y pies debajo de mí, enteros y capaces de moverse. Caminamos al lado de los caballos por una franja de lo que alguna vez fuera una autopista en la *ville haute*. Mikhail, Ludmilla y otros vinieron a nuestro encuentro, al haberse enterado, con la comunicación invisible y sin embargo instantánea que unía a los campamentos, que habíamos llegado.

Mikhail se mostró tan afectuoso conmigo como con su padre. Su luz me trajo un poco más de regreso a la realidad. Le tomó la mano a Mandy y le habló con mucho afecto. Ella respondió de igual manera aunque, según lo que pude entender, ella le habló en inglés y él en ruso. Me resultaba difícil interpretar nada. Era como si una película hubiera cubierto mi mente para disolver todo pensamiento racional, y todavía podía sentirla allí. Desde la escena en el puente sobre el río Allier, hasta este mismo momento, solo había visto caras, como las cabezas de Messerschmidt, que flotaban en el aire frente a mis ojos: Genevra, Caris, el anciano alemán que me había enseñado a usar una Ortgies, Claude, Newt. Arthur. Me sentía frágil y despellejada, insegura de mi cuerpo y de mi discurso. Los demás parecieron percibirlo, porque me abrazaban una y otra vez. Incluso Alexei.

Un avión Piper se erguía sobre una franja de asfalto. Había un hombre delgado en cuatro patas, realizando tareas de mantenimiento. Lo he visto hacerlo antes, pensé. No en este avión en particular, pero sí en otros. He volado con él muchas veces; y de algún modo lo supe. Alexei gritó y el hombre salió de debajo del avión. Me vio. Se le iluminó la cara y salió corriendo hacia mí.

Haywood me aplastó contra su pecho, abrazándome. Dio un paso atrás para mirarme. Tenía el cabello castaño rojizo largo y cortado en forma irregular, más largo que la última vez que lo había visto, hacía casi once meses. Tenía más arrugas en la cara, que estaba cubierta con una barba de varios días, en distintas tonalidades de gris, negro y rojo. Solo tenía siete años más que yo, pero parecía veinte años más que la última vez que estuvimos juntos. Tenía los ojos húmedos. Se volvió para alzar a Mandy, que lloraba y gritaba "¡Papi!". Mis ojos encontraron a Alexei, que tenía una expresión sumamente complacida.

—Un padre debe estar con hijo —me susurró, con la boca junto a la oreja—. Y Arthur debe estar solo.

Unas horas más tarde, Haywood cargó combustible en el avión, que traía en tanques portátiles ubicados dentro de la cabina, donde deberían haber estado dos asientos para los pasajeros.

—Tiempos de desesperación; medidas drásticas —afirmó Haywood, encogiéndose de hombros. Hablaba sin parar, contándome de Beth, de cómo era la vida en Edmonton mientras el resto del mundo llegaba a su fin. Se estaban quedando sin alimentos y productos industrializados, al igual que en la devastada Europa. Tenían recursos limitados de energía. Pensé que apreciarían el cuaderno de Shinji sobre los experimentos de Tesla, que seguía en mi mochila.

—¿Este avioncito podrá llegar a Canadá? —pregunté—. Es un tanque de combustible atado a un motor.

—Ay, Em —dijo Haywood, pero con una sonrisa—. No tengo un deseo de muerte. Todos pensaban que era así, cuando les dije que las venía a buscar. Trataron de convencerme de que no viniera, pero de ningún modo las iba a dejar a ti y a Mandy solas aquí, cuando Alexei me dijo que las podía traer hasta aquí. —Hizo una pausa, con tono serio—. Pensé que estaban muertas.

—Yo sabía que te volvería a ver —le dije.

Haywood estiró la mano y me apartó el pelo de la cara.

—Haremos una parada en Newfoundland en el camino. Gander está intacta. No hay nadie allí, pero puedo obtener algo de combustible. Por suerte todavía funcionan algunos satélites y sabíamos que Gander estaba bien; por eso me animé a hacer este viaje loco. Y tenemos una extraña oleada de buen tiempo para todo el vuelo, por eso quiero despegar ni bien esté listo. —Hizo otra pausa, sonriente—. Además, me parece que tu amigo Alexei no ve la hora de que nos vayamos.

—Quería que me encontrara contigo —le dije. No le mencioné que Alexei se estaba vengando del hombre que creó las nieblas, que le estaba quitando a ese hombre angustiado la persona más preciada para él: yo. Bastaba con que lo supiera yo, y que Alexei supiera que yo lo sabía.

Una hora después, Mandy y yo teníamos el cinturón de seguridad ajustado, sentadas en los dos únicos asientos para pasajeros que quedaban en el avión, listo para despegar. Me incliné sobre Mandy y le aparté el cabello rojizo de los ojos. Ella sonreía; emprendía una gran aventura; estaba con su mamá y su papá; iba a ver a su hermana. El motor ronroneó, y luego se encendió del todo.

—¡Mira, una mariposa! —señaló Mandy. Lentamente, del otro lado de la ventanilla, aleteaba una enorme mariposa anaranjada con lunares negros.

—¡Arthur! —exclamé. No había casi espacio para moverse. Me desabroché el cinturón y apreté la cara contra la ventanilla en el mismo momento en que el motor del avión aceleraba con un rugido. El avión iba cada vez más rápido por la franja de autopista, con más firmeza. Lo vi: sentado, erguido y esbelto sobre el enorme ruano, el pelo negro, la silueta de sus anchos hombros. Miraba cómo el avión despegaba. Alexei estaba de pie detrás de él, apuntándole con el rifle.

—¡Arthur! —dije otra vez. Sus ojos estaban fijos en nosotros. Lo podía sentir.

Y luego estábamos en el aire.

Haywood hizo girar el avión en un arco lento hacia el noreste. Miré hasta que Arthur desapareció de mi vista. Luego me acurruqué en el asiento. No podía hablar, porque se me caían las lágrimas.

También estaba rezando, segura de que la Fuente divina que me había llevado hasta Arthur la primera vez de algún modo me traería de regreso.

Agradecimientos

Quisiera agradecer a Lori Handelman, que ayudó a dar forma a esta novela con sus admirables habilidades como correctora.

Mi constante gratitud para Gerda Swearengen por su afectuoso apoyo, y su sabiduría.

Stuart Gartner ha sido una fuente inagotable de humor y buenos consejos. Siempre pude contar con su línea de ayuda: 1-800-STU-SABE-LOQUEHACE.

Mi cálido agradecimiento para Lane Shefter Bishop por su constante apoyo y aliento, especialmente con *El Inmortal*.

Quisiera agradecer también a Mary T. Browne por su calidez, apoyo, buenos consejos, y por una excelente cita literaria. También estoy profundamente agradecida con Komilla Sutton por su apoyo y por creer en mí. Gracias al Dr. Daniel Booth Cohen por ayudarme y alentarme tanto.

Victoria Wells Arms me ha dado ánimo y consejos editoriales desde el principio: gracias. ¡Tus hijos son hermosos!

Rachel Leheny es la mejor amiga del mundo que alguien pueda tener para compartir tragos, y una de las personas más inteligentes que conozco.

Gracias a Kirstin Peterson por ser una gran correctora de estilo.

Muchas gracias a Kate Gleason por sus lecturas tempranas e inteligentes.

A Joe Mills, Maria, y a toda la gente de Black Sheep Design en el Reino Unido: ¡gracias! Joe: eres un genio.

Mil gracias a Fauzia Burke, Heather Belfer, y Leyane Jerejian, de FSB Associates, por su fantástico trabajo.

Estoy muy agradecida con todos en Telemachus Press por su gran trabajo y ayuda.

Muchas gracias a Adrienne Rosado.

Mis mejores deseos y gratitud a: Caitlin Alexander, Dani Antman, Thomas Ayers, Barbara y Stephen Baldwin, Ali Baldwin, Matthew Baldwin y Dana Harlan, Timothy Baldwin y Megan Adams, Lori Belilove y John Link, Paul Brodeur, Michelle Czernin von Chudenitz, James Cooper, Kristin Gamble y Charlie Flood, Tommaso Gobbi, Elizabeth Haase y Andrew Meyers, Debra Jaliman, Alain Kattnig, Sue Perillo, Stephanie Kip Rostan, Geoffrey Knauth, Marcia y Howard Levy, Jennifer Weis Monsky, John Morehouse y el Club Salmagundi, Frederick Morton, Margery Newman, Sarah Novotny, Rusty Shelton, Don Steelman, Mark Swearengen, y Peter Thall.

Un agradecimiento especial para ti, Steven Beer; eres lo máximo.

Quiero agradecer a mis cuatro hijas por ser mi inspiración constante: Julia Howard, Jessica Hendel, Naomi Hendel, y Madeleine Howard. Ustedes son mi razón de ser; son maravillosamente imperfectas, y tan adorables.

Finalmente, a Sabin Howard, gracias a ti más que a nadie.

Acerca de la autora

Traci L. Slatton se graduó en las universidades de Yale y Columbia, y también estudió en la Barbara Brennan School of Healing. Vive en Manhattan con su esposo, el escultor Sabin Howard, cuyas figuras clásicas y amor por el Renacimiento italiano inspiraron su novela histórica *El inmortal*. *El asunto Botticelli* es un homenaje a su amor por los Grandes Maestros de la pintura clásica y su interés por las oscuras pasiones. *Caído* es el primer libro de una trilogía ambientada en un futuro apocalíptico, donde abundan el sufrimiento y los extraños poderes paranormales. *Luz fría* es la secuela de *Caído*, y *Una costa lejana* completa la Trilogía Después. *The Love of My (Other) Life* [*El amor de mi (otra) vida*] es una comedia romántica.

www.ingramcontent.com/pod-product-compliance
Lightning Source LLC
Chambersburg PA
CBHW051631260626
47170CB00004B/1136